わたしは異国で死ぬ

カラーニ・ピックハート

高山祥子 訳

I Will Die in a Foreign Land

Kalani Pickhart

集英社

地図　6
ユーロマイダンの出来事の年表　8
プロローグ　12
司令官　14

第一部

マイダン　МАЙДАН　19
革命　РЕВОЛЮЦІЯ　105
フルシェフスキー通り　ГРУШЕВСЬКОГО　157

第二部

ニガヨモギ　ЧОРНОБИЛЬ　199
戦争　ВІЙНА　279
春のきざし　LES AUGURES PRINTANIERS　319
メッセンジャー　МЕСЕНДЖЕР　355
エピローグ　ЕПІЛОГ　365

あとがき　369
謝辞　371
訳者あとがき　375

わたしは異国で死ぬ

ベサニーのために

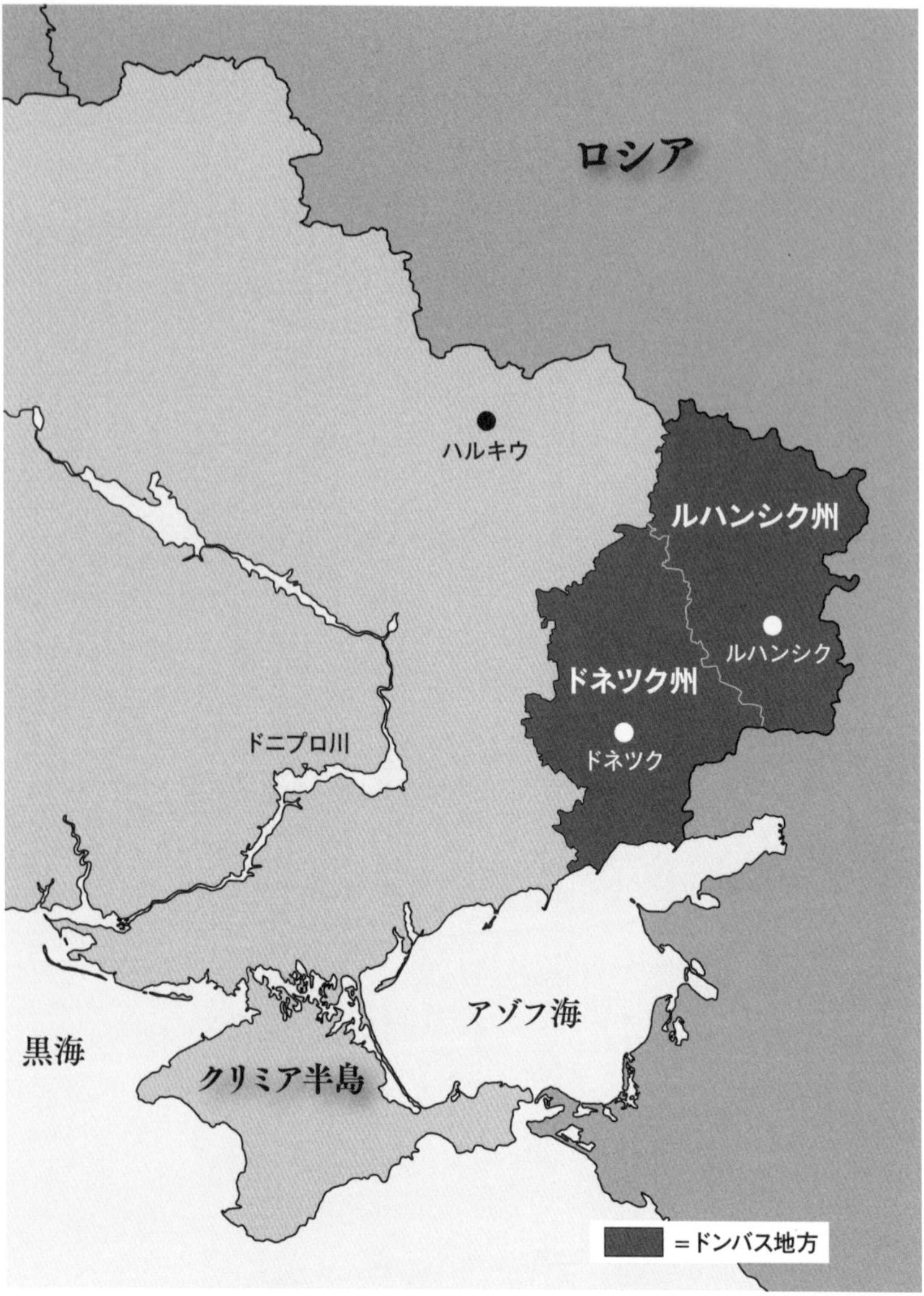

ロシア
ハルキウ
ルハンシク州
ルハンシク
ドネツク州
ドネツク
ドニプロ川
アゾフ海
黒海
クリミア半島
=ドンバス地方

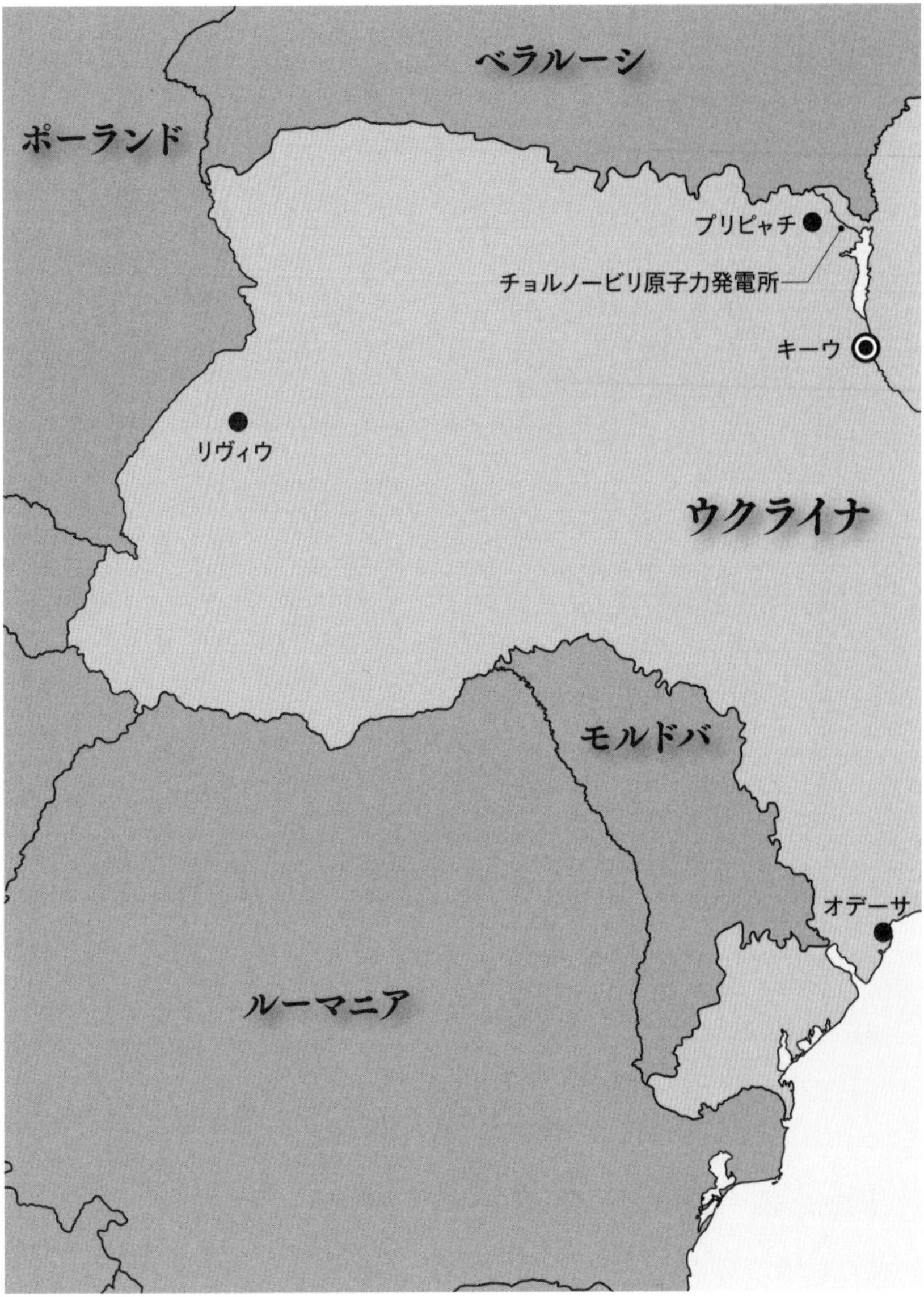
ベラルーシ
ポーランド
プリピャチ
チョルノービリ原子力発電所
キーウ
リヴィウ
ウクライナ
モルドバ
オデーサ
ルーマニア

ユーロマイダンの出来事の年表
尊厳の革命
二〇一三年-二〇一四年

二〇一三年

十一月二十一日　ウクライナの第四代大統領、ヴィクトル・ヤヌコーヴィチは欧州連合の政治・貿易協定への調印を拒否し、ロシアとの関係を強めることを選ぶ。

十一月二十二日　キーウのマイダン・ネザレージュノスチ、つまりは〝独立広場〟に二千人が抗議のために集まり、その人数は十一月二十四日までに五万人から二十万人に膨れあがる。

十一月三十日　ウクライナの特殊部隊ベルクトが、非武装の抗議者や近隣の市民を攻撃する。

十二月一日　前夜の特殊部隊による暴力の結果、暴動が起き、複数の反政府グループが労働組合ビルディングを占拠する。独立広場にテント設営地ができ、全国的なストライキが始まる。

十二月八日　数百万人の行進。キーウでは五十万人のウクライナ人が行進をする。ウラジーミル・レーニンの像が倒され、破壊される。

十二月十一日　四千人のベルクトが抗議者を攻撃したさい、聖ムィハイール黄金ドーム修道院の鐘が、約八百年ぶりに、危険を知らせるために鳴る。

十二月十二日-二十八日　ヤヌーコヴィチとロシアの大統領ウラジーミル・プーチンは、ウクライナ-ロシア間の行動計画に調印する。独立広場のバリケードやテントは二十万人の群衆で満杯になる。

二〇一四年

一月十日‐十六日　ウクライナ最高議会、ヴェルホーヴナ・ラーダは、公衆の集会や抗議活動を禁じる、〝独裁者法〟とあだ名される厳格な法を承認する。

一月十九日‐二十五日　一月二十一日に施行されるはずの反抗議法に反対する暴動が、フルシェフスキー通りで起きる。放水砲、火炎瓶、ゴム弾や実弾が抗議者に対して用いられ、四人が死亡し、千人が負傷する。

二月六日　労働組合ビルディングに届けられた、〝医薬品〟という貼り紙のある小包が爆発する。

二月十八日‐十九日　ユーロマイダンの抗議者たちは、制圧のため実弾やゴム弾、手榴弾《てりゅうだん》、催涙ガスに見舞われる。ＡＫ‐74突撃銃を持った狙撃兵やベルクトが、市民に向けて発砲する。ヤヌコーヴィチは休戦の受け入れを拒否する。ウクライナは事実上、非常事態となる。百三人以上の市民、十三人の警察官が殺される。百八十四人の市民が銃創を負い、七百五十人以上の市民が負傷する。

二月二十一日　マイダンの抗議者たちは〝天国の百人〟を称える。

二月二十二日　ヤヌコーヴィチはウクライナから逃げ、ロシアに庇護《ひご》を求める。ウクライナ最高議会は三百二十八対〇でヤヌコーヴィチの解任を決議し、新大統領選出のための選挙日を五月二十五日に設定する。

二月二十七日‐三月十八日　覆面をした親ロシア派の軍隊がクリミアの議会を制圧し、記章のない武装をした軍隊がこれに続く。三月十八日までに、クリミアはロシア連邦に併合されたが、これは大半の国際社会に認められていない。

四月七日　親ロシア派活動家が、ドネツク州とルハンシク州から成るウクライナのドンバス地方の庁舎を襲撃する。この行為をウクライナ政府はテロ行為だとし、ウクライナの独立を阻止しようとするロシアの作戦だと糾弾する。

五月十一日　クリミアの映像作家オレフ・センツォフはテロ行為の陰謀を企てたとされ、ロシア政府に逮捕される。

五月二十五日　ペトロ・ポロシェンコがウクライナの第五代大統領に選出される。

五月二十六日－二十七日　第一次ドネツク空港の闘い。

七月十七日　アムステルダムからクアラルンプールに向かうマレーシア航空17便が、ドネツク州上空を飛行中に親ロシア派分離主義者によって撃ち落とされる。二百八十三人の乗客と十五人の乗務員、全員が亡くなる。

八月十日　最後まで残っていたバリケードと居住用テントが、キーウの私服警察官によって撤去される。

ウクライナの主権に対する攻撃は続いている。

はるか遠く　異国の地で見知らぬ者によって　わたしは埋葬されるだろうとわかっている。
この母国の一つまみの土が　わたしの墓の上におかれるだろう——
——タラス・シェフチェンコ

あなたは荒れ狂う魂とともに、父の家からはるか、海の二重の岩を越えて、航海をした。

そして今、異国の地に住んでいる。

——『メディア』

プロローグ

コブザ（リュートのようなウクライナの民族楽器）奏者たちの入場、歌いながら

どこから始まるかって？　ああ、ああ。それは誰に訊《き》くかによる——

スキタイ人やキンメリオイ人、スラヴ人やルーシ人から始まるのでもいい。キーウ大公妃オルハ。キーウ大公ウラジーミル一世。その息子、ヤロスラウ賢公。

キーイから始まるのでもいい。イリヤ・ムーロメッツ。コザーク、ウクライナ《U》人民《N》共和国《R》、ウクライナ《U》蜂起《P》軍《A》。一つだけ、確かなことがある。それは単にここから始まるわけではないのだ、友よ。スターリンに始まるのでも、スターリンに終わるのでもない。ヤヌコーヴィチに始まるのでも、終わるのでもない。あるいはポロシェンコ。あるいはゼレンスキー。プーチンに始まるのでも、プーチンに終わるのでもない。

戦争は常に静かだった。脈拍のように、忘れることもできる。気づかれない。脈拍のように、ここにいるかぎり、それを感じることができる。

死体の胸に耳をあててごらん、それが聞こえるだろう。反響音のような空虚が。

動かなくなった腕時計の音を聞いたことがあるか？　その音――痛いほどの虚無。陽光を浴びて干からびる、水の出ない噴水のよう。

わたしたちは渇きを知った。ここで、わたしたちは飢えを知った。

ああ、ああ。友よ。あなたはどこから始まるのかと訊く――わたしたちに、どうして決められようか？　何度あなたは、あなたの死体を通りの端まで運んだ？

わたしたちはキーウの歴史を歌う。さあ、見ていてごらん。

司令官

彼はアパートメントで目覚める。ベッド、机、簡易キッチン、ラジオ。アップライトのピアノ、十九世紀後半の様式の凝った彫刻の施された、光沢のある黒いディーデリッヒ・フレールが、ほかに何もない壁に向かっておかれている。寝室から出て浴室へ行くとき、彼はこの熊のようなピアノと向き合うことになる。洗顔のさい――乾いて固くなった石鹼《せっけん》と冷水――彼は、何年も前に亡くなった自分の父親の、昔の姿を見る。

キーウの若者たちは政府の権力乱用に抗議するべくやってきた――彼は彼らの声を聞き、彼らが通りに集まるのを見た。いつ思いついたのか覚えていないが、彼は父親のソヴィエトの上着を着て、目出し帽《バラクラヴァ》で顔を覆い、さりげなく出ていった。広場は、歌い、手をつなぎ、ウクライナの旗を掲げた人々でいっぱいだった。黄色の帯の上に青色の帯。金色の穀物畑の上に広がる青空。女性たちは花を髪に挿《さ》し、男性たちは上着に花をつけて――彼らの希望が伝染したのか、彼は気持ちが高揚し、浮き立った気分になり、心を決めて群衆の中を進んだ。

〝この感覚だ〟と、彼は回想する。〝この感覚――こうしてすべてが始まった〟

ストリート・ピアノは、いつもの場所にあった――フレシュチャティク通り、彼はここで来る日も来る日もピアノを弾くことになる。未詳の提供者に置き去りにされたピアノで、明るいオーク材の屋根――風雨にさらされて板はたわみ、エポキシ樹脂はひび割れ、すりきれている。彼は座席の雪を拭き、蓋を開けて白い鍵盤を露《あら》わにする。息を吹きかけて、指の部分を切った黒い手袋をした手を温める。指にしている、父親の銀の指輪をいじる。

彼が演奏を始めると、人々が集まる。

第一部

マイダン
МАЙДАН

統一の日――ウクライナのキーウで抗議者たちが殺される

二〇一四年一月二十二日

ウクライナの首都で、水曜日、非暴力的抗議活動中に二人の活動家が撃たれて死に、もう一人が重体となっている。抗議活動は、二〇一三年十一月二十一日にヴィクトル・ヤヌコーヴィチ大統領が欧州連合との連合協定の調印を拒否し、ロシアのウラジーミル・プーチン大統領との関係を強化すべく、ユーラシア経済連合への加盟を検討したのを受けて始まった。この動きに応えて何千人ものウクライナ人が街の広場に集まり、政府の堕落とヤヌコーヴィチの権力乱用を叫んだ。抗議者たちはまた、ロシアの影響に対しても抵抗の声を上げた。ソヴィエト連邦の崩壊後、ウクライナは一九九一年から独立国家となったが、ロシアとのあいだに複雑な長い歴史があり、特にウクライナの若い世代に不信感が広がっていた。

二人の死は、まずはマイダン・ネザレージュノスチ、つまり独立広場で報告される。ベルクト特殊部隊は、閃光手榴弾、催涙ガス、警棒の使用や携帯電話通信の切断など、抗議行為に対する暴力的対応をしたために、世界的な批判を受けていた。このような容赦ない攻撃を受けても、独立広場の抗議者の人数は増えるいっぽうだった――多くの抗議者がテントを張り、特殊部隊に対抗して自らを守るためにバリケードを築いた。

ウクライナの不穏な状況を取材しているジャーナリストたちもまた狙われた。ウクライナ人ジャーナリストのイーホル・ルツェンコ（三十五歳）は、抗議者のユリイ・ヴェルビツキ（五十歳）とともに病院から拉致された。ルツェンコは十二時間後に、キーウ郊外、ボリスピリ空港近くの山林地をさまよっているのを発見された。足裏を傷つけられ、ほとんど歩けない状態で、目のまわりには痣《あざ》ができ、歯を一本失っていた。ルツェンコは、彼を拉致した十人の男たちはベルクトと関連していると信じている。彼らは繰り返し、誰に金を渡されて抗議活動に参加したのかと訊いたという——ルツェンコが西側の組織から報酬を受けていると推定してのことだ。彼は報酬を受けていなかった。

　ルツェンコが発見された場所から遠くないところで、ヴェルビツキの死体が発見された。彼は縛られ、あばら骨が折れ、内臓が損傷していた。検視の結果、ヴェルビツキは低体温症で死んだとわかった。

　これらの死は、全国的にさらなる怒りと抗議活動を招いた。

聖ムィハイール黄金ドーム修道院

二〇一四年一月十九日

朝

ボストンでは雪がケーキのように分厚く積もっているにちがいないと、カーチャは考える。煙草《たばこ》の灰を落とす。一・五キロも離れていない広場《マイダン》の近くで燃えているタイヤの黒い煙のせいで、咳《せき》が出る。空気は冷たい。負傷者は休めなかった。外の光は消えつつある。

聖ムィハイールは黙示録的なスノー・ドームの内部のようだ。金色の螺旋《らせん》、青い壁、天上の燃えさしと灰。鐘楼は兵士のように立っている。実際、それは兵士なのだ。

〝ここでは、わたしたちは皆、水中にいる〟と、カーチャは考える。沈泥のように振り落とされて。引き波。浸礼。水死。去年の春、ボストン爆弾テロ事件があった。今、彼女はキーウにいる。

キーウは何カ月も燃えていた。特殊部隊――ベルクト――は、一月にマイダンで何千人もの平和的抗議者を攻撃し始めた。聖ムィハイールはドアを開き、鐘を鳴らし、司祭たちは歌い、人々がマイダンから教会へ来た。何百人もが負傷した。死んだ者もいた。政府に対する不信によって、病院が街中《まちなか》にできた。靴店や、ホテル・ウクライナに。聖ムィハイール黄金ドーム修道院に。

ここで、カーチャは家から遠く離れている。

教会の聖なる人々——聖職者たち——は徹夜の祈りを始める。彼らは死体を教会の奥の急造りの死体安置所におき、人々は祈った。

〝神はまだここにいる〟と、彼らは言った。彼らは言った、〝祈ろう〟と。

徹夜の祈り。徹夜の祈り。ずっと起きている。

今ごろカーチャの息子、アイザックは六歳になって、まだ無邪気な顔をしていただろう。エズラは電子メールを送ってきたが、彼女はまだ読んでいなかった。カーチャは携帯電話を見る、夫からのメッセージ。

司祭が彼女に呼びかける——

「лікар, будь ласка——」

先生、お願いします——

カーチャは煙草をブーツで踏み消して、そちらへ行く。

すべての帝国が崩落した。まず、モンゴル人たちがこの教会の一部を破壊した。それからソヴィエト。その後教会は再建された。金と青で、教会は不気味に美しい。ビザンティウムのようだ。ビザンティウム。約束に満ちた言葉。新たなるローマ。彼女はシスティナ礼拝堂の写真を見たことがあったが、あれはこのようなものにちがいない。ここでは、壁や天井や柱に絵がある。鮮やかな色の飾り帯をつけた、羽根のある天使たち。ガウンと冠に飾られた聖人たち。みんなが見ている、見詰めている。徹夜の祈り。彼女は彼らに、自分のあらゆる部分を見られているのを感じた。生々しい痛みのすべてを。

教会内にいる負傷者の中で、年老いたソヴィエトの男性が死にかけている。彼はソヴィエトの記章が逆さまに縫いつけられている軍の上着を着ている。顔を隠すような黒いバラクラヴァ帽をつけていて、その下で、頭から出血している。カーチャは冬のコートを脱いだ。看護師がそれを受け取り、手洗所へ行くように指示する。ここでは医療従事者はみんな白いシャツを着ていて、胸とヘルメットに赤十字のマークをつけている。頭上では何百人もの聖人が見下ろしていて、憂いを帯びた大きな目で彼らを見詰め、両手を神に向かって上げている。絵の下、金杯の下で、男女が地面にうずくまっている。若い者も年老いた者もいる。彼らは十字を切って祈る。頭にスカーフを巻いた年配の女性たちのグループが、聖母マリアの絵の下で祈っている。カーチャはそこを歩いて通り過ぎる。

ソヴィエトの男性は床から間に合わせの手術台に移されていた。バラクラヴァ帽とズボンと靴を脱がせる。足は血まみれだ――爆弾の破片が、薄い皮膚にびっしりと刺さっている。帽子を脱がせると、男性は火薬に目をくらまされているのがわかる。両目を閉じていて、涙が頬を伝って顔の汚れを流している。外傷性脳損傷があり、発作の兆候も見られる。カーチャは泣き叫ぶ人々と、注視している聖人たちに囲まれて、手術のための服装を整える。口と両手を覆う。看護師が十字を切って祈りを口にする。二人は仕事に取りかかる。

年老いた男性の下の毛布は血で濡《ぬ》れているが、男性が眠らされるまでは、彼女には何もできない。

点在する複数の傷。麻酔薬が皮下に注入され、男性は意識を失う。彼女は年老いた男性の手首をつかみ、か弱い〝トクトク〟という脈を感じる。

彼女は男性にロシア語で話しかける。「あなたは強い。きっと耐えられる」

破片を取り除いてから、カーチャと看護師は止血帯を使って出血を止める。男性の脚を高く上げる。男性の左腕の血管に点滴をつける。塩基性溶液とリドカイン、そして角膜ジェルを両目に塗る。カーチャは毛布を求め、看護師が毛布を一枚手渡す。看護師はそれを、一メートルほど離れた場所の死体から取ってきた。死体にはシーツをかぶせた。何人かの看護師の手を借りて年老いた男性を毛布で包むが、カーチャはこの男性がまもなく死ぬことを理解する。

彼女は年老いた男性の胸を見る。胸は隆起する。

何時間かのち、カーチャと看護師は包帯の具合と血圧を診る。シーツ、壁、包帯は白い。

男性は寒さで震えながら、不明瞭に言う。「Ки́са」、キサ。子猫という意味だ。

カーチャは、その奇妙さに驚く。ペットの名前だろうか？　ペット？

アイザックは鳥のように震えるまで、雪の中で遊んだものだ。カーチャはアイザックを入浴させたあとで、フリースのパジャマを着せて膝に座らせた。自分も一緒に毛布にくるまって、息をした。二人で火のそばに座り、カーチャはアイザックの髪のにおいを嗅ぎながら本を読んでやった。

今日、彼女の息子は六歳だったはずだ。

カーチャは髪の毛を顔から払う。両手を洗う。洗面台の上で、聖母マリアが赤ん坊のイエスを抱き、カーチャが顔に水をかけるのを見ている。カーチャは見上げる。

聖書で、シメオンはマリアにイエスの死について言う。〝そして剣は、あなた自身の魂をも貫くだろう〟マリアは自分が何を体験することになるかを知った。

〝いったい、どんな犠牲なのよ？〟

カーチャは息子の夢を見る

彼女は雪についた息子の足跡を見る——兎《うさぎ》を追いかけるかのように。彼女は走る。足跡は歩道から通りへ、そして森へと続く。息子の名前を呼ぶが、森は静まり返っている。耳の奥に鼓動が響き、彼女は息をのんで耳を澄ます。

息子の笑い声が聞こえ、小屋から煙が上がっているのが見える。ドアを開く。

年老いた女性が小さなこんろの前にいる——鼻が長くて曲がっている。女性の脚は鶏《とり》の脚だ。女性はすり鉢とすりこぎを動かしながら、大きな声で言う。「ああ、遅すぎるよ、あんた。遅すぎる」年老いた女性は一つのドアのほうを指さす。

中には彼女の息子がいて、脚を上にしてぶらさがっている。額装された悲し気なビザンティン様式の目の絵が、床から天井まで壁にならんでいる。彼女の息子は青い顔をして、胸で腕を交差させている。

年老いた女性は温かいボウルとスプーンを持ってきて、言う。「さあ、あんた。なんて熟した小さい心臓だろう」女性は彼女にボウルを手渡し、それは彼女の両手に包まれて鼓動を始める。

カーチャのアパートメント
二〇一四年一月二十日
夜明け

カーチャは、海から顔を出すかのように、あえぎながら目覚める。ベッド脇のランプをつけて、眼鏡をかける――家でしか使わない、黒い縁の眼鏡――夫と息子だけしか、それをかけている彼女を見ない眼鏡だ。彼女は上掛けをめくり、裸足《はだし》で窓辺へ歩いていって、窓の掛け金をはずして冷たい空気を入れる。風を受けて震えながら、覚束ない手で煙草に火をつけ、冷気の中に煙を吐き出す。

ボストン爆弾テロ事件のあと、圧力鍋爆弾の破片――鋲《びょう》やボール・ベアリング――が皮膚や手足に深く刺さり、残骸によって目を損傷した負傷者たちがベス・イスラエル・ディーコネス医療センターに来た。緊急治療室というのはいつでも混沌《こんとん》とした状況にあるものだったが、カーチャとボストンのすべての住人、とても度胸のあるはずの人々が、気づくと狼狽《ろうばい》していた。それは息子の死を除けばカーチャが病院内で経験した最大の恐怖で、その二つの出来事を生き抜いたことで、非常に深甚なる大胆な気持ちが彼女の中に生まれ、その気持ちが、彼女をこの燃えている街キーウへと導いた。戦争が始まろうとしている国へと。

〝ウクライナ〟という言葉は〝国〟という意味だ。まるで国が一つしかないかのようだ。まるでほかに出身地などないかのようだ。でも、本当になかったらどうだろう？　全部、一つの国だったらのではない。

〝わたしは世界の子どもです〟一つの国に属するのではない。一人の母親、あるいは父親がいるのではない。

――この世界全体が。


アパートメントの窓から、バリケードが燃えているのが見える。老婦人《バブーシ》が手作りのスカーフとスープを差し出しているのを見て、カーチャは母親のことを考える。それは養母であり、生まれてこのかた記憶にある唯一の母親だ。カーチャがボストンに帰り、破綻した結婚生活を修復するのを待っている、愛する母。

カーチャは実の母親の写真を持っていないし、名前も知らない。手がかりはない。本当の親を知らない子どもの多くがそうであるように、彼女は実母の姿を永遠に若くて美しいものとして思い描く。子どものころの養母が写っている写真のような白黒写真の中の、ただしこちらは自分に似ている女性の姿を想像する。カーチャは毎日、短いものだが電子メールを送って、母親に無事だと伝える。

子どものころカーチャは、鏡の中の、茶色い巻き毛を長く伸ばした、暗い色の目をした自分を見て、その姿に向かって話しかけたものだ。彼女はわたしのようだろうと、カーチャは考える。話し方だって似ているだろう。カーチャは小さな口を開いて、自分自身に、自分の中の母親の血に向かって言う。「わたしはカーチャ。あなたの名前は？」そしてカーチャは、実母が自分に精霊として取りついてでもいるかのように、答えを期待して待ったものだ。

「会いたい」と、彼女は目に涙をためて自分の姿に向かって言う。母親が額におやすみのキスをしにくるときには、カーチャは目を閉じ、場合によってはそれが実母だと――

そして心の中でひどい罪悪感を抱く。

今、ウクライナにいて、実母はどこにいても、誰であってもおかしくない。カーチャは実母が生きていると思い描く。

「彼らは困っていた」両親は彼女に言った。「それで、子どもを育てられなかった」

「大変なことだったにちがいないわ」母親は言った。「心が痛んだ。可哀そうに、子どもを手放さなければならないなんて。でも、彼女はあなたをわたしたちにくれた。夜明けの前の夜。春の前の冬にね」

母親と父親は彼女を施設から家に連れ帰って、エカチェリーナと名づけた。偉大なるロシア皇帝、エカチェリーナ二世。キーウを見回して、カーチャは偉大さも、純粋さも感じない。息子は死に、結婚生活は破綻し、出生地は燃えている。

カーチャはバルコニーに煙草を押しつける。茂みから、黒い猫が鼠《ねずみ》をくわえて現われる。足跡が雪の上に残る。

〝子猫《キサ》、子猫《キサ》。どこに行ったの？〟

聖ムィハイール黄金ドーム修道院
二〇一四年一月二十日
正午

新しい一日の混沌のさなか、年老いたソヴィエトの男性の様子は安定している。看護師は彼のベッドの近くにカーチャが立っているのを見て、近づいてきて最新の彼の容態を伝える。看護師は言う。「まだ右腕と右脚に麻痺《まひ》があり、非流暢性失語《ひりゅうちょうせいしつご》も見られます」

カーチャはうなずき、手袋とコートを脱いで、年老いた男性を見る。その緑色の目は霧のように明るい。

「奥さんに連絡できるような身分証明書は見つかった？　家族は？　彼の居場所を知らせるような相手は？」

「まだ、親族に連絡は取れていません。彼のコートの中に電話番号がありました。電話には誰も出ませんでした。カセットテープもありました」

「それはどこに？」

「なくならないように、コートに戻しておきました」

「いいわ」彼女は言う。「引き続き、調べてみましょう。彼はここでしばらく養生する必要がある──まだ退院するのは早いけど、ほかの患者に場所を空けなければならない。もしかしたら、誰かが彼を探しにくるか、彼が回復するかもしれない」

カーチャは振り向いて、年老いた男性のほうを見た。顔色が悪く、髪の毛は薄くて、頭皮には卵のように染みがある。

「あなたを、この建物の隣の大食堂に移しますね。そこのほうが静かです」

男性はあらぬ方向を見ている。カーチャは彼が見ているものを見ようとした。男性のまわりには若い男たちがいて、毛布にくるまり、手首や腕に点滴をしている。男たちは顔をしかめて寝返りをうち、肩に顔を押しつける。教会は半円型屋根の下だ。どの声も不明瞭で、絶えず囁《ささや》き声が聞こえる。

だが年老いた男性はよそを見ているか、同時にあらゆる場所を見ている。

黒いガウンを着た聖職者の一団が、聖歌を歌い始める。そのうちの四人は、キリストの肖像の下にいる。音が、ボウルのような教会を満たす。複数の声が一つの声のように聞こえる――オルガンのように低く、そして高く。教会の中の人々も歌い始める。彼らはウクライナの聖歌を歌う。病人が歌い、医療従事者や看護師が歌う。祈りと嘆願が、同じように協和する。音楽が壁のあいだ、生きている者や死んでいる者のあいだに響く。

〝大波のようだ〟と、カーチャは思う――〝わたしたちは溺れているようだ。悲しみに、高揚に〟

以前これをどこで聞いたのだろう？　なぜ何度も戻ってくるのだろう？

〝ここでは、わたしたちは皆、水中にいる〟と彼女は考える。

彼女は話のできない年老いた男性のもとを離れる。

カーチャはボランティアに、彼の私物のおいてある場所を訊く。鐘の音、祈り、泣き声が聞こえる——ひどい頭痛がして、彼女はテーブルからアスピリンの瓶を取ってポケットに入れる。フルシェフスキー通りで暴動があった。負傷者が運びこまれる。カーチャに手を貸すボランティアは、ハルキウから来た。カーチャは彼女の名前を思い出せない。

「ここです」ボランティアは言い、年老いた男性の衣類の入ったビニール袋をカーチャに手渡す。カーチャはコートを取り出す。名前はないが、ソヴィエトのピンつきの記章がついていて、胸のあたりの内ポケットに紙が一枚入っている。柔らかい黄ばんだ紙に、色褪《いろあ》せたインクで、アメリカの電話番号と住所が書いてある。カリフォルニア州ロサンゼルス。その住所は、奇妙で場違いに思える。見知らぬ場所の見知らぬもの。想像もできない。彼女はコートをボランティアに返し、それは以前のようにきちんと積み重ねておかれる。

カーチャは電話を手にするが、若い女性に止められる。女性は緑色のコートを着ていて、髪を金と青に染めている。女性はカーチャの腕をつかむ。

「お願い」女性は言う。「彼が怪我《けが》してるの——先生、お願い——」

頭が割れるように痛み、カーチャは瞬きをする。〝みんな怪我してるわ〟と、カーチャは言いたい。その代わり電話と紙をポケットに入れる。カーチャは言う。「どこにいるの？」そして若い女性のあとについて、外に行く。

そこは戦場で、戦闘があったかのような有様だ。丸石の上に血。ボランティアの医師たちや女性たちが手袋とスープを運んでいる——誰もが指示を叫び、誰もが走っている。死者だけが動かない。

修道院の外、冬のせいで骸骨のようになった木の下に、男性が見える——頭と手から出血している。思ったより歳を取っている――彼女自身の年齢に近く、三十代後半か、四十代に入ったばかりだ。若い女性はその男性に駆け寄り、カーチャに手を振る。カーチャは雪の上に膝をつく。

「Dobriy dehn」カーチャはウクライナ語で男性に挨拶をする。「あなた――」

「行け」彼は言って、カーチャに手を振ってみせる。「わたしは大丈夫、大丈夫だ。ほかを助けにいってくれ」

カーチャは女性を見る。女性はカーチャに言う。「ベルクトが、鉄製の警棒で彼の頭を打ったの――たいしたことはないと言って」

「ヘルメットをかぶっていた」男性は言う。そう、そこにある――色を塗ったヘルメットがひび割れて、雪の中にある。

「お願い」若い女性はカーチャに言う。「彼は本当にばかなの」

カーチャはまわりを見回す。自分の周囲で傷ついている人々、死にゆく人々を。

「行け」彼はウクライナ語で言う。「頼む、行ってくれ」

彼女は男性の目を見詰める。そこに、無私の心を見て取る。遠い昔、彼女は同じ資質をエズラに見て取った。

「見せて」彼女は言う。男性は頭から手をどける。その手のひらは汚れていて、たこがある。力強い。

「いくつか質問をします、いいですか」カーチャは言う。「名前は?」

「ミーシャ・トカチェンコ」

「今は何年でしょう?」

「二〇一四年だ」

「大統領は誰？」

男性はカーチャを見る――「誰でもない」

「そう、いいわ。どこで生まれ育ちましたか？」

「プリピャチ――いや、ドニプロペトロウシクだ。ドニプロペトロウシク」

カーチャは確認を求めて、若い女性を見る。女性はうなずく。カーチャは男性の頭骨を診る。男性の目の前に指を二本立ててみせる。

「この指を追いかけて」彼女は言う。男性の目が、片側から反対側へと動くのを見る。

ボランティアが包帯と消毒液、アルコール、アスピリンと水のボトルを持ってくる。カーチャは男性の脈を取る。トクン、トクン、トクン――健康で安定している。カーチャは手ずから傷に包帯を巻く――男性の手のひらと、目の上だ。カーチャは男性に、視野についての質問をする。手の動きを目で追わせるが、その目は冷たい青い色だ。男性がアスピリンを飲むとき、カーチャも飲む。

「脳震盪《のうしんとう》の兆候に注意して。吐き気や錯乱。気分がよくなるまで、ここにいてもいいのよ」

「いや、いや」ミーシャは彼女に言う。「ほかの者から場所を奪ったりしない」

若い女性はカーチャに礼を言い、ミーシャに顔を戻す。彼女は言う。「わたしは戻るわ」

ミーシャは真顔になり、アスピリンの瓶に蓋をする。女性には何も言わない。二人のあいだの沈黙の重さを感じ、カーチャはその場を離れるつもりで立ち上がろうとする。

「先生」ミーシャはカーチャに言う。「こんなふうに、戦争中に家に戻ろうとしない妹がいたら、なんて言う？　男たちが殺し合いを始めてるっていうのに？」

カーチャは何も言わない。女性は笑い、口の端から青い髪を取《と》り除《の》ける。

「ミーシャ」女性は言う。「やめて」

ミーシャはカーチャから視線を動かさない。カーチャは体の重心を変える。しゃがんでいるせいで、脚がしびれている。

「あなたなら、なんて言う?」ミーシャはもう一度、カーチャに訊く。

カーチャは自分の両手とアスピリンを見る。

「何も言わないわ」

女性は立ち上がる。またカーチャに礼を言う。ミーシャには何も言わずに、女性は立ち去る。カーチャは立ち上がり、ミーシャも立ち上がる。彼は、女性が歩いていった方向を見る——マイダンのほうだ。

「彼女は闘いにいった。誰も彼女を止められない」彼は煙草に火をつけながら言う。笑う。

「ありがとう、先生」ミーシャは言う。彼は歩き去る。若い女性と同じ方向ではない。その足取りは、彼の手同様に重い。

カーチャは再び電話を手にし、年老いた男性のポケットにあったアメリカの番号にかける。呼び出し音が何度も鳴るばかりだ。

聖ムィハイール黄金ドーム修道院の鐘が、約八百年ぶりに鳴る
コブザ奏者による歌

セイヨウテマリカンボク、あるいはカリーナ・ベリーは、血統、世界の誕生を象徴する。キーウのマイダンの中央には、両手を広げた女神ベレヒニアの像がある。彼女はかつてレーニンがいた場所に立っている。のちに、レーニンが倒れた場所に。

彼女は母、スラヴ民族の家庭の保護者。彼女は独立広場の中央で、カリーナの花を持っている。

ここはダーシャとスラヴァが恋に落ちた場所、ミーシャがバリケードを築いた場所、カーチャが年老いたピアニストと出会う場所——

ここは抗議者たちが手をつないで歌った場所。ここはベルクト特殊部隊が銃を放ち、火炎瓶が煉《れん》瓦《が》やモルタル、鋼や人体に触れ、地面に穴を開けた場所。体を切り開き、出血をさせて。

ベレヒニアを見詰めているのは大天使ミカエル、盾と剣を持ったこの街の守護聖人。神の兵士。

聖ムィハイール黄金ドーム修道院で、二〇一三年十二月、教会のすべての鐘が鳴り響く――街に戦闘の準備を呼びかける不協和音。教会がこのように鐘を鳴らしたのは、それまでに一度だけ。約八百年前、モンゴル軍による侵攻に対してだった。

それで、全市民が来て、ウクライナ国民が来て、ベルクトが来て、軍隊が来る！　鐘はカリーナの音、世界の創造のように鳴る。

〝闘いに来なさい〟と、鐘は告げる。

〝来なさい〟

オーディオ・カセットテープの録音

A面

若いころ、わたしはプラハに行った。一九六八年、わたしたちは戦車に乗って街に着いた。海外任務だった。だがわたしたちは、戦争の準備をしろとは言われていなかった。実弾とガスマスクが供給された。これは子どものお遊びじゃないと、そのとき知った。

チェコの人々は、わたしたちが想像していたようには、歓迎してくれなかった。わたしたちは彼らに奇襲され、それは恐ろしいことだった。そのころわたしは少年だった。善《い》い男になりたかった。信じないかもしれないが、今もそう思っている。

わたしたちは道に迷った、わたしたちの戦車は――街頭の通りの標示が取り外されていたので、わたしたちは何日もプラハの街の中心の迷路でさまよった。彼らはわたしたちの車両に火をつけ、わたしたちは彼らの車両に火をつけた。地獄だった。火の手が上がり、石や煉瓦を投げつけられて、わたしたちは自分たちがどこへ行こうとしているのかわからなかった。

八月のことで、暑かった。いたるところ煙と灰で、喉が詰まった。わたしたちは、チェコのラジオ局に向かえと命じられていた――そこを封鎖する必要があった。わたしたちはその建物を襲撃し、アナウンサーたちを追い出し、銃を振り回して、みんな、煤《すす》だらけになった。

建物を出たとき、通りにいた女性がわたしにロシア語で、「兄弟よ、どうして？」と訊いた。振り向いてその女性を見ると、美しい女性だった。赤いコートを着ていて、髪は短くて――バリケードの脇を通りかかったとき、この出来事を見たのだ。もしかしたら仕事に向かっていたのかもしれない。もしかしたら局で働いていたのかもしれない。いずれにしても――そういう運命だった。

わたしは女性になんと言えばいいのかわからなかった。なんと言うべきか、誰も教えてくれなかった。指揮官が気づいて、女性に銃を向けてさっさと立ち去れと言った。女性はその通りにしたが、その目はわたしの目から動かなかった。今もまだ、動いていない。

一九六八年にプラハで百人が死んだ。チェコの学生が自分の体に火をつけた。それを真似る者たちがいた。

チェコの人々――おまえの国の人々、おまえの母親の国の人々――は、わたしたちを解放者だとはみなさなかった。わたしは来たのがまちがいだったのではないかと恐れた。それについて、家に書き送ったりはしなかった。口に出すこともしなかった。わたしは銃を持ったが、疑っていた。そう、わたしは疑っていた。人生で初めてのことだった。最後のことではなかった。

わたしはクラスで一番だった――父のように、強くて背が高かった。父は陸軍の将校だった、わたしはKGBの職員に採用された。

父。どれほど、父のようになりたかったことだろう。善い男になりたかった。善い兵士になりたかった。善い父親になりたかった。

［意味不明。間］

最後に彼女を見たとき、彼女に——おまえの母親だ——何を言ったか、覚えている。彼女は去ろうとしていた。わたしは〝止まれ〟ではなく、〝待て〟と言った。わたしはそれを毎日考える。〝待て〟というのは、〝しばらくそこにいろ〟ということだ。静止状態。辺獄《リンボ》だ。だが〝止まれ〟は——〝停止しろ、動くな〟という意味だ。〝行くな〟という意味だ。愛しい子、我が娘、わたしのアンナ——おまえがこれを聞いてくれるように祈る。行かないでくれ。頼む。

最後までだ、愛しい子。お願いだから、最後まで聞いてくれ。

独立広場《マイダン・ネザレージュノスチ》

二〇一四年一月十八日

〝そんなに簡単なはずはない。ウクライナはスラヴ民族のエルサレムだ。誰もが一片を求めている〟ミーシャ・トカチェンコはマイダンの野営地を通り抜けながら、十字を切って考える。燃えているタイヤの煙で、広場は息苦しい。マイダンのすぐ外、市の中心地では、空は澄んでいる。女性や男性が、職場や市場に行く。レストランやクラブに行き、笑い、愛を交わすが、ここでは煙が霧のようにたちこめている。ミーシャの額は灰で汚れている。彼は重いコートと重いブーツとウールのズボンを身につけて、バラクラヴァ帽をポケットに入れている。

キーウの一月は、とんでもなく寒い。

外の通りには支援者たちがいる。マイダンの抗議者たちのために簡単な食事を作る、顔の汚れていない人々。ミーシャは十一月からマイダンにいた。通りで大学生たちが襲われたときだ。彼はほかの者たちと一緒にキャンプを設営した。技術者として、バリケードや、ショベルで集めた雪、囲いに使うレール、階段——とにかく手に入る鋼や木材を使って建造物を作るのに手を貸した。負傷者を運び、家族のもとに来た子どもたちを保護した。

ミーシャは、男性が自分の子どもの目の前で殴られるのを見たことがあった。彼はその男性を殴ったベルクトを憎んだ——父親であるその男性に対して与えた痛みばかりでなく、息子に与えた記憶ゆえでもあった。ミーシャはベルクトが痛みを与えるのをやめるよう、取り計らった。彼は父親を助け起こし、少年の手を握った。ベルクトは歩道に横たわり、ミーシャは助けを呼んだ。

　男性の家族は、それでもマイダンに来る。ミーシャは母親のハリーナに会いにいく。ハリーナは自家製のパンとカリーナ・ベリーのお茶を持ってきた。ハリーナは弱々しく笑う——会うたびに、彼の手を握る。〝ここの誰もが、非常に疲れている。ここの誰もが、自分たちが始めたことを終わらせなければならないとわかっている〟ハリーナでさえ。ミーシャでさえ。

〝カリーナ〟のお茶はちょっと苦いが、温かいのが嬉《うれ》しい。お茶のせいで、ミーシャは組織がフランスへ移動する前のＦＥＭＥＮ（ウクライナのフェミニズム抗議団体）の抗議集会で、スラヴァがかぶっていたベリーの冠を思い出す。初めて彼女と会ったときも、彼女はカリーナ・ベリーの冠をかぶっていて、その冠はとても大きくて、彼女は正教会の聖人のようだった。鮮やかな色の髪、大きな目、薄い唇。

　殉教者。〝悲劇のヒロイン〟

　それでも、ミーシャは彼女に感嘆した。彼女は胸を露わにして通りに出たものだ、髪にリボンを飾り、ほかの女性たちと腕を組み、胸に国旗の色を塗って。ＦＥＭＥＮの女性たちは恐れ知らずで辛辣で、激しい。女性の権利を求めて叫び、腹部に〝ウクライナは売春宿じゃない〟と描いた。彼女は頻繁に逮捕された。マスカラが染みになり、太陽のように怒って家に帰ってくる、彼はその愚かさではなく、精神を愛した。彼女は理想主義者で、燃える目をしていた。

　スラヴァはもはやＦＥＭＥＮのことを話さない。男性が陰で組織の糸を引いていたのがわかったあと、その悪影響があったのは明らかだが、スラヴァはいつまでも失望してはいなかった。「うまくいっていなかったのよ」彼女は言うだろう。「あまりに無益だった——でも、その衝撃は爽快だったわね」

今、ふたたび気持ちを高ぶらせて、スラヴァはマイダンの通りから離れることを拒絶する。〝まずい試合なのに〟と、彼は考える。彼はそれがどんなものかを知っていたため、何度もさんざん彼女を説得しようとした。

〝人生は短すぎると知ってるでしょう、ミーシャ。あなたはそれを知ってる。怒るにはね〟ヴィラなら、そう言うだろう。父親だったらどう言っただろう。〝愛する者に腹を立てて、どれほどのエネルギーを浪費するつもりだ?〟

ミーシャはパンを食べ終えて、ポケットから携帯電話を取り出す。電子機器の充電ができるテントへ行く。そこには何人かがいて、二人は電話中、一人はノートパソコンを使っていて、ミーシャはその者たちに会釈をする。兵士のようだが、今日の銃撃のあと、誰も何も言うべきことがない。誰も、死者について話したくない。

ミーシャは電話にプラグを差しこみ、お茶をカップに入れ、両目を閉じて待つ。キーウに来たとき列車に乗っていた女性を思い出そうとする。古臭いクレオパトラのような外見だった――きっちり切りそろえられた、短い前髪。生真面目で気難しい。ドミニカだったか。ヴィクトリアか。

ミーシャはヴィラの葬儀のために、ドネツクから列車で戻るところだった。客室で、その女性と相席になった。彼女は雑誌から目を上げて彼を見て、脚を伸ばして彼の脚に触れた。互いの目が合った。彼女は脚を、彼の踝《くるぶし》からふくらはぎ、太腿《ふともも》へと滑らせていった。それから膝をつき、彼のベルトをはずした。ミーシャは言った。「悪いが、金がない」彼女は言った。「あなたのためにするのではないの。この列車に乗って別れてきた、夫のためよ。わたしのために、したいのよ」

それで、彼女はした。ことが終わったとき、彼女はミーシャに、キーウで演劇を見にいきたいかと訊いた。ミーシャは、持ち物といえばズックの雑嚢《ざつのう》とバックパックだけで、がらんとした自分のアパートメントに帰りたいとも思えず、「いいな」と答えた。

演劇はアパートメントの寝室でおこなわれた。外は雨が降っていて、窓はすべて開いていた。バルコニーが一種の舞台だった――それにつながって、寝室が二つあった。俳優たちはすぐ隣の部屋で着替え、観客はもういっぽうで公演を見た。

人々は室内の床やベッドに座り、廊下に立っていた。場所を作るため、家具の大半は取り払われていた。

ドミニカ――〝そういう名前だったにちがいない〟――彼女は親切だった。ドミニカは自分と彼のために、飲み物を持ってきた。プラスティックのカップに入ったワインだ。ミーシャは自分の雑嚢の上に座った。ストリング・ライトが、天井に光と影を作り出していた。演劇はバルコニーのすぐ前でおこなわれた。蒸し暑くて、湿気もあった。そこは混みあっていた。

ミーシャは気詰まりで、囚《とら》われたような気分だった。両膝を立てて胸に引き寄せた。彼はドアの近くにいて、誰かの脚が顔のすぐ横にあった。女性の脚だ――すね毛を剃《そ》っていなかった。

彼は、そのとき彼女が初めて笑ったのを思い出す。〝彼女はわたしの隣に座った。可愛い笑顔だった〟ミーシャは今になって思う、もっと彼女に感じよくするべきだった。〝ありがとう〟か、〝さよなら〟と言うべきだった。

そのとき明かりが消えた。バルコニーに女性たちが現われた――観客の中の助手たちが、舞台の照明として懐中電灯を使った。ブラジャーをつけていない白塗りの女性たち、みんな花の冠をかぶっている。胸にペイントをし、破れたヴィシヴァンカ（ウクライナの民族衣装）を着て、腹部や胸をむき出しにしている。

ミーシャは、それまで破れたヴィシヴァンカを見たことがなかった。それらは常に、清潔でアイロンがかけられていた。彼は顔の横の脚の持ち主が、体の重心を変えるのを感じた。ドミニカはワインを飲まなかった。誰もがじっとしていた。

そのとき、ソヴィエトの制服を着た何人かの男たちが入ってきた。彼らはライフル銃を持っていた——古いものもあれば、近代的なものもあった。ミーシャは、アパートメントにいる全員が撃ち殺される、皆殺しにされると思ったのを覚えている。兵士たちは観客に銃を向け、部屋にいた人々が叫び始め、何人かの女性は悲鳴を上げて、それから兵士たちはヴィシヴァンカと冠を身につけている女性たちに銃を向けた。

音楽が始まった、いや音楽というより騒音だった。鼓動のような、低いベースのような音。何もかもが震え始めた——その場、全体が。懐中電灯があちこちを照らし、暗闇の中で人々の顔や兵士の銃や体が明滅した。

そこで音楽が止まり、すべての照明が一人の女性に集まった。カリーナ・ベリーの冠をつけ、破れたワンピースを着た、胸の小さい女性だ。金髪で、黒い涙が頬を伝っているように見える化粧をしていた。スラヴァだ。

彼女は言った。

「Їсти власних дітей — це варварський вчинок!」

自分の子どもを食べるのは野蛮な行為だ！


ほかの女優たちが照らし出されてから、光が明滅しはじめた。女優たちは泣いていて、体をよじり、両腕と両脚を折り曲げ、振り動かしている。全員が互いの腹部や頬を吸い、自分の体を無理やり開こうとするように、指で腹部をつまんでいる。

スラヴァは立ったまま、ゆっくりと両腕を上げた。兵士たちが彼女と並び、ほかの女性たちは泣きながら、体をよじらせて地面に倒れた。兵士たちは銃を下げ、そこで電気的な音が響いた。その場全体が真っ暗になった。観客の中の一人の女性が泣いている以外、しんと静まり返った。

ミーシャは呼吸ができないように感じた。鉱山の中を思い出した。何もかもが暗く、何もかもが黒い。隣の女性の脚を感じ、壁につけている自分の背中を感じた。まるでアパートメントが崩れ、全員が互いに寄りかかり、倒れるような――


ミーシャは目を開けて、あえぐように空気を吸う。テントの中は暑くて、外に出る必要がある。呼吸をする必要がある。ミーシャは震えていて、頭がくらくらし、喉の奥で重い脈拍が感じられる。ポケットから薬を二錠出し、水なしで飲みこむ。

「大丈夫か？」ノートパソコンの男性が訊く。

「ああ」ミーシャは言う。携帯電話を見ると、充分に充電ができている。薬が効いてきたのか、気持ちが楽になってきた。彼は携帯電話を手にして、冷気の中へ戻る。

ときどき、こんなふうに甦《よみがえ》る。鉱山での出来事。

マイダンにいると、憲兵に追いこまれるとき、火事が始まるときにさらに悪化する。男たちがベルクトのバスに火をつけ、ミーシャはその煙にむせて、硫黄っぽい地下の煤を思い出した。マイダンでは、ミーシャはできるだけ外にいるようにする。

彼は、労働組合ビルディングには一度しか入ったことがなかった。初めて抗議者たちがそこを占拠したとき、スラヴァと一緒に入った。バラクラヴァ帽をかぶりソヴィエトの上着を着た男が、建物の外にある燃やされたベルクトのバスの上でピアノを弾いていて、多くの者が足を止めて歌った。奇妙なことだ、抗議者たちが群れ集い、政府は壊滅状態だというのに、人々は歌っている。スラヴァも足を止めて歌った。彼の横にいた年老いた女性が、胸に手を当てて、「彼の音楽に心が高揚するわ」と言った。色を塗ったヘルメットをかぶった男たちの一団が、バリケードを補修する手を止めて音楽に聞き入った。

そこには魔法があった——マイダンには。恐怖があるのと同時に。

事態が暴力的になったとき、ミーシャは彼女がマイダンに近づかずにいることを願った。だが彼女がふたたび何か美しいもの、可能なものを信じている姿を見て、気持ちが高ぶった。顔を塗った若い人々が手をつないでいる——スラヴァは最初からそこにいた。彼女はFEMENにいたときと同じような様子に見えた——目を輝かせ、荒々しい笑みを浮かべている。彼女はマイダンに戻り、何日も経っていただろう。そこへベルクトが来て、ミーシャは、国の残りの者みんなが戦っているのに、スラヴァが戦っているのに、自分だけアパートメントの中にいるわけにはいかず、マイダンへ出てきた。

ミーシャは彼女が彼を愛していないのを知っている――二人は互いに恋したことはない――でも兄のように偉ぶって彼女を咎《とが》め、家にいさせたかった。妹のように、彼女は聞く耳を持たなかった。今も、なお。スラヴァのような、ミーシャの母のような、ヴィラのような女性たち。彼はそうした女性たちを賞賛する。

ミーシャはテントを出て、焼けたタイヤのにおいに喉を詰まらせる。街の中心地は避難民のキャンプになっていて、彼はそれについて何かを感じたい、かつてのその場所に敬意を表したいと思うが、何も感じない。まだ恐ろしくて非現実的で、鼓動が速まる。

二度電話をかけたが、スラヴァは出ない。ミーシャは伝言を残すことを考えるが、何を言えばいいのかわからない。何を言うべきかわかったためしはなくて、何も言わない。すべての恐れ知らずの女性たちは彼を殺したがっていると、彼は考える。彼は彼女たちのことを気にかけ、愛し、彼女たちは彼を死ぬほど心配させる。彼は電話を舗道に投げ、ブーツで踏みつぶす。

スラヴァのアパートメント
ショフコヴィチナ通り
二〇一四年一月十八日

ヤロスラヴァ・オルリクは起きて、ミーシャからの着信に、二度出損ねたことを知る。彼女のほうから二度、電話をかけなおすが、つながらない。彼女はベッドに横になって電話を見る。聖書に出てくる名前の、アメリカ人ジャーナリストからのメッセージが届いている。アダムとは、抗議活動が始まる直前の十月に、クラブで出会った。

「踊らないか?」彼はロシア語で、音楽に負けないように大声で彼女に訊いた。

それは彼の、キーウ滞在最後の夜だった――彼はアメリカの大きな雑誌にエッセイを寄稿していた。

彼女は彼の腕に触れた。

それから襟に。腰に。唇に。

「わたしのことを記事に書く?」彼女は彼が立ち去る前に訊いた。彼は顔を赤らめて笑った。

今、スラヴァは電話を見て、テキスト・メッセージを読む。〝抗議活動のためにウクライナにまた行く。もう一度、会いたい〞

スラヴァは短い人生でたくさんの苦難を見聞きしてきて、彼の賞賛、熱烈な視線が嬉しかった。〝このアメリカ人には何か甘い魅力がある〞と、彼女は考えた。返信はしない、まだだ。その代わり、彼女はまたミーシャに電話をかける、三度目だ。やはりつながらない。

　何年も前に、陰気な青い目をしたミーシャ・トカチェンコに初めて会ったとき、彼を愛してその寂しさを追い払ってやりたいと思った。

　彼はヴィラのことをスラヴァに話さなかった――すぐには。彼が既婚者であることはわかった、キーウに戻った最初の夜、彼はまだ指輪をしていた。ヴィラのこと、彼女の病気のことをミーシャがスラヴァに話したのは、何週間も経ってからだった。それと同じ夜、彼はスラヴァに父親のこと、父親の病気のことを話した。彼の母親のことも。スラヴァはいかに彼が家族を愛しているかに、驚いた。そのとき唯一、ミーシャを羨ましいと思った。スラヴァは自分の父親が善い男であればよかったと思う。母親が善い女であればよかったと思う。ミーシャが家族の話をしているあいだ、スラヴァは指で彼の腹部を、尻の曲線をなぞっていた。話が終わると、彼の性器を、開いた口を求めた。

　スラヴァは小さな鎮痛剤。彼女の愛はベンゾジアゼピンのようなもの。苦悩する心が、スラヴァの助けで寛《くつろ》ぎ、やがて力を抜く。

　二人の性交が終わったとき、スラヴァはミーシャを velykyy brat と呼ぶ――兄。彼は彼女を妹と呼ぶ。彼女は彼の妹ではないし、彼は彼女の兄ではないが、二人は一緒にいる。今では何年も、間に合わせの家族だ。

　スラヴァは四度目をかけるべきかどうか迷いながら、携帯電話を見る。マイダンで暴力的な威嚇行為があった、彼女はミーシャが怪我をしたのではないかと心配だ――ほかに彼が電話をしてくる理由があるだろうか？

彼女はベッドから出る。髪の毛はもつれ、寝間着は皺《しわ》くちゃだ。彼女はシャワーを浴び、歯を磨き、服を着て、頭の高い位置で髪をまとめる。ブーツの紐《ひも》を結ぶが、そのとき正面のドアが揺れるほど乱暴なノックの音がして、心臓が喉から飛び出しそうになる。彼女は待つ、待つ、すると彼女の名前を呼ぶ声がする、スラヴァと、そして彼女がブーツを片方だけ履いた状態でドアを開くと、大きな男がいる——怒りとパニックで顔を火照らせた、ミーシャ・トカチェンコだ。

「電話したんだぞ」彼は言う。「二度だ、でも出なかった」

「電話を返したわ」スラヴァは言い返す。「でも出なかった」

「電話を壊した」彼は言い返す。「誰も出ないんだったら、持ってる意味はない」

「その代わりここに押しかけてきて、わたしに怒鳴るの？　いったいどうしたのよ、ミーシャ？」

ミーシャは雄牛のように鼻から荒い息をしながら、スラヴァのアパートメントの外廊下を行ったり来たりする。スラヴァには、彼がパニック状態であることがわかる。

「ミーシャ」彼女はそっと言う。「ミーシャ、靴を脱いで、中に入ったら。朝食を作るから」

彼女はミーシャに近づき、コートを脱がせる。彼の腰に手を回し、キッチンへ行く。スラヴァは卵を調理する。ミーシャはバルコニーに行って煙草を吸う。静かだ。まだ時間が早い。でもサイレン——まだサイレンが鳴っている。

「煙のせい？」スラヴァは皿を二枚運びながら訊く。テーブルの上の彼女の電話に、メッセージの着信を示す光がついている。

「そうだと思う」ミーシャは言う。「喉が詰まる、ほら、鉱山の中の硫黄みたいにな。それでパニックに」

スラヴァはうなずく。「ここにいなさいよ、ミーシャ」彼女は言う。彼はかぶりを振り、電話のほうを示す。

「あいつには会って欲しくない」

「誰のこと？」

「アメリカ人だ」

スラヴァは彼を見る。どちらの皿も手つかずのままだ。

「仕事の連絡よ。わたしは興味深い人物、ウクライナの女性で、彼は記者なの。わたしの記事を、彼が書く」

「ばかなことだとわかってるだろう、スラヴァ。彼はそんなふうには考えていない」

「どんなふうに考えているの？」

「きみはそいつに借りを作ることになる」

「いずれ、彼はわたしに恋してると思って、プレゼントやお金を送ってよこすでしょうね、わたしは彼とセックスして優しくして、彼に恋してるふりをする。対等よ」

ミーシャは煙草の箱を手にして、椅子の背にもたれかかる。一本を耳にはさむ。「愚かなことだ」彼は言う。でも、彼は自分の負けだとわかっている。

スラヴァは、妻として彼を愛し、彼のために家庭を作れると思いかけたのを思い出すが、実はそのようなタイプの女性ではない。母親はそうしてほしかったかもしれないと、彼女は考える。ミーシャを見て、髭《ひげ》を剃ってもいないしシャワーを浴びてもいない今でさえ、ハンサムだと思う。彼は煙草を口にくわえる。立ち上がってバルコニーに行き、煙草に火をつける。

「スラヴァ」ミーシャは言う。「悪い。疲れすぎてるんだ」彼は彼女と目を合わせる。「たぶん、何も言わずにいるべきなんだ」

スラヴァは、もし自分がちがう女性だったら、この男性と結婚するだろうと考える。ちがう人生では。

スラヴァのアパートメント
ショフコヴィチナ通り
二〇一四年一月十八日

ミーシャはスラヴァのベッドで、彼女の横に寝ている。こんなふうにキスをしてから、愛を交わしてから、二人が一緒になってから、一年以上が経つ。この状態が、気楽で自然に感じられる。スラヴァの両脚が開いて彼のほうに伸び、爪先がぴんと張っている。太陽は沈み、二人は二度愛を交わし、眠り、一緒にシャワーを浴びた。今、彼女は彼の横に寝ていて、寝返りを打って彼を見て、肘をついて上半身を起こす。

〈ホロドモール〉だ——彼は思い出す。〝あの演劇は、そういうタイトルだった〟

ミーシャの祖母は飢餓《ホロドモール》の時代を生き延びたあと、当時について書き残した。祖母たちの農場はチョルノービリの郊外にあった。チョルノービリが存在するずっと前からだ。何もかもソヴィエトに取られた。祖母は腐ったジャガイモや痩せた鳥、痩せた犬、痩せた猫を食べた。草を食べ、水を飲んで腹を膨らませた。

何年ものち、幼い女の子だったミーシャの母親が日記を見つけた。彼女はその中で、自分の子どもを食べたと疑われる近隣の農場の男のことを読んだ。ミーシャの母親はそれ以来、農場の老人が庭の向こうから手を振っても、その老人を避けた。そのうえ、彼女は自分の父親を恐れるようになった。ものすごく腹が減ったら、いつか父親は自分を食べるのではないか。

〝肉体が生き残るのに、どれほどのエネルギーが要る？〟

〝肉体を殺すのに、どれほどのエネルギーが要る？〟

ミーシャは、スラヴァのそばかすのある肩に落ちかかっている、毛先の青い巻き毛を一房手に取った。

「初めて会ったときのことを覚えてるか？」彼は訊く。「あの演劇のことを？」

スラヴァは笑う。「ミーシャ、やめて。そんな感傷的なこと。煙を吸い過ぎたんじゃないの？」

「マイダンで、あのときのことを考えていた。どうしてだろうな。なあ、覚えてるだろう」

「あなたはドネツクから戻ってきたばかりだった。キーウでの最初の夜だった。翌日ヴィラを埋葬した」

「そうだ」

ミーシャは囚われたような気分だ——ある種の寂しさに襲われる。スラヴァはそれを見て取り、彼と目を合わせようとする。彼は彼女の肩に手をおき、親指で彼女の骨をなぞる。

「キーウは、きみがいたから我が家だった」彼は言う。

スラヴァは微笑《ほほえ》みを浮かべようとする。涙で声が詰まる。彼女は彼の手の上に自分の手を重ねる。

「どうしたのよ、ミーシャ？　何があったの？」

彼は彼女の手を見て、それを握る。

彼は何も言わないが、感情に圧倒されている。終わりだと理解し、その思いが波のように膨れ上がり、溺れそうだと思う。手放す感覚。悲しみのよう、追悼のようだ。

ヴィラを思うとき、彼女は触れることのできない存在だ。彼女は夢のよう、聖人のように、触れることができない。彼女はまだ、ときどき彼を訪れる。見えるのではない。記憶ではない。たぶん、感覚だ。近くにいる感じ、誰かが彼を愛しているという感じ。

「ミーシャ」スラヴァは彼の肩に顎をのせて言う。「ミーシャ、これが最後になるわ。わたしたちにとって、これが最後。いい？」

「わかってる」彼は言う。スラヴァは彼の額にキスをする。「今夜は泊まっていって」彼女は言うが、二人とも、彼がそうしないのを知っている。

レムコの民謡

コブザ奏者による歌

一緒に歌おう
二つの声で。
一つは高く歌い、
もういっぽうは低く歌う。

二つの声に
もう一つが合わさるとき、
美しいだろう
三つの声で。

人々は考えるべきでない
オルガンが演奏していると。
我々の村では
人々が歌っているのだ。

オーディオ・カセットテープの録音

A面の続き

わたしが赤軍に入ったとき、ソヴィエトのあらゆる善良なる少年たちにとって英雄はレーニンだった。わたしは第二次世界大戦直後の、スターリンの時代に生まれた。父は、当時兵士だった。叙勲された将校だった。わたしは父を愛していた。わたしにとって、父はレーニンより大きく、スターリンより強かった。学校でほかの子たちと玩具《おもちゃ》の兵士で遊ぶさい、心の中でいつも、父になったふりをした。

父はハンサムで、静かで、相手に恐れを抱かせるような男だった。母は若かったが、父を理解していた。子どもながらに、わたしにもそれがわかった。二人は何時間も、一言も話さずに同じ部屋にいられた——母は縫物をし、父は新聞を読んでいた。

家は平和だった。母と父はけっして争わず、子どものわたしにとっては、それは二人が愛し合っているということを意味した。もしかしたら、二人は互いを恐れていたのかもしれない、互いを知りたいと思っていなかったのかもしれないなどとは考えもしなかった。二人は満ち足りた人生を送っていて、結婚してソヴィエトの流儀で子どもたちを育てて、ほかに何があるというのか。家の中に響く唯一の物音は、わたしの弾くピアノとアンナが踊る足音だった。彼女とわたしが発して、わたしたちのお腹や喉を満たす叫び声や笑い声、幸せな目に浮かぶ涙——わたしの両親の家で子どもでいるのは、すてきなことだった。

母は才能のあるひとだった。鳥がさえずるような優しい声をしていたが、わたしたちに音楽を習わせたがったのは父だった。この世界は場合によってはひどく野蛮な場所になるから、洗練された人間になるために芸術を学ぶべきだと、父は言った。父が戦争を生き延びてきたことを、わたしはしばしば忘れた。


わたしは稽古に抵抗し、教師に〝どうやって鍵盤が音を立てるの？〟とか〝鍵盤って何？〟などと質問をして稽古を滞らせ、一度などは教師が苛立《いらだ》って腹を立てて、わたしに声を荒らげ、定規でわたしの手を叩《たた》いて、とにかく音階を弾けと言った。父がわたしを迎えにきて、わたしの手が赤くなっているのに気づいた。

「これはどうした？」父はわたしの前に膝をついて、わたしの両手を持ってたずねた。「上手に弾けなかったのか？」父はわたしに訊いた。わたしはかぶりを振った。

「とても上手に弾きます」教師は言った。「弾くつもりになればね」それから彼女は父に、わたしが質問をし過ぎたと言った。


父は立ち上がり、教師と目を合わせてたずねた。「どんな質問ですか？」ピアノの教師が説明をすると、父はうなずいて、何も言わず、わたしの背中に手をおいてドアから連れ出した。

父は教師の父親に電話をした。ピアノ店を持っている人物だった。「息子はいかに音楽が奏でられるかに興味があります。芸術的な稽古と同じくらい、構造に興味があるようだ」

一週間後、年老いた〝ピアノの男〟がうちに来た。母はそのひとをうちのピアノの近くまで連れてきた。わたしはそこで、座って待っていた。母はお茶を持ってきて、年老いた男性はわたしに向かってうなずいた。母は、わたしたちを二人きりにして出ていった。

「さて」年老いた男性は小声で言った。「ちょっとした魔法を覚えてみないかい？」

わたしはうなずいて、年老いた男性はわたしと並んで椅子に座り、ペダルを試しながら鍵盤を押し始めた。男性は持参した小さな本の中の曲を弾いた。弾き終わってから、男性は、ピアノの上の写真や小間物をどかすのを手伝ってくれと言った。

わたしは両親の結婚式――裁判所で写した民事婚の写真を運んだ。アンナとわたしの赤ん坊のときの写真、アンナがわたしにもたれかかっていて、わたしは脚を組んで座り、アンナを支えている。わたしはそれらを大事に優しく、ほかに何もおかれていないテーブルに運び、曾祖母が作った人形を動かし、旗手のような生真面目さでそれらを抱えた。年老いた男性はわたしの注意深い態度を見て微笑み、それから、高い位置に立てるように椅子を取りにいかせた――中を見る必要があると、男性は言った。学ぶためには、わたし自身でピアノに触れる必要があった。

彼は黒いアップライト・ピアノの屋根を開けた。ピアノの内部を、わたしは初めて見た。彼は正面を取りはずすためにはピアノの枠のどこをはずし、どこのねじを取ればいいかを教えてくれて、ペダルの近くの基部を露わにした。

「ハープみたいだ」わたしは年老いた男性に言った。

「バンドゥーラを知っているかな、アレクサンドル？」彼はわたしに訊いた。

「ギターみたいなものでしょ」と、わたし。「それか、ハープか」

「そう、いいだろう。バンドゥーラはドゥーマ――つまりは叙事詩物語を歌うのにコブザ奏者が使ったものだ。コブザ奏者というのはわかるかい？」わたしはかぶりを振った。年老いた男性は肩掛け鞄《かばん》に顔を向け、道具を一つずつ取り出した。

「コブザ奏者というのは物語を語るひとたちのことだ」彼は言った。「音楽家であり、歌い手でもある。これらのひとたちは、盲目であることが多い――母国語のウクライナ語で歌い、それがツァーリを怒らせた。それで殺されて、禁止された」

「どうして殺されたの？」わたしはたずねた。

「コブザ奏者は庶民のために演奏したからだ。支配者は彼らを役立たずだと言い、追い払い、無視した――でも、コブザ奏者はツァーリの考えに挑戦したから、危険だとも考えられた」年老いた男性はわたしを見て、道具を一つ選び出した。

「音楽はな、アレクサンドル。それは強力で、危険なものだ」男性は逆さまのねじ回しのように見える奇妙な道具を手にして、微笑んだ。「わたしたちは、それを守るためなら、どんなことでもしなければならない」

　年老いた教師は、来る週も来る週も、ピアノの直し方を教えてくれた。アンナがバレエの稽古から帰ったとき、わたしは年老いた男性と一緒にピアノの下にもぐり、ペダルを試し、弦を交換していたものだ。上靴を履き、スタジオの熱気のせいで頬をピンクに染めたレオタード姿のアンナは、わたしの横に膝をついて作業を見ていたが、やがてわたしたち二人を残して立ち去った。

　父は資材の実費を支払ったが、年老いた男性は、労働賃金や指導料などはいらないと言った。年老いた男性は、ほかの者が近くにいるときは、絶対にコブザ奏者のことを話さなかった。

わたしを相手に、彼はピアノの仕組み、ハンマーが弦を打って音を出すからくりを説明した。彼はわたしに宇宙の音について語り、仏教徒やヴェーダ語圏の人々、ジャイナ教徒たちはマントラの〝オーム〟が創世のさいに最初にあった聖なる音だと信じていることなどを話した。その音は三つの神から成っている。ブラフマー、ヴィシュヌ、シヴァだ。

〝ナダ・ブラフマー〟は、〝神は音である〟という意味だ。〝ナダ〟は振動、〝ブラフマー〟は神だ。

年老いた教師はわたしにこれらのことを教え、わたしは、彼がピアノの調律をしながら教えてくれる事柄は聖なるものであり、秘密であり、それまでにわたしが学んだどんなものよりも重要だと理解した。

ふたたび信頼を学ぶまで。ヤーミラと会うまで。ヤラ。

「愛はね、アレクサンドル」年老いた男性は、二人で過ごす最初の日に言った。「それはすべての言語、すべての宗教において聖なるものだ。〝神は愛だ〟」

「神さまは実在しない」わたしは言った。

年老いた男性はわたしに微笑んだ。彼は言った。「それじゃあ、きみはそのように信じているのかい？」

わたしはうなずいた。

年老いた教師はピアノのもとへ行き、演奏しながら、ヘブライ人は天球の和声を信じていたと教えてくれた――惑星は音高と類似し、音階と同じ比率で位置している。七つの惑星に、七つの音。

アリストテレスによれば、わたしのピアノ教師によれば、ピタゴラス学派の人々はこのように言った。〝全世界は音階と数字だ〟

この年老いた教師はわたしに音楽を教えてくれた。彼は神について教えてくれた。彼は、愛の力について警告してくれた。

ソヴィエトの時代、神を信じるのは危険で、愛することは危険だった。いくつかの愛は問題ない――レーニンへの愛、スターリンへの愛――だが、ある種の愛は、命取りになりかねない。より深いもの。ひとに取りつき、分別を失わせるようなもの。家族の愛でさえ、充分に危険だった。だが、その存在を知ったとき、病気のように感じてなんとか対処しようとするが、それを守ろうとして身を亡《ほろ》ぼすことになるような愛がある。

まったく苦しいことなのだが、愛する者よ――わたしはその、敬愛する年老いた男性の名前を思い出せない。

聖ムィハイール黄金ドーム修道院
二〇一四年一月二十四日

ミーシャ・トカチェンコは修道院にいて、負傷者を助けていた。カーチャが朝やってくると、彼はそこにいて、彼女が帰るとき、彼はまだそこにいる。どこかに食事を摂《と》りに行くときは姿を消すのだろうが、とにかく彼は穏やかな様子でそこにいた。カーチャは彼がいるのが好きだ。医師とはちがうように、医療従事者とはちがうように、人々と話ができる。彼はずっとマイダンにいたので、何を言うべきか心得ている。彼は気安くて友好的で、負傷者たちを笑わせる。

彼はまた、信じられないほど真剣で、優しい。男性の肩をつかんで励ます。若い死者のために祈る老女の両手を握る。カーチャは気づくと彼を探している。彼を見ると心が安らぐからだ。彼は誰にも安らぎを与える。

ミーシャはあの年老いた男性とともにいた。ミーシャはその男性を司令官と呼ぶ。年老いた男性のもとにはたくさんの者が訪れ、小さなプレゼントをおき、彼のために祈る。その多くにとって、男性の顔を見るのはこれが初めてだ。

「この男性のことを聞いたことはなかったかい？」何日も前、訪問客が司令官のまわりに群れているのを見ながら、ミーシャはカーチャに訊いた。

「今は司令官と呼んでいるが、マイダンのピアニストとしても知られている」

「マイダンのピアニスト？」

「毎日、独立広場に演奏をしにきた。いつもこの古いコートとバラクラヴァ帽を身につけてね。一種の英雄なんだ」

「気づかなかったわ——誰か、本当の名前を知ってるかしら？　結婚指輪をしてる。誰か、彼が奥さんの話をしてるのを見聞きしたひとはいない？」

「いないんだ。彼に近づけた人は、目が茶色いと言っていたが、ここへ来てから緑色の斑点があるのがわかった。なにしろひとを寄せつけない」

「じゃあ、彼の名前を突き止めるのが、あなたの仕事ね」彼女は言い、その場を去った。


彼女は電話番号をもう一度試すことはしなかった。司令官は彼女がそれを知っているのを、カセットテープと一緒にポケットに入れているのを知らない。彼女はミーシャにカセットテープのことを話し、彼は古いプレーヤーがあるからここに持ってくると言った。だがフルシェフスキー通りの暴動で、注意が逸《そ》れてしまった——抗議者たちは軍のバリケードに動きを封じられ、特殊部隊が彼らに発砲した。大統領は勇気ある行動を取ったとして特殊部隊を表彰した。それでも抗議者たちが街路に現われ、病院が安全ではないため、彼らは傷つきながら教会へたどりついた。充分な看護師がおらず、カーチャはミーシャに包帯の巻き方や適切に傷口をきれいにする方法、手のひらで出血を止める方法などを教えた。二人は潮の流れに捕まった二艘《そう》の船のように、別々に漂いながら、できるだけ多くの人々を助けようとする。

今、途切れることのない仕事のさなかで、カーチャは司令官の様子を確認しにいくのを忘れたこと、そしてミーシャの姿が見当たらないことに気づく。あわてて大食堂へ行き、そこで二人を見つけてほっとする。ミーシャはロシア語で年老いた男性に話している。司令官は静かで落ち着いている様子だが、まだ話はできない。横にいるミーシャとともに司令官が笑うのを見てカーチャは微笑み、この年老いた男性は回復するかもしれないと考える。

彼女はきれいな茶色いスーツと帽子を身につけた司令官を想像する。今回の怪我のせいで脚を引きずっているかもしれない。杖《つえ》。つややかな革靴を履き、きれいに髭を剃っている。彼がカフェにコーヒーを飲みにいき、若者がそこで待っているのを想像する——息子か娘だ。二人がしばらくぶりに再会するのを想像する。最初の対面の場面の先は想像できない。ぼんやりしている。でも感覚はわかる——温かな雰囲気に満たされ、彼女は希望を感じる。

今度あの電話番号に電話をしたら誰かが出るのではないかと、希望を感じる。電話回線の一端で待っているときの、反響音のような音を考える。彼女はさんざん待って、待ってから、通信は切れた。静寂。呼吸のあいだの空白のよう。

彼女はほんの一瞬、アイザックのことを考える。三十回も読んだ、エズラからの手紙。

〝帰ってこい〟エズラは書いていた。〝頼む、帰ってきてくれ〟

彼女はボストンの我が家を思う。重たい錠が回り、網戸が撥《は》ねて背中に当たり、出入口で泥だらけのブーツから解放される。髪の毛をたくしこんであるマフラーとハンドバッグ、コートをエズラの分厚くて黒いピーコートとアイザックの柔らかい青い上着のあいだにかける。家の中は冬はシナモン、夏は塩のにおいがするはずだ。鍵をフックにかける、アイザックが駆け寄ってくるだろう、またもや一日十四時間の勤務、手術、そして回復――〝ママ、ママ〟――不規則な心拍のような足音。

タタン、タンタン、タタン。

だがウクライナでは太陽が沈もうとしており、カーチャは空腹で気を失いそうだ。彼女は背中の、肩の近くを撃たれた男性の処置をしていた。男性は回復し、いい状態のようだった。すごく心臓に近かったと、彼女は傷を診ながら考える。わたしたちの中にも、幸運な者はいる。手を洗いにいくと、ミーシャが近づいてくる。

「元気かい、先生？」彼は言う。

彼女は彼に、弱々しく微笑む。「まあまあね。休みたかったの。ほんの少し」

ミーシャはわかるというように、うなずく。かすかな笑みとともに言う。「じゃあ、あなたも超人ではないわけだ？」

カーチャは両手を拭いて、笑い返しながら彼を見る。「毎日ここにいるみたいね。笑っている。手伝っている」

ミーシャは肩をすくめる。「たいしたことじゃない」

「たいしたことよ」彼女は言う。「わたしはアメリカから来た医師。あなたと同じようには信頼されていない。あなたはみんなを慰められる。才能だわ」

彼はまた肩をすくめる。それから、「あなたのウクライナ語には、ちょっとおかしな響きがあると思ってた」

「そうでしょう」彼女は言う。「わたしはコパチ村で生まれたんだけど、合衆国で育ったの」

「コパチ?」

「そうよ」

「へえ」彼は言い、腕を組んで彼女を見る。査定するように。

「祖母の農場がオパチチにある。遠くないな」彼は言う。「ある意味、隣どうしだったんだな。うちの家族と。わたしはプリピャチで育った——だから、遠くない。まあ。一時期だがね」

カーチャは何も言わない。

彼は彼女の不安を感じとる。彼は彼女を楽にしようとする。「訊くつもりだったんだ——司令官のことだけど?」

カーチャは両手を見る。「ひどい怪我だわ」

ミーシャは彼女に触れそうになるほど身を寄せる。「先生、彼は助かるかな?」

カーチャは上着の皺を伸ばして、ため息をつく。今は眠っている年老いた男性のほうを見やる。彼に対して感じているものがなんなのか、わからない。ある種の優しさだ。

「それは、わたしたちの決めることじゃない」彼女は言う。

「カセットテープはどうした?　聞いてみるべきかな?」

「わたしたちに向けたものじゃないわ」カーチャは言う。ミーシャはうなずき、眠っている司令官のほうを見る。カーチャは、優しい気持ちを抱いているのが自分一人ではないことに気づく。

「ここには長くいる予定なのかい、先生?」彼は彼女に訊く。

「カーチャよ」彼女は静かに微笑みながら言う。「わたしの名前。ここには、必要とされるだけいるわ。抗議活動が終わるまで」

「カーチャか。今夜はどうする？　ここにずっといるのかい？」

彼女は、時間がわからないのに気づく。

「食事はしたか？」彼は彼女に訊き、カーチャは笑う。

「いいえ」彼女は言う。「食べたほうがいいみたい」

「頼むよ」ミーシャは言う。「何か探してこよう」

カーチャは両手を上げて断わろうとするが、ミーシャは手を振ってそれを制し、修道院のドアの向こうに消える。

独立広場
二〇一四年一月二十四日

抗議活動中、マイダン周辺の通りには常に音楽があった。何も問題のないときは、ミーシャはギターを持参して、そこに加わった。人々が円を描いて集まった。

円はハーモニーを生み出す。

円は歯車のように、繰り返し回転する。

鉱山の手押し車の車輪。

いい、いい、いい
さあ、歌え。さあ——

最初は、彼は仕事のあと、夜にしか来なかった。ある若い大学生にギターの弾き方を教え始めた。毎晩、噴水の近くで会い、コードの押さえ方をやってみせた。事態が暴力的になったとき、ミーシャはその若者の行方を見失った——オレフという名前だった。ほかに何も知らなかった——名字も、住所も。彼らは来たときと同じように自然に、一人、また一人と消えた。

〝けっして見つからないものを探すのに、どれほどのエネルギーが要る？〟

カーチャのために食べ物を探しているとき、彼は焼けたベルクトのバスの上に、青と金色に塗られたピアノがあるのを見る。新しいピアニストが演奏している。その顔は青く塗ってあり、寒いのに両手はむき出しだ。司令官ができないので、この男性が演奏している。防弾チョッキと疲労を身にまとっている。司令官はいつも暗譜で演奏していたが、このピアニストは楽譜を持っている。ピアニストが弾いて、何人かが肩越しに覗いて歌う。

ミーシャは煙草に火をつける。ピアニストがその歌を弾き終えるとき、群衆に向かって叫ぶ。

「司令官、万歳、英雄に栄光あれ！」

ウクライナの人々がキーウで抗議活動を始めてから、三カ月近くになる。あまりに多くが死んだ。あまりに多くが負傷した。ミーシャは司令官へ敬意を表して会釈する。ミーシャは司令官に、彼がいなくてみんなが寂しがっていると伝えるだろう。

ミーシャがヴィラをキーウに残して、鉱山で働くためにドネツクに戻ったとき、彼女はピアノを習い始めた。ずいぶん長いこと弾いていないと彼女は言い、話し相手ができるのもいいことだった。教師が見つかると、彼女はテープ・レコーダーで稽古を録音し、保存した。彼女はレコーダーをよく使うようになり、電話ではあまり長く話せなかったので、稽古と稽古の合間に自分の声も録音し、日常生活や考えや希望をミーシャに向かって話すようになった。出来事や会った友人のことを話し――夕食やカフェで同席した共通の友人たちの声も録音した。ミーシャが遠く離れたドネツクで働いているあいだ、彼女はこうした録音を彼に郵送したものだ。ミーシャはそれを、暖かい場所で酔いながら何度も何度も聞き、やがて眠りに落ちたものだ。

今は零下十五度だ。群衆は解散した。ピアニストは友人たちと一緒に、煙草を吸っている。ピアノの演奏がないと、冷気の中で、静寂は明快で騒々しくて、鮮明だ。

彼はカーチャが何を食べたいだろう、彼女のために何がいちばんいいだろう、何が彼女の力になるだろうと考え始める。カーチャを助けているという考えが気に入っている――彼女の生真面目に寄せた眉、注意深い手。彼は彼女に、彼女が患者を扱う様子に、注意を払ってきた。彼女は慎重だった。冷静だった。彼は彼女の落ち着いた優雅さ、自然な気安さを楽しむ。

ヴィラとはちがい――ヴィラは繊細で、鳥のように軽い――カーチャには脆《もろ》さがない。カーチャは小柄だが、屈強さが感じられた――賢くて肉感的で感情的な認識力、物質的でありその逆でもある。そして、そう、甘さがある。

〝彼女はチョルノービリの出身だ〟と、彼は考える。彼女のための食べ物を考えるとき、彼は、彼女を喜ばせたいと思う。スープ――完璧な食事――と、コーヒーを一杯手に入れる。

あまりにも長いあいだ、ミーシャは傷つき、無能だと感じてきた。〝いい気持ちだ〟と、彼は考える。つまり、役に立つことがだ。彼はヴィラのことを考えたくないが、考える。特に、今は。特に、カーチャを手伝っているときは。彼は最期が近くなったヴィラを思い出す。抱き上げたとき、どれほど軽かったか。レースのような繊細な骨。肌は薄い絹織物《ゴッサマー》のよう。とても軽くて、息を吹きかけたら、ふわりとどこかへ飛んでいってしまいそうだった。

ミーシャは教会へ、黄金ドーム修道院へと戻る。聖ミカエルが、広場を横切る彼を見ている。ピアニストがベルクトのバスの上に戻り、国歌を演奏し始めた。群衆が歌っている。ミーシャは彼らの横を通り過ぎる、その声が彼を励まし、後押しする。カーチャが、彼を迎えに、教会から雪の中へと出てくるのが見える。彼は彼女にスープを渡し、その熱で彼女の頬は明るい色になり、彼女の目に涙がにじむ。彼女の背後で、教会から讃美歌《さんびか》を歌う声が小さく聞こえる。

カーチャは微笑む。ミーシャもだ。

「ウクライナに栄光を」彼女は言って、スープを掲げる。

「ウクライナに栄光を」彼は言い、それから、「我らが司令官、万歳」


何カ月ものち、空港の瓦礫《がれき》の中で、ミーシャ・トカチェンコはこのカーチャとの瞬間を思い出すだろう。暖かくて、太陽が照って暑くなるだろうが、心の中のどこかで、煙草を吸い終わる前に、ミーシャはキーウの寒さをまだ感じることだろう。

カーチャはボストンで夫とともにカフェに座っているさいに思い出すだろう。砂糖の袋を細かくちぎりながら、夫の両手を見ている。通り過ぎる車に日差しが反射して、一瞬目がくらむ。彼女もエズラも話さない。カーチャは夢を思い出して、目を逸らすだろう。

いい、いい
ああ、ああ――

でも、今のところは。

ミーシャはお茶で舌に火傷《やけど》をする。カーチャはスープで舌に火傷をする。

カーチャは、理由もわからずミーシャに微笑む。ミーシャは、どうしたらいいかわからず微笑み返す。

聖人たちの心臓は破裂し、キリストに向かって送られる。
教会の内外の群衆はウクライナに声を上げる。
ベレヒニアはセイヨウテマリカンボクを掲げ、聖ミカエルは剣を掲げる。
その間ずっと、司令官は歌詞を知らず、調子はずれにハミングする。

オーディオ・カセットテープの録音

A面の続き

わたしの年老いたピアノ教師は言った、「神さまを笑わせたいなら、その計画を神さまに話してごらん」「都合のいいことに、ぼくは神さまを信じてません」わたしは言った。彼は笑った。

もし神が存在するなら、彼は笑わないと思う。彼が笑うと思いたい――彼はユーモアを理解し、わたしたちのようであり、彼の姿でわたしたちを作ったと――でもわたしは、彼は何一つわたしたちのようでないからこそ神なのだと思う。

彼は始まりであり終わりなのだ。

神は道理であるからこそ、彼なのだ――裁く者だ。
偉大なる秤《はかり》、我々を測る。彼は造り主だ。
〝最初に言葉があった
言葉は神とともにあった
言葉は神だった〟

〝ロゴス〟――言葉。論理、道理。

ラテン式の聖書は〝ロゴス〟に従う。正教会、ハギア・ソフィア。知恵。二つは同じではないが、それでもわたしたちはそれらを同じに扱う。

聖書には、〝ひとは自分のやり方が正しいと考えるかもしれないが、主は心臓を測る〟とある。心臓――心臓は拳と同じ大きさだというのは本当だろうか？　わたしはかつて、その重さがどれほどか、その大きさ、〝赤〟の血が出るかどうかを見るためだけに、わたしの心臓をえぐり出すであろう人々を知っていた。

聖書には、また、〝神は愛である〟とある。〝神は光だ〟愛と光。愛は限りがない。父なる神。

ああ、どれほど父親になるのが楽しみであったか。わたし自身の父親、彼の子どもたちは、いかに彼を裏切ったか。アンナが追われる身となったのち、彼とわたしの母は葬られた。

おまえの叔母のアンナ、おまえの名の元になった人物。選ばれし乙女。

〈春の祭典〉を知っているかな？　〈Le sacre du printemps〉を？　話をしてあげよう、でもまだだ。わたしの頭の中では、おまえはまだ幼い子ども、子猫だ。

でもこう夢想してごらん。我々は、穴の中のライオンだと。

世界中の芸術家たちがオレフ・センツォフの即刻の解放を要求

クリミア・ウクライナ人の映像作家が、二〇一四年五月十一日、クリミアのシンフェロポリの自宅で逮捕された。センツォフ（三十七歳）は、この地域でのテロ攻撃を計画したとされている。〈ゲーマー〉の監督であり、二人の子どもの父親でもあるこの人物は、今年初めのキーウでのヴィクトル・ヤヌコーヴィチ大統領に対するユーロマイダン抗議活動に参加した活動家で、ロシア連邦によるクリミア併合の承認に反対する声を上げていた。センツォフはすべての容疑を否定し、モスクワで拘束されて以来姿を見せていない。

この逮捕は世界中の怒りに火をつけた。国際ペンクラブ、アムネスティ・インターナショナル、ヨーロッパ映画アカデミー、そして多数の作家、映像作家、俳優や芸術家たちがウクライナの活動家たちとともに嘆願活動をし、ソーシャルメディアで #FreeSentsov というハッシュタグを使うことによって、公に立場を表明している。

センツォフは最長二十年の収監の可能性がある。

ボリスピリ空港
キーウ郊外
二〇一四年一月二十二日

アメリカ人が到着する。スラヴァは空港で彼を出迎えようとしている。彼女は外で煙草を吸いながら、タクシー運転手がぼれそうな客に声をかけるのを聞いている。男が一人、近づいてくる。黄色い歯をして、服は皺くちゃで、彼女に料金を提示する。

「安すぎるわ」彼女が言うと、男は眉を上げる。「これからアメリカ人と会うの。もっと取りなさい」

男は笑い、彼女にウィンクをする。自分の車のほうへ戻り、ほかの運転手たちの輪に入る。彼らがスラヴァのほうを見て、スラヴァはそちらへ手を振る。彼女は煙草を踏み消し、開いた自動ドアから、彼女は空港内に入る。


しばらくぶりで確信がないが、彼を見つけたと思う。彼は女性と一緒に歩いていて、スラヴァは陰鬱《いんうつ》になる。〝ちくしょう〟と独りごち、姿を見られる前に消えようかと考える。

もう遅い、彼は彼女に呼びかける。彼女は微笑んで、彼の横にいる女性を無視しようとする――女性は携帯電話で何かを打っていて、その肩に編んだ長い髪がのっている。

「スラヴァ」アダムは言う。それからロシア語で続ける。「会えて嬉しいよ――ダーシャだ。取材で知り合った。二人とも、ルハンシクの抗議活動を取材してたんだ――抗議活動に反対する抗議活動だ。親ロシア派のね」

　女性は携帯電話から目を上げて、スラヴァに会釈し、手を差し出すが、スラヴァは拒む。

「反対勢力と話してきたの？　インタビューをしたの？　ルハンシクって言った？」

「ああ、もちろんだ」アダムは言う。「複雑な政治的状況だとわかっているだろう、スラヴァ――あらゆる側面を見せなければならない」

「つまりあなたの側面ってこと？」スラヴァは彼をタクシーに乗せて、このもう一人の女性と一緒に追い払おうと決める――おそらくミーシャは正しかった。

「ここはそんな熱い話し合いをするような場所じゃない」ダーシャは言う。とても落ち着いた態度で、スラヴァという存在にかきみだされていない。「もっと人目のないところで話ができないかしら？」アダムに顔を向けて、彼女は訊く。「どこに泊まるつもり？」

　スラヴァはその場から逃げ出したくてたまらず、会話が終わるのを待つが、場所については解決策がない――ホテルに行くのは、大量の車が道路を封鎖――オートマイダンと呼ばれる状態――しているため、難しい。

　スラヴァは言葉をはさむ。「今、キーウは迷路みたいな状態よ。街に行ったら、それぞれ別行動を取るほうがいいかもしれない」

「スラヴァ」アダムは言い、彼女に近づく。彼の息はミント・ガムのにおいがする。彼は手で彼女の腕をそっと握る。「きみのアパートメントに行かせてもらえないか？」

「二人とも？」スラヴァは訊く。

「そうだ」アダムは言う。「ダーシャはここの出身じゃないし、わたしもちがう――これまでに見てきた抗議活動から考えて、わたしたちには、侵略されずに真相を見極められる基地が必要なんじゃないかと思う。わたしたちを泊めてくれないか？」

　スラヴァはマイダンのことを考える――〝どうして自分はあそこを離れたのだろう？〟

「恩に着るよ」アダムは言う。「頼む」

　嘆願が功を奏した。スラヴァは、彼がまだ興味を持っている、彼女はまだ彼のヒロインになれる、子羊にとっての羊飼いになれると気づく。

「そうね」彼女は彼の上着を引っ張りながら言う。「あなたはわたしに、借りができる」


　アパートメントに入って、スラヴァは客人たちのために、ないも同然の食料を出す――いくらかのパンとチーズ。お茶を淹《い》れ、テーブルにおく。居間で、ダーシャは寝椅子を使うと言い、アダムは同意する。彼は鞄をスラヴァの部屋に持っていき、スラヴァはキッチンから彼を見る。ダーシャは手洗所を使わせてくれと言い、化粧を落としてさっぱりした顔で出てくる。

「ありがとう」テーブルの前に座って、スラヴァに言う。「ここに泊まらせてくれて」

　スラヴァは何も言わず、彼女の前にカップと皿をおく。二人は黙って座っていて、やがてアダムが、古いアメリカの大学のＴシャツというカジュアルな格好で現われる。

「さて、話し合いの準備はできた？」スラヴァが訊く。アダムは笑う。

「話し合いがしたいの？」ダーシャは彼女に訊く。「それとも、説教をしたいだけ？」

「どこの出身？」スラヴァは窓を開ける、外気は冷たい。煙草に火をつけようとする彼女の手が震える。怒りのせいだと、彼女はわかっている――父親の両手も同じだった。

「もともとはクリミア出身なの。でも家族はそこを追い出された。わたしたちはハルキウ、それからルハンシクに移り住んだ。大学はイヴァノ＝フランキウシクで行ったわ。あなたはキーウ出身？」

「オデーサよ。でも十六歳か十七歳のとき、ここに来た」

スラヴァは、アダムがドアに近い、流しに寄りかかっていることに気づく。スラヴァは窓辺に立ち、ダーシャはテーブルについている。二人の女性たちの配置に対し、男性は逃げようとしているかのようだ。

ようやく煙草に火をつけられて、スラヴァは自信をあらたにし、ダーシャに問いかける。「当時の友人にインタビューしたの？　ルハンシクで？　あそこにいたあいだに？」

「したわ」ダーシャは、口元に笑みが浮かびそうになるのを堪《こら》えながら言った。「友だちにインタビューするのは犯罪なの？」

「ヤヌコーヴィチを支持するのが犯罪よ」スラヴァは言う。「ロシアを支持するのは裏切りだわ」

「何もかもが、そんなにはっきり割り切れるわけじゃない」ダーシャは口調を和らげて言う。スラヴァはそれで敵意が薄らぐ――彼女の誠実さで。ダーシャは背筋を伸ばし、彼女をまっすぐに見る。

「あなたは民主主義を望む――投票できるようになりたいし、自分の声を聞いて欲しい。それが民主主義の本質。誰もが同じ意見のわけじゃない」

スラヴァは何も言わず、ダーシャの様子をうかがっている。両手でお茶を持ち、それから無意識にパンをちぎる。どちらもアダムのことは見ず、彼は黙って二人を見ている。

「キーウの抗議者たち――あなたの言い方では、あなたの側面ね――彼らは民主主義に命を懸けてる。命懸けで政府に、その堕落に抗議している。東では、ドネツクやルハンシクの人々――その多くがソヴィエト連邦崩壊以降、苦しんできた。採鉱、農作物――年長の世代は若い世代に、ロシア支配下ではもっといい状況だったと話す。彼らは安全を望む、安心したいのよ。あなたの側面と同じね。ただ、彼らにとってはちがうように見えるだけ。あなたと同じように、彼らもウクライナ政府が何度も繰り返し失敗するのを見る。彼らの解決策はあなたたちのものと相容れず、それに対してあなたたちは闘っている。気づいているか、いないかにかかわらずね。あなたは賛同しない自由を求めて闘う。公平な選挙を求めて。より良い、安全で繁栄するウクライナを求めて。闘うだけでは充分じゃない。闘いが終わったとき、あなたが正しかったと証明する必要がある。これが正しいと納得していないひと、こういったことをさまざまな形で何度も見てきた年配のひとがいる。

逆側の人々と話をするのが裏切りだと思うの？　それは対話よ。あなたは何が欲しいの？　あなたの希望、あなたの見方に則したものを提供する報道？　他者の同意を得たいだけ？　だとしたら、あなたの求めているのは民主主義じゃない。形のちがう過激主義よ。はじいた硬貨の裏側。ファシズム、共産主義――より大きな邪悪な存在は、あなたの経験しだい。スターリンは殺人者でもあり、英雄でもある。一つの現実を無視して一方だけを見るのは、それが完全に真実ではないから、危険よ。わたしたちは自分に、自分が信じたいものを伝える――でもマスコミは、どんなに醜いものでも真実を伝えなければならない、戦争が起きたときに宣伝工作がおこなわれないようにね。予言などはない。事実があるだけ。

だから、そう、わたしはルハンシクの友だちと話をした、彼らとは意見がちがうけれど、彼らの側面も見る。そちら側のことをあなたに教える。もしかしたら、それであなたが理解するかもしれないから。この革命は邪悪なものに反対し、権力の乱用に反対するものであり続けるかもしれない、わたしたち、それで敵どうしにならないといいわね」

その夜スラヴァは、横で眠っているアダムに背を向けてベッドに寝ている。性交するものと思っていたのだが、スラヴァはむしろ、それを忘れられて嬉しかった。

でも彼女を悩ませているのは、寝椅子にいる見知らぬ人物、ダーシャのことだった。スラヴァは彼女の口を、冷笑を浮かべた唇を、胸に垂れていた蛇のように編んだ髪を思った。鼓動が遅くなり、スラヴァは両目を閉じるが、眠りはしない。

クリミア・タタール人の追放
コブザ奏者による歌

Ⅰ
ウクライナである前、ソヴィエト連邦である前、ロシア帝国である前、キーウ大公国である前、クリミアは汗国《ハン》だった――征服者と流浪者の子孫が交じっていた。
その半島の先住民はクマン人と、そしてのちにクリミア・タタール人と呼ばれた。
チュルク諸語で、イスラム教の信仰という意味だ。

Ⅱ
一九四一年秋、ヒトラーがクリミアを侵略する。総統はそこを国家弁務官統治区域と呼び、鉤《かぎ》十字を掲げる。ユダヤ人、ポーランド人、スラヴ人、ロマを殺す。
スターリンは海を越える。いっぽうはアゾフ海、いっぽうは黒海。ソヴィエトのキリストのための、水陸両用の戦争行為。

一九四五年春、スターリンはベルリンを占拠して戦争に勝つ。

Ⅲ

ああ、ああ。ファシスト、共産主義者。同じ硬貨の、二つの面。


ドイツの親衛隊、ソヴィエトの内務人民委員会《NKVD》。

すべての、ヒトラーのためのヒムラー。

すべての、スターリンのためのベリヤ。


ベリヤは電報を送り、クリミア・タタール人を家畜用の列車に乗せる。十八万人がテントに移り、ウズベキスタンとカザフスタンに住まわされた。最上級の階級から選ばれたソヴィエトのタタール人兵士たちは、ただ、凍てつく強制収容所で死んでいった。

一九三二年、スターリンはウクライナ人を飢えさせた。一九四四年、彼はクリミア・タタール人を追放した。

ウクライナ人たちはそれを〝ホロドモール〟と呼ぶ。〝飢餓による死〟

クリミア・タタール人たちはそれをSürgün《スルギュン》と呼ぶ、〝追放〟、〝流浪〟を表わすトルコ語。

ユダヤ人たちはShoah《ショア》と呼ぶ、〝絶滅〟を表わすヘブライ語。

国外離散、集団殺害。〝消去されること〟をさす、二つの言葉。

ああ、ああ——だが、名前の中に力がある。

〝イスラエル〟は、〝神との奮闘〟を意味する。

〝ウクライナ〟は〝国〟を意味する。

モンゴル人はその半島を〝クリミア〟と名づけた。

〝力〟を意味する言葉、Qırımからだ。

聖ムィハイール黄金ドーム修道院
二〇一四年二月五日
夜

往来での暴力行為が、大食堂の中に小さな平和の空間を作り出していた。遅い時間で、カーチャは家に帰らなかった。彼女は司令官が眠るのを見ている。ミーシャもうつらうつらしていた――腕を組み、司令官にいちばん近い壁に寄りかかって床に座っている。彼女はこの二人の男性たちを保護したいと思う。両方の男性たちに緊張が見て取れる。こわばった顎や、胸を上下させる浅い呼吸に。眠りの中でさえ自由になれないこれらの男性たち。悪夢や過去、悪魔たちから逃れられない。

これまでの生涯、カーチャはずっと、愛する男性のために、あるいは愛する男性に反抗して、闘ってきたかのようだ。彼らがカーチャの中に占めているもの――圧倒的な欲。子ども、夫。父親でさえ――カーチャのほとんど知らない、とらえどころのない男性。〃おまえが生まれる前に、お父さんがベビーベッドを作ったのよ〃と、母親が言ってくれるはずだった。ところが血を流すのは、その母親なのだ。

司令官が簡易ベッドの上で身動きし、顔を向こうに向ける。

これら二人の男性を知ったのは奇妙な奇跡だと、彼女は気づく。ミーシャと司令官。息子が死んでいなかったら、彼女はここに来ただろうか？　一瞬、彼女は自分がどうしてここにいるのかわからず、何が起きたのか思い出せない。何も感じず、ショックと驚嘆があるだけだ。あるいは恐怖。

眠りながら、老人が何かつぶやき、ミーシャが寝返りを打って彼女から離れる。自分のほうに向けられていたエズラの背中を思い出す。毎夜、ずっと、彼の背中は自分のほうに向けられていた。

エズラのことを考えたくないが、考えてしまう。教会内で眠っている二人の男性を見ながら、胃のあたりが重くなる。エズラが恋しい。今の彼ではなく、以前の彼が。医科大学の優秀な学生、クラスのトップ。精神科医になる前、彼女の夫になる前、彼はエズラだった――講義の合間に草地で彼女と会い、草の上に手足を伸ばし、煙草を吸っていた。

「ばかみたいじゃないか」忙しい一日のあとで彼は言う。「そもそも、ひとが苦しまなければならないなんてさ?」


初めてグループ・デートで野球を見にいったとき、彼は賭けに負けて、友人のヤンキースのキャップとジャージーを着なければならなかった。同行者たちから少し離れて、ビールを買う列に並んでいたとき、カーチャは、すでにかなり酔っている、仲間を連れた男性に腕をつかまれた。その男性は言った。「なあ、一緒にどこかに行こう――あのゴミ野郎より楽しめるぜ」

「彼は賭けに負けたのよ」彼女は笑いながら言った。エズラはジャージーのボタンをはずして、その下に着ている自分のシャツを見せた。

「スパイ活動中なんだ」エズラは言った。それからその男性たちに、囁くように言った。「やつらは、ぼくが近づくのに気づかない」彼は彼女、〝彼のカティー〟の肩に腕を回して、彼女がかぶっている地元のチームのキャップのつばにキスをした。

男性たちは大笑いして、カーチャを誘った男性は、酸っぱい息をしながら彼女に言った。「あいつは信頼できる、あいつに敬意を払わなければならないって、わかってるよな」
酔っぱらった男性はプラスティックのカップを掲げて言った。「何よりも、忠誠だ」

そのシーズンの後半で呪いが解けて、チームは優勝した。ニューイングランド中の人々が通りに出て、空から紙吹雪が舞い、彼女の髪やエズラの口にくっついた。彼が彼女にキスをしたとき、彼女は彼の髪についた紙片を払い、彼は彼女の顔の紙片を払い、さらに紙片が彼女の睫《まつげ》や肩に落ちた。紙吹雪が落ち、木々のあいだを舞い、通りに積もるなか、二人は手をつないで彼女のアパートメントまで歩いていった。

二人は愛を交わし、のちにカーチャがカーテンを開けたとき、空は真っ暗になっていた。
もっとも厄介なのは、こうした思い出だった。忘れることのできないもの。息苦しくなるようなもの。楽しい日々に溺れる。飲みこまれてしまう。

カーチャは息を吐き、外に煙草を吸いにいく。吸い終わると、教会の敷地を横切って大聖堂へ行く。そこの看護師たちは夜更けまで働いている。午前一時近い。彼女は注意深く、毛布にくるまれて床に寝かされている負傷者たちの横を通り過ぎる。聖壇の横を通り抜け、応急手当所へ向かう。円柱の陰で患者が寝ていて、毛布から片脚が突き出している。カーチャはそれにつまずきそうになり、そこに膝をつき、両手で脚を押して毛布で覆う。

彼女は緊急治療室で夜間勤務をしたのち、早朝に家に帰った。寝室のドアを開けて、シーツから根っこのような手足が出ているのを見た。まるで彼らが、そこにつなぎとめられているようだった。〝わたしたちはどこにも行かない〟二人の体が、そう言っているようだった。カーチャは最初、二人が死んでいるのかと思った。でもエズラが体をよじって彼女を見て、それでもそのまま動かなかった。服を着なかった。謝らなかった。どちらも何も言わなかった――ただ、見詰めあった。カーチャはその場を去った。のちに、そこにいた女性は同僚で、以前のクラスメートで、共通の友人だと知った。

彼女を爆発させたのは寂しさだった。エズラは悲しみから抜け出す方法を見つけた。彼女は二人が会い、体を重ね、笑っていたのだと考えた。のちに自分の所持品を取りにいったとき、いろいろなことを思い出させたのは家だった。彼女はエズラについて考えた。愛人に夢中になり、カーチャがいないときにメールを送ったり電話したりしていたのだろう。いっぽうカーチャは家の、閉め切った息子の寝室のドアの向こうに幽霊の物音を聞いていた――

床に落ちるアイザックの玩具。アイザックの笑い声や歓声。カーチャのタブレットで、ゲームをするアイザック。浴槽で水を撥ねるアイザック。地下室の化け物から逃げるアイザック。泣いているアイザック。聴診器で聞いたアイザックの鼓動。

トクン、トクン、トクン、トクン。

彼女はグラスを、皿を、ボウルを割った。鏡を、額縁を、時計を壊した。家を出るとき、床は破片だらけだった。カーチャのブーツにガラスが刺さった。自分の服や持ち物を持ち出さずにおいてきた。エズラに書置きを残した。〝予定を組み直すわ〟

彼女は幽霊のような家を出て、ブルックリンの両親の家に身を寄せた。それからわずか一週間後、朝起きると、母親が両手を握り合わせてテレビの近くにいた。

「あの子たちを叩いている、叩いているのよ」母親は、泣きそうになって言った。キーウの、マイダンの大学生たちのことだった。

「わたしは助けになる」彼女は言った。「医師が必要なはずよ」

最初、母親は行くなと懇願した。その年にあったボストン・マラソン爆弾テロ事件で充分だ、時期が早過ぎると訴えたが、荷造りを手伝ったのも母親だった。キーウの古い友人の使っていないアパートメントに滞在できるように手配したのは父親だった。父親は彼女が車を下りる前に、彼女の額にキスをした。思いがけない愛情表現に、彼女は眩暈《めまい》を覚えた。座席の上の父親のキャップには〝ボストン・ストロング〟とあった。

「これをもらっていこうかしら」彼女は言った。そして、彼女はそこを離れた。


カーチャが大聖堂内で働いて、一時間が経つ。彼女はコートを手にして、看護師たちにおやすみと言い、看護師たちは彼女に少し休むように言う。カーチャは冷気の中に踏み出す。中庭は静かだ。雪が降り始める。彼女は顔を仰向けて、両目を閉じる。一瞬、自分は病院を出たところで、エズラがアイザックを寝かしつけて、彼女の帰りを待っているというつもりになってみる。目を開けたとき、目の前にあるのは大食堂で、カーチャは夢想を振り払い、中に入る。

司令官が咳《せ》きこみながら顔をしかめていて、ミーシャは起きている。カーチャは年老いた男性に水を持っていき、口元にカップを当てる。ミーシャは床に座っていて、彼女の手を見ている。彼女は司令官の生命兆候を見て、体温を確認する。何かがおかしい。司令官は熱っぽくて、痛がっている。彼女は傷を診てもいいかと訊くが、司令官は動かせるほうの手で彼女を追い払うような仕草をする。

「いいや」彼は言う。「いいや」

「感染症かもしれません。熱がありますよ」

「いいや」司令官は声を荒らげる。その目に恐怖が見て取れる。

カーチャは自分の額をこすり、思いがけず、泣きそうになる。彼女は司令官から視線をそらす。子どものように無力な気持ちになり、途方に暮れる。カーチャは何も言わない。二人のあいだに、沈黙が流れる。

「彼は治療されるのを望んでいない」ミーシャは言う。カーチャは彼を見下ろす。彼は教会の床から立ち上がって、彼女の横に立つ。

「司令官」彼は言う。「あなたには治療が必要だ」

カーチャとミーシャは黙りこむ。年老いた男性はカーチャを見る、その目は赤くて、疲れている。

「いいや」

カーチャは彼に訊く。「死にたいというんですか?」

「いいや」司令官は言う。彼の手が彼女の手の上に落ちる。彼のつけている指輪が、彼女の皮膚に冷たく感じられる。

「そうだ」彼は言う。「ちがう」

カーチャは仕事を始める。

スラヴァのアパートメント
ショフコヴィチナ通り
二〇一四年一月二十三日

朝、ダーシャはいなくなっている。ダイニング・テーブルに書置きが残されていた。〝たぶんマイダンで会うわ。安全な場所で寝させてくれてありがとう〟

スラヴァはそのメッセージを読み、アダムがキッチンにいる彼女のところに来る。彼は白いドレスシャツにスラックスをはき、ネクタイをしている。スラヴァはこれに驚くが、すぐさまうんざりして興味を失い、何も訊かない。

「よく眠れたか?」彼は彼女に訊く。スラヴァは微笑むが、彼はその真意を見抜く。アダムは彼女が手にしている紙片に気づき、彼女がそれをテーブルにおいたとき、内容を読む。

「ダーシャは熟練したジャーナリストだ」アダムは言う。「複雑な人生を送ってきた」

スラヴァは非難するつもりで、彼のほうを向く。「じゃあ、彼女について詳しいのね。もちろん一緒に——」

アダムは彼女に笑ってみせる。「いいや、スラヴァ。そんな仲じゃない。ダーシャはわたしに興味はなかった。彼女には女性の恋人がいたが、ルハンシクに行く前に別れた。同棲《どうせい》は終わったそうだ」

スラヴァは驚いた。「彼女が言ったの?　隠そうともせずに?」

「そうだ、もちろん」アダムは言い、ネクタイを左の肩にかけて、冷蔵庫の中を物色している。

「だけど、誰に話すか、どこで話すかによって、ここでさえ彼女にとって危険なことでしょう。ロシアや、ウクライナのあちこちでも」

「まあ、ダーシャは危険を意識しないタイプではない。わたしがアメリカ人だと知ったあとで、話してくれた。わたしが妹に女の恋人がいると言ったら、それで距離が縮まったんだ。きみは彼女を気に入ると思うよ、スラヴァ。彼女にチャンスさえ与えればね」

スラヴァは心臓が喉に引っかかっているような気分になる。彼女自身のやみくもな恐怖とともに、思い出があふれ出す。アダムは冷蔵庫の中を見るのをやめて、彼女が真っ青になっているのを見て大丈夫かと訊く。彼女のために水をコップに注いでやり、横になるかと訊き、寝椅子に連れていく。スラヴァはダーシャが寝た場所に横たわり、においを吸いこむ。

「子どものころ」スラヴァは考えもせずに、アダムに話す。「わたしは自分がいなくなる、行方不明になるという悪夢を見た。母や父を呼んだ。聞こえなかったにちがいないと思った。そしてある日、実際にそれは起きた」

はっと我に返ったように、スラヴァは今どこにいるか、何を言っているのかに気づく。彼女はアダムを見上げる、彼は彼女を励ます。

「もう気分がよくなったわ」彼女は言って、立ち上がる。「マイダンに行く前に、何か食べなくちゃ」彼女は頭がくらくらする。

アダムはまだ寝ていろと言い、彼女はそのとおりにする。彼は彼女に、マイダンではなく、議会の代表者たちのインタビューに行かなければならないと言う。彼は彼女に、今回は数日ウクライナにいるだけで、その後クレムリンに行き、そこで政治家にインタビューをすると言う。スラヴァは話を聞き、時間を気にしている彼の茶色い目をうかがう。

「今になってそんな話をするのね」彼女は彼に言う。

「訊かなかっただろう」アダムは立ち上がり、彼女の部屋に、鞄とスポーツジャケットを取りにいく。

「あなたはやり手ね」彼女は言う。彼はジャケットを着て、コートも着る。「でも、アダム、その連中の考えなんか、誰が気にするの？」

「アメリカの政治家たちだ」アダムは言う。「頼む、ここにいろ。あとで、様子を聞きに電話する。それとも、医者を呼ぼうか？」

スラヴァは聖ムィハイールのアメリカ人医師を思い出す。ミーシャのことを、彼から音信がないことを考える。

「わたしは大丈夫」スラヴァは言う。「もう少し寝るわ」

アダムは出ていって、スラヴァは目を閉じる。

罰について

コブザ奏者による歌

「バーバ・ヤーガに食われるよ」子どもが悪いことをすると母親は言う。禁じられた森の奥、鶏の脚を支柱にした家、骨の柵に囲まれた敷地内で、バーバ・ヤーガは赤ん坊の肉のシチューを作る。

「話を聞かないと」母親は言う。「警察に連れていかれるよ」刑務所の監房で、おやつを取り上げられて――ベッドもない、人形もない、日が差すこともない。もはや遊ぶ場所はない。

「親のいない子の施設にやってしまうよ」母親は言う。「もう、お母さんに会えないんだよ」大きな煉瓦の家、簡素で白い。修道女たちが叫ぶ、「列に並んで」ポリッジの食事。母親はいない、姉妹はいない、兄弟はいない、家族はいない。

「神は洪水を起こすだろう」主教は言う。「神は、あなたのしたことに対して罰を与える」家を襲い、村を襲う。

母親を襲い、子どもを襲う。
すべてが、増水する黒海にさらわれる。
悪かったせいで、消える。不潔なせいで、いなくなる。

オーディオ・カセットテープの録音

A面の続き

ストラヴィンスキーが〈春の祭典〉を書いたとき、誰も、その受け止め方がわからなかった。芸術には、あまりにも奇怪なせいでみんなが賞賛してしまうものがある——外の怪物が内なる怪物を刺激する。あなたの心を動かし、心の一部をかきみだす。それでも面と向かって、それぞれの獣は隠れもせずに、丸ごと見えている。

ロシアとウクライナの正教会信者たちは、一月の公現祭に冷水に飛びこむ。きれいに洗われ、寒さにショックを受けて。

〈Le Sacre du printemps〉、〈春の祭典〉。キリストの死。復活。ああ、ストラヴィンスキーにとってのことではない。

前提を知っているかな？　メモ書きによると、ストラヴィンスキーは、それは一連の始まりと終わりのある物語ではなく、いくつかのエピソードから成るバレエだと言っていた。その代わり、複数のエピソードが撚糸《ねんし》のようなもので一つに結ばれている。〝謎と、春の力という偉大なるうねり〟

それは不信心のロシアを舞台にした、暴力的なバレエ、暴力的な作品だ。一九一三年の公演中、振付師はまだ正気を失っていなかったニジンスキーであり、踊り手たちに歪《ゆが》んだような醜悪な動きをさせた。猥雑《わいざつ》だと、観客は考えた――芸術、劇場、バレエへの嫌悪だと。

オーケストラの奏者たちは静かにしろと言われるほどバレエを嘲《あざけ》った。スコアにまちがいはない、ただ黙って演奏しろと言われた。指揮者のモントゥーはこの作品をあしざまに言った。それでも彼はそれを、何年ものあいだに何回も演奏した。

モスクワで、おまえの叔母のアンナが選ばれし乙女の役を演じたとき、彼女は最後に踊った。祖先たち、年長者たちに見守られ、やがて死ぬ――生贄《いけにえ》の踊り。

彼女が疲弊すると、祖先たちが彼女に駆け寄る。彼らが彼女を抱きとめるので、彼女は地面には触れない。彼らは彼女を抱え上げ、彼女を空に捧《ささ》げ――

モスクワで公演があった夜、わたしは母と父と一緒に、妹が生贄にされるのを見た。

彼女が死ぬ前に、王子が彼女を救い、太陽の神、ヤリーロの偶像を壊す。ソヴィエト・ロシアには神はいない。

クレムリンより破壊的なものはない。国家よりも破壊的なものは。

革命
РЕВОЛЮЦІЯ

草地の上
赤い染みの中に横たわっている
新しい神。
——セルゲイ・ゴロデツキー、〈ヤリーラ〉

コザークI
コブザ奏者による歌

ヴォルガ川中流域からリャザニとトゥーラへ、ドニプロ川へと、自由な人々が馬の背に乗って生きている。わたしたちは彼らを〃コザーク〃と呼ぶ。冒険者たち、略奪者たち、自由な人々。
〃コザーク〃は国境警備隊員だ。彼は守る。町を、砦《とりで》を、居住地や交易所を。

彼はウクライナの草原を横切る隊商を見やる。
彼は荒々しく、激しく、いかなる権威も認めない。
養蜂家、猟師、商人、殺人者。

彼はタタール人と、ポーランド人と闘う。
彼はナポレオンを殺すために死から召喚される。

サーベルを手に、毛皮と獣皮を身にまとい、〃コザーク〃は四本足の獣。
いい、いい、
ああ、ああ、だが今夜。〃コザーク〃は広場で円を描いて車を走らせる、その一群がベルクトから我らのバリケードを守る。

〝コザーク〟は地獄の火とともに燃える亡霊。
飢饉《ききん》による死
戦争による征服
ああ、ああ。ウクライナでは、我々はみんな彼らを知っていた。

独立広場
二〇一四年一月二十四日

彼女が〝報道〟と書いてあるチョッキを着ている彼女を見つけるのは、マイダンを囲む通りでのことだ。濃い色の長い髪を編み、その先に青と金のリボンをつけている。その息は熱く、オリーヴ色の頬は寒さで青ざめていて、カメラを抱えている。

彼女は傷ついて出血している男性にインタビューをしている。男性はベルクトの襲撃について話している。彼はオートマイダン、抗議者を守るために集団で車を走らせる市民グループの一員で、彼の車は傷つけられ壊されて、ガラスを割られた。

「あいつらに捕まった」男性は言った。「おれたちは車を止めた。あいつらはおれたちの顔を覆って、捕縛した。助けるという合図だと思ったのに、あいつらは嘘《うそ》をついておれたちを罠《わな》にはめた。完全な妨害行為だ。おれたちはまっすぐにあいつらのところに行ってしまった」彼は言った。「まだ行方不明の者もいる。病院に行けなかったから、教会に行った」

ダーシャは男性に礼を言い、男性はダーシャに礼を言う。彼女の声は、想像以上に穏やかだ――自然な様子で小首を傾げ、話をする様子。男性は彼女に言う。「気をつけて」彼女はうなずいて言う。「あなたもね」ダーシャはカメラを下ろす。

スラヴァは胸が温かくなり、ダーシャを追いかけて声をかける。ダーシャは肩越しにこちらを見る、編んだ髪が背中に落ちる。そこにスラヴァがいる。興味ありげに可愛らしい口を開け、青い目を大きく見開き、青い髪をして。

彼女は微笑んで言う。「こんにちは、スラヴァ」

「謝りたかったの」スラヴァは息を切らして言う。

「いいのよ」ダーシャは言う。「あなたは信じてることについて熱くなりやすい」

「やめて、お願い」スラヴァは言う。「謝りたいの、夕食をどうかしら。アダムは知り合いに会いにいった。モスクワに行くまで、用意されてるところに滞在するって。お願い。今夜は？　それとも、また別の日？」

「今夜かしら」ダーシャは言う。

「いいわ。今夜ね」

〝忍耐は美徳だ〟という諺《ことわざ》を知っているだろう。コリント人への手紙によると、愛もまた忍耐だ。

スラヴァの母親は彼女に忍耐を身につける方法を教えようとした。スラヴァの母親は彼女に慎みを、善良な伝統的価値を教えようとした。彼女はスラヴァに刺繍《ししゅう》や仕立てを教えようとした。スラヴァは針の持ち方、舌や歯を使わずに針穴に糸を通す方法を学んだ。スラヴァの母親は、善人らしくしようとした。彼女は、何もかも正しく見せようとした。死に分かたれるまで、夫を愛そうとした。長い髪にスカーフをかぶり、教会に供物をして祈った。神に供物をした。のちに、娘を悪魔に売った。

「わたしに忍耐を」彼女なら祈っただろう。「わたしに忍耐を、愛する神よ。忍耐強くさせてください。善い妻でいられるようにしてください。お祈りします、神さま。あなたの忍耐をお与えください、神さま」

スラヴァは一度だけ女性を愛したことがあった——中等学校のとき、女の子を。マリチカという名前だった。マリチカと一緒に自分の部屋にいて、母親は何も知らず、二人が勉強か裁縫でもしていると思っていた。それで部屋に入ってきた。この髪を編んだ女性はマリチカに似ている。長身で強い。

その場から離れながら、スラヴァはフレシュチャティク通りにいるダーシャを見る——買い物をするのに適した通りだ。マイダンへ続く主要道路で、封鎖され、オートマイダンに取り囲まれている。今やその通りは村であり、人々は歌い、火を焚《た》いている。舞台があり、人々はさかんにシュプレヒコールする。

「Україна – це Європа!」

「Ukrayina – tse Yevropa!」

ウクライナはヨーロッパだ！

ダーシャは手袋をした手で通りの向こうへカメラを向け、群衆を記録している。カメラの方向を変え、フレームの中にスラヴァがいるのに気づく。それでも録画するのを止めない——彼女は手を振る。

スラヴァはダーシャを自分のアパートメントに連れていき、二人はマフラーとコートを脱ぐ。スラヴァは夕食に、簡単なパスタ料理を作る。いつも母親が料理を作ったが、今はスラヴァが作る。これは供物だ。「食べて、お腹いっぱいにして」

二人で座り、スラヴァはダーシャがジャーナリストとしての仕事について語るのを聞く。二人は職場での女性、戦地での女性、女性の権利、女性の体について話す。二人は話し合い、笑う。

それから、ダーシャは椅子の背にもたれて言う。「あなたとアダムは――真剣な仲なの？」

スラヴァは自分のフォークを、ほっそりとした指を見下ろす。長くて細い骨、短く切った爪。

「いいえ――彼のことは、ほとんど知らない」

「彼は、あなたと一緒にいて居心地がいいみたい」

「ひとはどんなふうにも見える。あなたは見た目と、ずいぶんちがっていたわ」

ダーシャはグラスの底に触れる。グラスがテーブルに接している部分だ。

「あなたも、ちがってた」二人は互いに微笑む。スラヴァは彼女に、アダムが何を言ったのか訊きたいが、ダーシャを怒らせることが、アダムを裏切ることが怖い。

「あなたはどうなの？」スラヴァは訊く。「大事なひとはいるの？」

「いたわ」ダーシャは言う。「彼女とのことは終わった。うまくいかなかった」

スラヴァは気持ちが高まった――彼女は、スラヴァに隠そうとしていない。

「勇敢ね」スラヴァは言う、鼓動が大きくなっている。「そんなに包み隠さず言うなんて。わたしに対して」

ダーシャは甘い笑みを浮かべながら、飲み物を飲む。

「あなたはFEMENで抗議したと言った——それだってとても勇敢よ。わたしたち、ものの見方が同じだと感じたから、あなたには受け入れてもらえると思った」

スラヴァは深く息を吸いこむ。彼女は自分自身でないような気持ちに、いやもしかしたら、初めて自分自身であるような気持ちになっている。この瞬間が怖いし、自分を確認したような気もする。彼女は暗い目を輝かせてダーシャを見る。気持ちが高ぶる。

「昔、女の子を愛した」スラヴァは言った。「母に見つかって、ひどく打《ぶ》たれた。母はそれを父には内緒にして、でもわたしには、〝スラヴァ、このまま続けたら、きっとお父さんに見つかるわ、お父さんはおまえを殺すよ〟と言った。わたしが母を笑ったら、母はわたしを打って、それまで見たこともなかったような目つきでわたしを見た——動物みたいに、震えている鹿か兎を見るみたいに。それでわたしは、母の言うとおりだと信じた。父は、これを知ったらわたしを殺すと信じた」

スラヴァが顔を上げてダーシャを見たとき、ダーシャは動かない。

「何日か後、母は家を出ていった。出ていくことをわたしには言わず、母が出ていくための代金はわたしが払った。二日後、母から会おうというメッセージが来て、でもそこに母はいなかった——その代わり、男のひとがいた。母はわたしを売人に売って交通費を手に入れたのよ。わたしは自由の身になってから、キーウに来た。何年かかかったけど、母から自由になった」

「お父さんは知ってるの？」

「いいえ」彼女は言った。言葉が喉に引っかかった。

「お父さんとは話す？」

スラヴァはオデーサの家で一人で酔っぱらっている父親のことを考える。

「しばらく話してない」彼女は言う。それから、会話の流れを自分から逸らす。「あなたこそ、両親は知ってるの？」

ダーシャはスラヴァに笑う。「いつかね」彼女は言う。「そう、いつか両親に、わたしのこういう一面を知ってもらいたいと思う」

スラヴァは彼女の手に触れたいが、最初にテーブル越しに手を伸ばしたのはダーシャのほうだ。彼女の手のひらの温もり、自分の指に絡まる彼女の細い指、スラヴァは胸が苦しくなり、目が痛み、ダーシャが彼女に囁く。「大丈夫？」

心のすべてが開放されて、スラヴァは新たに勇気を得る。

最高議会を通過した反抗議法の一覧の一部

二〇一四年一月十六日

市民、教会、民間機関による〝過激主義の行動〟を禁じる
五台以上の自動車の車列による交通妨害
最長二年の運転免許証剝奪と車両の押収
ベルクトと裁判官についての情報収集
二年の収監
マスコミやソーシャル・メディアによる誹謗《ひぼう》
一年の収監
平和的会合のための規則に対する違反
二十四時間以内の身元確認

無許可の舞台やテントの設営、および騒音
最長十五日の収監

ヘルメット着用での平和的集会への参加
最長十日の収監

集団による治安の侵犯
最長二年の収監

住居への侵入妨害
六年の収監

集団的妨害行為
十年から十五年の収監

オートマイダンのリーダー
ドミトロ・ブラトウ（三十五歳）

が、ボリスピリ空港近くの森林の中の排水溝で凍えた状態で発見された。今はボリス・クリニックで医療処置を受けている。

ブラトウは十二月二十九日にウクライナ大統領ヴィクトル・ヤヌコーヴィチの家まで、二千台の自動車の車列を先導した。一月二十三日、午前四時ごろ、ベルクトは第十七病院の外で十五人のオートマイダンの活動家を逮捕した。

その後今日まで、ブラトウの姿は確認されていなかった。

ひどく出血をし傷ついて、ブラトウの片耳は切断され、爪には穴が開いていた——磔《はりつけ》の形跡だ。

警察はブラトウを集団的不正行為で逮捕しようとした——反抗議法違反のためだ。しかしながら、医療職員がブラトウを収容した病院を封鎖し、警察から彼を守った。

政府の反対派は暗殺部隊について警告する。

移動虐殺部隊《アインザッツグルッペン》を考えろ。

非常委員会《チェカー》を考えろ。

ＮＫＶＤを考えろ。

すべてがウクライナに返る。

誘拐の儀式

彼は彼女の家から数区画のところで彼女と会い、彼女を車に乗せ、母親に会わせると約束した。「どこに行くの？」彼女は彼に言った。「ママはどこ？」彼女は声を荒らげなかった。彼に、怖がっているのを知られたくなかった。

彼は彼女をアパートメントに連れていき、そこにはほかの女性たちがいた。女性たちは服を着ておらず、汚れて不潔だった。女性たちは疲れた様子で、煙草を吸っていた。スラヴァを見ても、スラヴァを見ていなかった。そこには男性もいて、何人かの女性と性交していた。ほかの女性と男性はそれを見ていた。全員が疲れた目をしていた。体に傷跡のある女性たち。中には、スラヴァには何者なのかわからないようなひともいた——女性なのか男性なのか。

「おまえは堕落してると聞いた」彼は言った。「おまえの母親から、女とも男ともやるって聞いた」

彼は一人の少女を指さし、その少女が近づいてきた。少女は化粧をしていて、そのせいで顔が汚れていた。唇から口紅がはみ出し、顎を赤くしていた。少女はスラヴァと向き合ったが、彼女を見なかった。スラヴァは、少女が、まるで彼女が見えないかのように彼女の向こうを見ていた様子を思い出す。スラヴァは理解して、やはり少女の向こうを見通すようにしてみた。方法はわからなかった。

「服を脱がせろ」彼は言った。幽霊のような少女はスラヴァのシャツに手を伸ばしたが、スラヴァはその手を払った。少女はまた手を出し、スラヴァは少女を押し返した。少女は争わなかった。少女はロボットのように繰り返しスラヴァの服を脱がせようとして、スラヴァはそれをかわした。

彼は苛立った。彼は少女を押しのけてスラヴァの服を引きちぎり、彼女は叫んだ。

「こいつとやれ」彼は言った。「こいつとやれ。おまえを見たい」

「いや。いや」

幽霊のような少女がスラヴァに近づいて、耳元で囁いた。

「это скоро закончится」

「Eto skoro zakonchitsya」

いい、いい、すぐに終わる。

少女は彼女の服を脱がせながら言った。「彼らに、怖がってると思わせちゃだめ」

聖ムィハイール黄金ドーム修道院
二〇一四年二月七日
夜

年老いた男性は目を覚ますが、カーチャはいなくなっている。ミハイル・トカチェンコはほとんど目の覚めていない様子で、横の椅子に座っている。ちょっと目が合うが、二人とも何も言わない。年老いた男性は空腹だ。体の痛みのせいで目が覚め、ずっと眠れなかったが、目覚めているのも長くはないだろうとわかっている。

修道士たちがまた歌い始め、司祭が廊下の先で苦しんでいる女性のために祈る。人々が床で、毛布の上に、バックパックの上に、コートの上に寝ている。

ミーシャは彼の横に座り、目を閉じ、聞いている。司令官はキーを合わせてハミングする。喉に流れこむお茶のように――メロディーは温かくて滑らかだ。

スラヴァのアパートメント
ショフコヴィチナ通り

二月の半ばまで、こんな調子で数週間続く――スラヴァとダーシャはマイダンで会い、戸口からアパートメントに入る。二人は愛を交わし、夕食を作り、愛を交わす。カメラを回しているときもあれば、カメラを止めているときもある。

「あなたにペイントしたい」ある夜、スラヴァはダーシャに言う。


スラヴァはアパートメントの寝室にたくさん写真をおいている。ＦＥＭＥＮの美しい友人たち、胸を露わにして屋外でポーズをとり、体に偽の血と絵の具を塗り、腹部に〝くそくらえ、プーチン〟といった文章を書き、頭の上に花の冠をのせ、背中にリボンを垂らして。

「ペイントさせて」スラヴァは言う。「お願い」

ダーシャはスラヴァの淡い色の目にカメラの焦点を当てる。彼女はマイダンやアパートメントで、ともに過ごす時間を録画し始めていた。

「いつかね」ダーシャは言う。「約束する」

人気ソリスト・バレリーナのアナスタシア・イヴァノヴァの兄である、アレクサンドル・イヴァノヴィチ、ナデジュダ・ワシリエワと結婚

アレクサンドル・アルカディエヴィチ・イヴァノヴィチ、有名なボリショイ・バレエ団のソリスト・バレリーナ、アンナ・アルカディエヴナ・イヴァノヴァの兄が、一九六六年五月二十六日、レニングラード・マリッジ・パレスで、やはりソリストである、二十歳の、ナデジュダ・ステパネワ・ワシリエワと結婚した。

二人は一九六五年、モスクワのボリショイ・バレエ団の〈春の祭典〉初演のアフターパーティーで出会った。この公演でアンナ・アルカディエヴナは、恋人が復讐《ふくしゅう》を果たす生贄にされた処女、選ばれし乙女を演じた。

「すべてがわたしの手柄だとは言えないわ」アンナ・アルカディエヴナは二人について、笑いながら言った。「サーシャはストラヴィンスキー氏にも感謝するべきだと思う」

アンナ・アルカディエヴナと新婚のナデジュダ・ステパネワは、今年後半にキューバでボリショイ・バレエ団の公演に出演する予定。キューバの大統領オスヴァルド・ドルティコス・トラドと首相フィデル・カストロが鑑賞すると言われている。

ナデジュダ・ステパネワとアレクサンドル・アルカディエヴィチは家族や友人たちに囲まれて誓

いを交わし、シャンパンで乾杯し、夜まで踊った。とてもロマンティックで楽しい宵《よい》を中断して、エレナ・スヴェトラナ・アントニーナ議員が言った。「お二人の幸せと愛を祈ります。完璧な幸せは、祖国への完璧な献身なしには叶《かな》いません」

労働組合ビルディング爆破
二〇一四年二月六日

労働組合ビルディング――
反政府抗議者たちにとっての本部
プレス・センター、保安センター、
キッチン――

届いた小包に貼られたラベルにはこのような文字。
〝医薬品〟

両手の中で鼓動のような音がした。

カチ
カチ
カチ

ドカーン。

スラヴァのアパートメント
ショフコヴィチナ通り
二〇一四年二月八日

朝、隣人たちを避けるために、ダーシャは日が昇る前にそっと家を出て、スラヴァは気だるくて午後まで横になっていて、それからマイダンへ手袋やスープやお茶を配りに行く。歌を歌い、石や煉瓦を運ぶのを手伝う。雪をかき、なんであれ、必要なものを探すのを手伝う。抗議活動はスラヴァのアパートメントから数区画しか離れていないフルシェフスキー通りで続き、そこからならば、遅くなっても歩いて家に帰れる。

抗議活動は続いていて、スラヴァはヘルメットをかぶる。愛に鼓舞され、彼女はベルクトの盾の穴にリボンを結び、彼らに、「兄弟よ、わたしたちの仲間になりなさい」と声をかける。スラヴァは天使のような、聖人のような気持ちになる。彼女はダーシャと一緒に家に帰る——心は月のように満ちている。

ある朝、スラヴァの携帯電話にメールの着信がある。

ダーシャはベッドで寝がえりを打ち、携帯電話が光っているのを見て、スラヴァを起こす。「ミーシャから？　彼は大丈夫なの？」ダーシャは訊く。

スラヴァは感動する。彼女は枕から頭を起こさずに、電話を見る。

「アダムだわ」スラヴァは言う。「モスクワにいるけど、ウクライナに帰ってくるかもしれないって」

「彼と会うつもり?」ダーシャは訊く。スラヴァは暗闇の中でため息をつく。

「わからない」彼女は言う。「ああ、彼は悲しむでしょうね!」

ダーシャは笑い、スラヴァは恋人の体を探る。胸の谷間、おへその括《くび》れ、女性器の谷。スラヴァはまた、彼女にペイントしたい、彼女を絵の具まみれにしたい、彼女の肖像画を描き、そばかすや傷も含めて彼女の何もかもを記録したいと思う。

「来て」スラヴァは言い彼女にキスをする、恋人はくぐもった声で何か言う。「ダーシャ、来て」

ユーロマイダンの抗議ポスターの文言

国民は無敵

わたしはウクライナ人、黙ってはいられない

プーチン、我々を愛しているなら——我々を放してくれ

くそくらえ、ヤヌコーヴィチ

ストップ・プーチン、ストップ戦争

ウクライナはヨーロッパだ

ヤヌコーヴィチはウクライナじゃない

プーチンがいなければ殺しはない
勝利は我々のもの
警察は人々とともに
子どもを傷つけるのは臆病者だけ
我々は戦争を求めない
ロシア、ウクライナを手放せ
ユーロマイダンでは暴力禁止
ウクライナは我が子
わたしは自由に呼吸する
警察国家に反対

世界の目の前で恥さらし
わたしは大海の一滴

パウリチェンコのアパートメント
二〇一四年二月八日

ヴィラの死後、ミーシャが生きていられた理由が二つあった。

一つは彼の母親で、彼女は彼にこう言う。「わたしは夫、義理の娘、友人、そして友人の子どもの何人かより長生きした。家を失い、息子よ、おまえ以外のすべてを失った」それから彼の額に、彼の両手にキスをする。彼女はベッドに行く前に毎晩、起きたとき毎朝、血のような色のロザリオを柔らかい華奢《きやしゃ》な手に持って、いつの日か彼がドネツクの鉱山を離れるように祈った。

もう一つは友人のペトロとナディアというパウリチェンコ夫妻で、ヴィラの死後、彼らは毎週彼を夕食に招いた。

今朝、ペトロはミーシャに電話をして、彼を自宅に誘った。

「友だちでも連れてこいよ」ペトロは言った。「それとも、友だちはわたしたちだけか？」

「あなたとつきあいたい女性はたくさんいるはずよ、ミーシャ」ナディアが、スピーカーホンで言った。「どれくらいぶりかしら？　四カ月？」

「ああ、わかってる」ミーシャは答えた。「これが始まる前からだ」

「信じられるか、ミーシャ？」ペトロが口を出した。「前回会ったとき、ディナモが試合でルーツイクをこてんぱんにした。今じゃ、自分たちのところの警察が隣人をこてんぱんにしてる」

「ああ」ミーシャは言った。「ありえないことだ」

「誰か連れていらっしゃい」ナディアが言った。「デートの相手をね」

最初、彼女に声をかけるつもりではなかった。教会でのやり取りだけに限るのが、もっとも気楽できれいなやり方だろう。そこで彼女を愛《め》で、彼女がキーウを離れるときには、修道院が彼にとって唯一の彼女の思い出となる。

その日の午後、大食堂の外で一緒に煙草を吸っていたとき、彼の口にした冗談に彼女が笑うのを聞いたあとだった。あまりにも思いがけなく、美しい笑い声だったので、彼は自分が何を言ったからなのか忘れてしまった。二人は一緒に笑い、太陽がかろうじて温かく感じられ、奇跡のような一瞬だった。

「カーチャ」彼は大胆になって言った。「わたしの友人たちと、夕食を一緒にどうかな。すごくいいひとたちだ」

カーチャは即答しなかった。彼がまちがいを犯したかと心配になったところに、彼女は言った。

「ぜひ行きたいわ、ミーシャ。ええ」

オレンジ革命（二〇〇四年、ウクライナ第三代大統領選挙の結果に対する抗議活動）のさいに、ヴィラとミーシャはナディアとペトロと知り合った。キーウで過ごす最初の年だった。抗議活動の場で、一緒に手をつないで歌った。ヴィラは自分の髪をユリヤ・ティモシェンコ（ウクライナの政治家）のように編み、冠のように頭のまわりにピンで留めていた。ペトロとナディアは幼い双子の女の子のいる若い夫婦だった——理想的な家族だ。ミーシャはペトロとバルコニーで話し、ヴィラは女の子たちとゲームをした。ナディアは女の子たちの髪にオレンジ色のリボンを結んだ。ミーシャはその子たちを練習台にして、髪の毛の編み方を習った。

ミーシャがこの思い出に浸るとき、いかにヴィラが健康的で美しかったかを想う。彼女と結婚して一年ほどのころで、子どもを作ろうとしていた。女の子たちは二人とも、彼の若くて幸せな妻に夢中になり、彼女の膝に座り、人形を見せたり、靴や服を見せたり、彼女の目を誉め、抗議活動のときにつけるブレスレットをヴィラに作るからといって母親にリボンを求めたりした。

「ああ、ミーシャ」ヴィラは言ったものだ。「あの子たちのことが大好きよ」

〝ヴィラは女の子が欲しかった〟ミーシャは修道院から歩いていくさい、カーチャには話さない。

〝彼女はその子に、ナディアにちなんだ名前をつけたかった。わたしたちは、二人ともチョルノービリの子どもだから、子どもが持てるとは思っていなかった〟。

彼は〝それでヴィラは悲しんでいた〟とは言わない。

ミーシャとカーチャはバリケードから離れて、キーウの町はずれへ向かって歩く、そこは静かだ。マイダンの騒音や教会内のざわめきのあと、静けさは二人のどちらにとっても不慣れなものに感じられる。平和の音。彼らはそれを乱さない。

パウリチェンコ家の家族は年を経ても、年齢以外はほとんど変わっていなかった。双子の女の子たち、オレナとニーナは十四歳の少女になり、ナディアとペトロは、ミーシャのように白髪が見えるようになっていた。

「カーチャね」ナディアは言って、彼女を抱きしめる。ナディアはカーチャの肩越しにミーシャを見て、ウィンクする。オレナはカーチャのブーツを誉め、コートを脱ぐかと訊く。

ニーナはピンク色の顔に冷静な笑みを浮かべてみんなを見ていて、「あなたが来てくれて嬉しいわ」と言う。

夕食の席で、丸顔で鼻の赤いペトロが言う。「マイダンには数回行ったきりだ。最初のころ、ベルクトが来る前だった。興味があったし、懐かしさもあった。娘たちが行きたがった。それで、連れていったんだ。ナディアが二人の顔を塗り、髪の毛にリボンをつけさせた。もっと安全な状況だと思われた、数百万人の行進のときに、もう一度行った。暴力的に過ぎる状況になったとき、行くのをやめたが、娘たちは友人たちと二度ほど行って、物資や食料を配るボランティアをした。わたしはやめさせようとしたが、ナディアが〝あの子たちの将来よ、ペトロ〟と言い、その通りだと思った。わたしたちの両親はわたしたちがオレンジ革命に参加するのを喜ばなかった、でもわたしたちは参加した――娘たちのために行った。今、娘たちは自分たちで行ける」

少女たちは顔を見合わせて、輝くような笑みを浮かべる。カーチャは少女たちに学業のことを訊き、ミーシャの隣に座っているナディアは、彼のほうにもたれかかる。

「どうやって知り合ったの？」彼女は囁く。

「聖ムィハイールで」彼はフォークを取りながら言う。

「指輪が見えないわ」

「彼女は指輪をしていない」彼は言う。

「彼女はすてきね、ミーシャ」ナディアは言う。

「そうだな。既婚者だよ」ミーシャは言う。

「じゃあスキャンダルかしら、ミーシャ」

「いいや。友情だ」

「きっと、結婚は終わっているのよ」

「死ぬまで、〝きっと〟なんて言いきれることなどはない」

「あなた、少しも変わらないのね」ナディアは笑いながら囁く。


ミーシャとカーチャが帰る時間になったとき、カーチャが少女たちに挨拶をしているかたわらで、ナディアとペトロはミーシャを脇に連れていく。

「わたしたちはループに囚われているみたいな気がしないか、ミーシャ？」ペトロは彼にたずねる。

「そんな気がするな」

「会えてよかったわ、ミーシャ」ナディアは言う。「また来てね。昔みたい、よかった時代みたいだわ」

ミーシャはうなずく。時代というのはよかったり悪かったりするのだろうか、それとも人間がそうしているだけなのだろうか。もし今夜、昔のよかった時代のように感じるとしたら、ヴィラがいないのにはどういう意味があるのだろう？

ペトロはカーチャと娘たちを見やる。ミーシャも見る。

「ヴィラは彼女のことを好きだっただろうな」彼はミーシャに言う。

「そうだな」ミーシャは言い、ペトロは兄弟のように彼のうなじをつかむ。一瞬、彼をそのまま留めようとするかのように、つかんだままでいる。ペトロの手が離れたとき、ミーシャは錨《いかり》が持ち上げられたような気がする。

友人たちが今夜彼女の名前を口にするのは、このときが初めてだった。口にするのがつらいかのように、侮辱か悪態であるかのように。だがそうではなく、事実だった。宣言だ。壁は赤い。猫は寝ている。ヴィラはここにいない。ヴィラはいなくなった。ヴィラは死んだ。

カーチャの帰る準備ができたとき、ミーシャはドアを押さえる。そうして、二人はそこを去る。「親愛なる司令官のもとに帰りましょう」外に出たとき、カーチャはマフラーを首に巻きながら言う。

〝きっと、彼女の結婚は終わっている〟
〝きっと、わたしの妻は死んでいる〟
〝きっと、この女性はわたしを好きだ〟
〝彼女は知らない。この女性は、わたしが何者か知らない〟

「考えていたんだが――わたしのアパートメントはこの近くなんだ。教会に帰らず、お茶でもどうかな。今週、まだ様子を見に戻っていない。二区画しか離れていない」

カーチャが考えるあいだ、沈黙が続く。濡れた歩道で、雪を踏む足音だけが聞こえる。ミーシャは心臓が喉元までせり上がり、なぜそんなに怖いのかわからない。
「あなたの家が見たいわ」カーチャは彼に言う。

ミーシャのアパートメント
二〇一四年二月八日‐九日

彼は彼女に、お茶かコーヒーをどうかと訊く。

「お茶をいただくわ」彼女は言う。

「散らかっていて、悪いね」

「いい部屋だわ」

アパートメントにはほとんど何もない。ベッド、こんろ、椅子とテーブルが一つずつ。小さなテレビ、ドア、バルコニー。カーチャは椅子に座る。厚い、深緑色の布地。クッションはくたびれていて、彼女の体は沈みこむ。玉座に座っているかのように、腕を両脇にかける。

ミーシャはこんろに行き、火口をつける、青いフリント式ライター。

彼は彼女を見る、青いフリント式ライター。

〝わたしには夫がいる〟彼女は考える。〝わたしには息子がいた〟

「ここにいるのは大変だろう?」ミーシャはやかんに水を入れながら訊く。「故郷が恋しくはないか?」

「ここではすごく忙しいから、故郷のことをほとんど考えないわ」

「故郷のことを考えられないほど忙しいことはないだろう」ミーシャは言う。「ボストンが恋しいか？」

「そうね、ボストンが恋しいわ。あなたは故郷が恋しい？　ドネツクが？」

「ドネツクが故郷なのかどうかわからない。キーウが故郷なのかどうか。ある意味では、ドニプロペトロウシク州が故郷だ——そこで結婚したし、そこで大学に行った」

「あなたが結婚しているとは、知らなかったわ」

「結婚してた。妻は亡くなった」

「それはお気の毒に」

「いいんだ。ずいぶん昔のことだ。

わたしたちはプリピャチで育った。父はチョルノービリの技術者だった。父と妻は、何年か間をおいて、同じ病気で死んだ。たぶん、本当はプリピャチが故郷だな」

「大変だったのね、ミーシャ」

「ナディアとペトロは妻を知っていた。妻のことが大好きだった。彼らはきみのことを好きだと言っていたよ。妻も、きみのことを好きだっただろうとね」

やかんが音を立て始める。ミーシャはお茶を淹れにいく。彼は二つのマグカップをおき、彼女の横に座る。

「息子がいたの」カーチャは、彼が腰を下ろしたときに言う。「五歳だった」

ミーシャはじっと彼女を見る。

「心臓の機能不全だった。まあ、それが根本的な問題だったわ。症状が表に出ない病気でね——最初は呼吸がしづらいとか、発熱、胸の痛み、発疹《はっしん》などの形で表われる。エズラ――夫よ――わたしたちはあの子を病院に連れていって、医師たちに、心臓の機能不全だと言われた。原因はリウマチ熱だった――連鎖球菌による感染症ね。咽頭炎――簡単に治療できるものよ。そう、そのはずだった」

「残念だな」ミーシャは言う。

「いいの」彼女は言う。「かまわないで」彼女はお茶に手をかざす。呼吸のように温かく、熱い。「アイザックが死んだとき」彼女は言う。「どこへも行けないと思った。どこもかしこも思い出だらけ。キッチン、寝室、あの子の部屋――何もかもが、〝ここはアイザックがお風呂に入った場所〟で、〝ここはアイザックがエズラと一緒に枕を全部積み上げた場所〟で、〝ここはアイザックが朝食を食べた場所〟。すべてが思い出の引き金になる――顔をそむけることのできない鏡――失ったものが見えてしまう。

あの子を探して、家の中を歩き回ったわ。アイザックの泣き声が聞こえたと思って目を覚まして、キッチンや居間にいるところをエズラに見つかる。起き上がって、家の中の何もかもを壊したくなる。一度、本当にしたわ。酔っぱらったの、それまでほとんどお酒を飲まなかったのに。でも毎日昼間立ちっぱなしで病院で働いて帰宅して、休みのときはほとんど動かなかった。壁を見詰めているだけ。エズラは、そうしているわたしを見つける。彼は心を閉ざした。目をそむけた。

ある夜、彼はわたしが酔ってキッチンにいるのを見つけた。わたしは傷つけてやると叫びながら、彼に向かってグラスを全部投げつけた。何かを感じて欲しかった。キッチンの床はガラスの破片だらけになって、彼はわたしが自分を傷つけないように、そこから抱きかかえて連れ出さなければならなかった。彼はわたしを病院に連れていった。わたしはカウンセリングを受け始め、薬を飲み始めた。彼とは、そのことについては一言も話さなかった。自分が回復しているのがわかった。日記をつけた。さらに深く掘り下げた。回復し始めた。エズラは、彼自身もセラピストに会い始めたと言った。わたしは、二人で一緒に回復しているのだと思った。昨年のボストンの爆弾テロ事件で、彼との距離が縮まったような気がした。でもある日、勤務時間より早く帰宅したの――一つ、手術がキャンセルになったからよ――そうしたら、エズラが彼女と一緒にベッドにいた。セラピストとよ」

カーチャはマグカップを持ち上げ、ミーシャを見る。彼の視線は、揺らぐことなくカーチャに向いている。〝この男性は巨岩だ〟と、彼女は思う。〝岩じゃない、巨岩だ。山だ〟

「わたしは怒らなかった――ただ、ショックだった。何も感じられなかった。エズラは謝らなかった。ベッドの端に腰かけて、わたしを見た。わたしたちは見詰めあって、女性は動かなかった。全員が、その場で待っていた――どれくらいの時間かわからない――やがてエズラが立ち上がって、出ていくと言って、わたしはいいえと言った。わたしは自分が出ていくと言った。二人はわたしが荷造りできるように、部屋から去った」

ミーシャはマグカップをおく。カーチャとのあいだを隔てるテーブルに身を乗り出す。

「これが終わったら、どうするつもりだ？」彼は訊く。その目は鏡のようだ。「いつかは終わるだろう」

「わからない」彼女は言う。「エズラとはずっと話していない。あそこに居ることはできないとわかっていた。あのとき、気づいたわ。息子の幽霊と終わりになった結婚生活とともに、あの家にいることはできなかった。目の前で全世界が口を開けて、グレープフルーツみたいに割れて、〝立ち去れ〟と言っているようだった。

　母からウクライナの抗議活動のこと、あちこちから医師がボランティアで集まっていることを聞いた。わたしは働いていた病院に休暇届を出した。エズラに話して、一週間のうちに出発した」

　ミーシャはしばらく黙っている。カーチャは口元にお茶を運ぶ。まだ熱くて、舌を火傷する。

「爆発のあとだ」ミーシャは言う。「プリピャチの住人は避難させられた。わたしたちはドニプロペトロウシク州に移り、そこでわたしは小学校から大学までを終えた。あれがあったのは十一歳のときだ。ヴィラと彼女の母親はわたしたちと一緒に移って、父が、彼女たちがアパートメントを見つけるのを手伝った――その後まもなく、父は具合が悪くなった。ヴィラの母親は飲むのが好きで、特にワインを好んだ――小さいとき、男たちが外出すると、彼女とうちの母親はよく一緒に飲んでいた。あの惨事のあと、それが止まらなくなった」

「当時、あなたはあそこにいたの？　チョルノービリに？　あなたも、ヴィラも？」

　ミーシャはうなずく。「ああ」彼は言う。

　カーチャは何も言わない。でも彼には、彼女の考えていることがわかる。彼女は〝どんなだった？〟と訊くほど、礼儀知らずではない。

　〝思い出すのに、どれほどのエネルギーが要る？〟

「ヴィラは家から出ていようと努力した。すぐに音楽学校に行ったわけではなかった――学校を出たあと、レストランで働いて、それが気に入っていた。忙しく立ち働いて、客を喜ばせ、雑談をして、家族のことなどを訊くのを楽しんでいた。みんなに好かれた。でも彼女には暗い一面もあった。わたしだけが知っていた。

ドネツクには、過去に二度行った。最初は大学のあと、仕事で——技術者として雇われた。いい仕事だと思った。

わたしがドネツクに行ったとき、ヴィラはあわてた——わたしが彼女を愛していないと思ったんだ。ある日の夜、大学時代の友だちとバーに行って、男に誘われたと言った。そして彼女は、わたしが帰らなければその男とデートすると言ったんだ。わたしは帰るわけにはいかないと言った。仕事を始めたばかりで、無理だと話した。わたしは彼女に、する必要のあることをしろと言った。彼女は電話を切った。

二週間後に休暇で帰ったとき、彼女の家に行ったが、彼女はいなかった。母親が戸口に出てきて、中に入れと言ったが、わたしは入らなかった。そのままバーに行き、酒を飲んだ。そこで待った。彼女がバーにやってきた。わたしは彼女に、知り合った男とデートしたのかと訊き、彼女はうなずいた。わたしは気分が悪かったし、悲しかった。彼女は泣き始めた。わたしはその場から離れて通りを歩き始めた。彼女が後ろから呼びかけてきた。もう一度、その場に立っている彼女を見たとき、彼女は大雨にでも遭ったみたいに顔を濡らしていて、わたしは彼女に結婚を申し込んだ。彼女は承諾した。

自分がばかだったとわかっている。わたしはずっと彼女のことを愛していた。わたしたちはチョルノービリの生存者だ——よそとはちがう国家の子どもたちだ。生まれてこのかた、部外者だったが、わたしたちはともに部外者だった。

それで、彼女は母親の世話をし、レストランで働き、わたしは月に一度ドニプロペトロウシク州に帰ることになった。わたしたちは結婚した。彼女の母親が亡くなったあと、心機一転を求めてキーウに来た。オレンジ革命の前の夏だった。でもそれから、もっと金が必要だったのでわたしはドネツクに戻った――ここにいる時間が減った。ヴィラが診断を受けたとき、すぐにはここにいられなかった。わたしはまた、あちこち移動をしていた。鉱山を離れるのが難しくなったので、母がここに来て、彼女の世話をした。医療費や、鉱山の上司――」

ミーシャは、毎週届いた、妻の声の入ったカセットテープを思い出す。どれほどそれを待っていて、新しいものが届くまで何度も繰り返し聞いたかを。工事計画書を見ながら、違法及び合法の鉱山に向かって車を運転しながら、ときには下降するエレベーターの箱の中でさえ、彼女が奏でるピアノの音色を聞いたものだった。ドネツクを離れたい、一歩踏み出してしまった道を捨てたいと、どれほどはっきり願っていたことか。

「ほら、発電所が爆発したとき、わたしはそれが最悪のことだと思っていた。我々のコミュニティーに関わる、恐ろしい悲劇だ――それでも、再建できるだろうと思った。だがそんなものじゃなかった。それによる病気は、我々の体や土の中、大気中にあった。愛するひとたちを殺すだけでなく、内部を侵す。悪化する。子どものころ、飼ってた犬の具合が悪くなり、父が病気だとわかったとき、それがどういうことを意味しているかわからなかった。〝病気になったら、回復する〟と思っていた。でも犬はよくならなかったし、父もだめだった。そして何年も経ってから、ヴィラが病気になった。

もはや、あそこで人間が暮らせるとは思わなかったが、夫を亡くした何人かの年長の女性たちの話を聞いた。自発的帰還者、いわゆる〝サマショール〟だ。わたしは母に、戻るなと説得しようとした。母は、あそこが唯一、寛げる場所だと言った。二百人の老婦人《バブーシ》たちがそこへ戻り、母もそれに同行した。スターリンと集団殺害を生き延びた、七十代と八十代の女性たちだ。母は、ヴィラが亡くなったあとに戻ったとき、仲間内で最年少だった――六十代だったんだ。母は、そこで死にたいと言った。わたしに、だめだと言えるだろうか？

頭がおかしいと思うだろうが、子どものころ、父が死んだあと、母の食べるものや飲むもののすべてが心配だった。水が有毒だとか、食べ物が有毒だとか、もしかしたら何もかもが有毒なのかもしれないと想像して、ある日目覚めたら母はまだ寝ていて、二度と目を覚まさないのではないかと恐れた。

今、母とバブーシたちは土地を耕して、母は昼に夜に働いている。今までにないくらい、元気そうだよ。これまで以上に力強い。もう母の心配はしない。今では、母のほうがわたしを心配してる」

ミーシャは話を止める。

「誰にもこんな話はしたことがない」彼は言う。「少なくとも、全部はね」

カーチャは膝を胸元で抱え、ソックスをはいた足を椅子にのせる。二人とも、テーブルの上のお茶のカップを見ている。

「わたしもよ」彼女は言う。

彼は手を伸ばして、彼女の手を握る。彼女は喉に、耳に、胸に、自分の心臓を感じる。医師であるため、彼女は頻繁にひとと触れ合うが、これは別ものだ。温かい触れ合い、円を描いて戻るような触れ合い。渇望によって生まれた触れ合い、満たすような触れ合いだ。

カーチャは、前回誰かに触れられたのがいつだったか思い出せない。

彼女は何も考えずに、それ以上を望む。

彼が彼女の手首の華奢な骨をなぞり、彼女は手のひらに鳥がいるかのように、自分の手を見る。彼のほうへもたれかかる。彼の息を感じる、二人はとても近い。

彼は彼女の手のひらに、肘の内側に、鎖骨の浅い窪《くぼ》みにキスをしたいと思う。彼は彼女の手を取り、そこに結婚指輪はなく、彼は彼女の指を丸飲みにしたいと思う。体が高ぶるのを感じる、神のエネルギー、生産物のエネルギー。彼は彼女の手のひらを舐《な》め、熱を味わいたい。彼女を温め、この場に留めたい。

いい、ああ、ああ――わが友よ。

世界が終わるとき、何をする？

戦争が始まるとき、何をする？

掩蔽壕《えんぺいごう》に葬られて、何をする？

我々は愛する。

ウクライナ人ジャーナリストが襲われ、打ちのめされる
二〇一三年十二月二十五日

テティアナ・チョルノボル――ジャーナリストであり、妻であり母親――はマイダンから車で帰る途中、ボリスピリ空港の近くで二台の車にあとをつけられた。その何時間か前、テティアナはウクライナの内務省内の腐敗を暴露する記事を発表した。

一台のポルシェ・カイエンが、彼女の車を道路から弾き出した。二人の男が彼女をアスファルトに引きずり出し、殴り、沿道の排水溝に投げ入れて、そのまま死なせようとした。

彼女は、むしろ死ぬべきだったような有様だった――顔は赤く腫れ、着ているセーターと同じような色で、唇は紫色に傷ついて、喋《しゃべ》ることができなかった。片目は開かず、鼻から顎へと血が滴っていた。

テティアナは、殴られた頭の下に黒髪をたくしこんで、病院のベッドの白いシーツの上に横たわっている。マイダンで、我々は傷ついた彼女の顔写真を通りに持ち出す。

しばらくのあいだ、行方不明になるジャーナリストや抗議者の数は増え続ける。

スラヴァのアパートメント
ショフコヴィチナ通り
二〇一四年二月十七日‐十八日

「服を脱いで」スラヴァは鉛筆と分厚い紙を手にして言う。

「〈タイタニック〉みたいね」ダーシャはシャツを頭の上に持ち上げながら言う。

彼女には、肋骨《ろっこつ》と左腿に、マイダンでできた傷がある。スラヴァは何度もそれらにキスしたが、なかなか治らない。

「治れ」彼女は傷に向かって囁いた。「治れ」

「それじゃあ」彼女はダーシャに言う。「髪をほどいて」

ダーシャは濃い色の髪の毛をひっぱってほどく。編んでいたせいで、それはうねっている。

「まずスケッチするわね」スラヴァは言う。「練習よ。次回に、絵の具を使いましょう」

スラヴァは恋人の額の曲線、髪の流れ、性器の和毛《にこげ》、剃っていないふくらはぎの、きめの粗い毛穴を描く。乳輪のように黒く重々しい傷や、膝に残る若いときの傷跡について考える。描き終わったとき、彼女はその肖像画にキスをし、ダーシャは笑う。それから彼女は恋人にキスし、その隣に横たわり、自分の口で彼女を描く。

　終わったとき、ダーシャは彼女に言う。「わたしに絵の具を塗るんだと思っていたの――ほかの女性にしていたみたいに」

スラヴァは驚いて、嬉しそうに彼女を見る。「今する？」

「そうね。それと、髪の毛を染めたい」ダーシャは言う。「あなたみたいな色に」

スラヴァはダーシャの濃い色の髪を一房手にして言う。「色を抜かなければならないわね」


気が変わっても大丈夫なように、スラヴァはアパートメントにあらゆる色の染料をそろえている。紫、緑、青、ピンク、赤。彼女は箱を取り出してダーシャに見せる。


「ピンク」ダーシャは言う。

ダーシャはキッチンの椅子に座っていて、タオルを体に巻いている。スラヴァは彼女の髪をとかし、生え際から後ろに引っ張って流し、手袋をして、色を抜く漂白剤を手に取る。

「ほんとうにいいの？」彼女は訊き、ダーシャはうなずいて言う。「ええ」

「いいわ」スラヴァは言う。彼女は恋人の豊かな髪に漂白剤をつけて、櫛《くし》で伸ばす。

「沁《し》みるかもよ」スラヴァは言い、ダーシャの髪を指先で軽く叩く。

ダーシャは涙ぐむが、スラヴァに訊く。「どんなふう？」

スラヴァは手袋を取り、二人のためにコーヒーを淹れ始める。「きっと気に入るわよ」彼女は言う。二人一緒にキッチンのテーブルでコーヒーを飲みながら待つ。


スラヴァは、ダーシャがノートパソコンで何かを書いているのを見る。マイダンからどんなに疲れて帰ってきても、ダーシャはスラヴァと愛を交わし、それから撮ってきた映像を見直し、スラヴァが寝入ってしまったあとも、ずっと何かを書いている。スラヴァは彼女の熱心さ、その儀式的行為に魅了された。

スラヴァは彼女に訊く。「どうしてここでジャーナリストの仕事をすることにしたの？　こんなに危険だとわかっているのに？　どこにでも行けるでしょう。もっとお金を稼げるでしょう」

ダーシャは仕事を続け、顔を上げない。彼女は言う。「どうしてＦＥＭＥＮに入ったの？　それと同じよ」

「ＦＥＭＥＮは去った」スラヴァは言う。「あなたはここにいる。ここに留まった。あなたの口から聞きたいの」

「わたしは映像作家よ」ダーシャは言う。「わたしはレズビアンの映像作家――ウクライナ人？　クリミア人？　ロシア人？　こんなふうに感じるのはわたし一人じゃない。見ればわかる――マイダンでね。みんな、信じるもののために抗議するなら、死んでもいいと思ってる。よりいい生活のためならね。今日、わたしたちはプーチンと闘う。明日、わたしたちは憎しみと闘う。

これはずっと終わらないわ、スラヴァ。何かが起ころうとしてる。ある同僚などは、電子メールは危険過ぎるから、直接会いたいと言ってる。クレムリンの守備範囲は広い。でもわたしたちは闘わなければならないのよ、スラヴァ。あなたはフランスに行かなかった。個人的な身の安全はさておいても、やらなければならないことがもっとあるから、ここに留まった。わたしは、留まる価値のある理由があると信じるしかなくて、留まって仕事をしている。単なるウクライナの物語じゃない――わたしの物語なのよ。あなたの物語よ。わたしたちの物語。わたしは、わたしたちを信じているからこれをする――ウクライナのすべてを信じているから」

ダーシャがシャワー室で漂白剤を洗い流しているあいだに、スラヴァは塗料の箱と花の冠の入っている箱を取り出す。青と金の造花の冠を選ぶ。彼女が最近作ったものだ。箱からリボンを取り出して、長めに切り、ベールの裾のように、冠の裏につける。

彼女はFEMENの女性たち、フランスにいる知人たちを思う。良心の呵責《かしゃく》なく、自分はここにいると決意したのを思い出す。

ダーシャが、ところどころオレンジ色に燃えているような明るい色の金髪になって寝室に戻るとき、スラヴァはかすかに微笑む。恋人は恥ずかしそうだが、その目は、性行為と漂白剤と金髪のせいで輝いている。

「うまくいったわね」ダーシャは言い、下着とラウンジ・パンツを身につける。胸はむき出しのままで、スラヴァは彼女に、自分と向き合う椅子に座るように身振りする。

彼女は明るい黄色、青、そして黒を選ぶ。絵筆を青い塗料に浸す。塗料の冷たさに、ダーシャは震える。スラヴァは彼女の鎖骨を横切り、肩から肩へ、胸と脇腹を塗る。黄色で、彼女は腹部のほくろと、肋骨の触れると痛む傷の上を塗り、ダーシャは目を閉じる。ウクライナの旗の上に、彼女は黒い文字を描く、〝スラヴァ〟――〝栄光〟という意味のウクライナ語。

「これで乾かすの」彼女は言う。ダーシャはスラヴァのあとについてキッチンに行く。そこで二人でダーシャの金髪の毛先を切りそろえ、ピンクに染める。

彼女は、ダーシャがキッチンの流しの上に身をかがめ、髪の毛を洗い、水が赤く染まるのを見る。

スラヴァは掃除をし、タイルから集めたダーシャの金髪の束を持ち上げる。ダーシャは濡れた髪をタオルで拭く。ピンクの髪が彼女の顔を取り巻いている。その髪は以前より短く、肩までしかない。スラヴァが見ているのに気づき、ダーシャは微笑む。それからずっと、その夜、ダーシャはカリーナの冠をつけている。

スラヴァはキッチンの、いつもおいていくのと同じ場所に、マイダンに行くと告げるダーシャのメモを見つける。携帯電話を見ると、そこにはアダムとミーシャからのメッセージがある。アダムからのメール。〝ニュースを見た、大丈夫か？〟ミーシャからのメール。〝本部を避けろ。大火事だ〟両方から。〝無事を確認したいから、これを見たら返信してくれ〟

スラヴァは服を着て、マイダンに行く準備をする。胃がよじれるような気分で、ベッドに座って勇気をかきあつめる。そのとき枕を見ると、布地にダーシャの髪の跡が染みを残し、花開いている。端のほうはかすれているが、血液のように、繊維に沿って広がっている。

イーゴリ・ストラヴィンスキー
記憶について

わたしのもっとも古い記憶は、生まれた場所に近いサンクトペテルブルクのネヴァ川の氷が割れる音だ。それは新しい年、新しい春の始まりを示す音だった。

もう一つの記憶は教会のものだ。

でももしかしたら、子ども時代のもっとも強い思い出は、ウクライナで連れていってもらった地域の祭りのものかもしれない。そこで聞いた歌や見た踊りは、生涯ずっと、わたしの心の中に留まっていた。

スターリンによるコブザ奏者の駆逐
コブザ奏者による歌

わたしたちはスターリンに、モスクワの民謡歌手の会合に来るように言われた――ウクライナのコブザ奏者全員が、一緒にだ。

わたしたちの多くは目が見えず、互いを探し、小さな村から、ガイドに助けられて列車に乗った。

わたしたちは体内に、わたしたちより前のコブザ奏者全員の霊気を持っている――わたしたちが歌って聞かされ、自分たちで歌うのを習った曲。政府が本を焼いても、わたしたちは歌い続ける。

書かれた詩などはない、書かれた楽譜などはない――

どの歌も記憶であり、どの歌も革命だ。

スターリンは言った。〝より良い人生を、より楽しい人生を。モスクワに来なさい、統一された未来を築こう！〟

それでわたしたちはコブザ奏者、リラ奏者とバンドゥーラ奏者のための会合に出かけていった。

バンドゥーラを持っていき、メロディーを持っていき、記憶を持っていった。

わたしたちは列車の中で歌い、楽しく演奏した――全員が故郷から遠く離れ、全員一緒に。わたしたちは、真夜中に列車が止まるまで歌っていた。

わたしたちが到着する前に塹壕《ざんごう》が掘られていた。

NKVDの兵士たちがわたしたちとガイドをその縁に導いた、足元の土は滑りやすかった。

彼らは暗闇の中でわたしたちを撃ち、土と石灰で埋めた。

この歌を発掘としよう。この尊い土地を知らしめよう。

フルシェフスキー通り

ГРУШЕВСЬКОГО

友人を埋葬するとき
あなたは死にもっと興味を持つようになる。
――セルヒイ・ジャダン

ベルクト特殊部隊による抗議者たちの大虐殺

二〇一四年二月十九日

アダム・ヴォーデン、東ヨーロッパ通信員

二月十八日火曜日、キーウの路上で、さらなる死が報道された。抗議者たちは、昨年十一月以降、街の中心地の独立広場に集まっていた。約二万人の抗議者が、火曜日の朝、ヴェルホーヴナ・ラーダ、ウクライナ最高議会で行進をした。

十時ごろ、ショフコヴィチナ通りとリプスカ通りで、警察が閃光手榴弾で抗議者たちを攻撃し始め、十一時には、狙撃者が抗議活動をする者を撃っていたという目撃報告があった。その場のビデオ映像や写真によって、リプスカ通りの地域党の近くで、ＡＫ－74で武装した警察官の姿が確認された。抗議活動をする者たちは火炎瓶、煉瓦、その他の投射物で、特殊部隊を撃退しようとした。

十七時〇四分、抗議者たちはベルクトの襲撃に不意打ちされた。抗議者たちが近隣地区を飛んでいるドローンを監視していたとき、特殊部隊はディナモ競技場近くのフルシェフスキー通りのバリケードを突破して、背後から群衆を奇襲した。特殊部隊は手榴弾を投げ、フレシュチャティク通りをマイダンに向かって逃げる市民を撃ち、マイダンでは抗議活動をする者たちが燃えた残骸を積み上げて壁を築き、市民たちを特殊部隊から保護した。

二月十九日早朝までの死者数は、特殊部隊十人を含めて二十八人と推定される。

ヤヌコーヴィチ大統領との平和的交渉の試みが失敗に終わったのち、七十人から百人の抗議者が特殊部隊に銃殺されたと見られ、医療および法医学の機関が死体の身元確認をおこなっている。

ショフコヴィチナ通り
二〇一四年二月十八日
朝

ミーシャはスラヴァからメッセージの返信を受ける。〝今朝うちの前で行進がある。参加する？〟

ミーシャはウクライナの旗が描かれた――スラヴァがデザインをした――建設作業用ヘルメットとベルクトから盗んだ盾を手にして、ショフコヴィチナ通りへ向かう。

〝外で会おう〟彼はメールを送り返す。


ミーシャは彼女の姿を見つける。緑色のコートを着て、ベレー帽から青い髪をたなびかせている。彼が近づいていくと、彼女は微笑むが、銃撃の音がして、びくりと首をすくめて悲鳴を上げる。ミーシャは盾で彼女をかくまう。

抗議者たちは両手を上げて、撃ってきた警察に向かって言う。「公衆を守れ！　公衆を守れ！　我々の味方につけ！」地面に寝転がる男女もいる。マイダンから間に合わせの武装具を身につけてきている者もいたが、大半はスーツやワンピース姿だ――仕事に行く途中で足を止め、平和的行進に参加することにした人々だ。

フルシェフスキー通りで、人々は助けてくれと叫ぶ。特殊部隊は人々の叫びを聞き、叫びが止むまで撃つ。

スラヴァとミーシャは死にたくない、だから逃げる。ミーシャは黒い身なりをしたベルクトに、鉄製の警棒で打たれる。ミーシャは歩道に倒れ、そのベルクトはスラヴァを追う。


バラクラヴァ帽をかぶった二人の大柄な抗議者たちがそのベルクトを見て、追いかける。ベルクトは二人のほうへ体を向け、金属製の盾で二人を押し返す。抗議者たちがベルクトを押さえ、彼の警棒を取って、それで彼を殴る。盾を取り上げる。動かなくなるまでベルクトを打つ。

ミーシャは彼らに、やめろと怒鳴る。スラヴァは震え、泣いている。二人は男たちに、やめろ、やめろと叫ぶ。


バン。バン。男たちは逃げる。そのうちの一人がベルクトの横に倒れる。スラヴァは泣いている、ミーシャの手をつかむ。

「行こう」彼女は言う。「来て、ミーシャ」

スラヴァはミーシャを聖ムィハイールへ連れていく。

聖ムィハイール黄金ドーム修道院
二〇一四年二月十八日
正午近く

マイダンの全員がそこにいる。教会と修道院は完全な病院になっている。スラヴァとミーシャが入ったとき、白いシーツに包まれた死体が見える。スラヴァは視線をそむける。

カーチャがいる。スラヴァはその美人の医師を覚えていて、彼女に声をかける。カーチャは彼女を見て、ミーシャを見て、二人を司令官の横へ導く。ミーシャは床においた寝袋に座り、医療従事者が彼に毛布を持ってくる。カーチャは彼の傍らに膝をつき、肩の傷を診始める。

「スラヴァ」彼は頭に痛みを感じながら言う。「カーチャだ」医師が疲れたような笑みを浮かべて、彼に向かってかぶりを振るのを見て、スラヴァは二人が恋しているのを知る。

彼女は医師が立ち働き、ミーシャにどこが痛いのかを訊くのを見る。彼が彼女に説明をするさい、スラヴァは医師が彼の声を地図のようにして動くのを見る。彼女は体の地図製作者であって、ミーシャに、コートを脱いでもらいたいと言う。スラヴァは脇によける。携帯電話を取り出してダーシャに電話をするが、応えはない。ダーシャの録音された声だけが聞こえる。

ダーシャは言う。「Zalyshte meni povidomlennya――」
ハ、ハ、ハ、ハ、ハ、
メッセージをどうぞ――

医師がミーシャの診察を終えたとき、スラヴァは訊く。「彼は大丈夫かしら？」

「肋骨が折れていないかどうか検査するわ」カーチャは言う。「ここでレントゲン検査ができるかどうか、訊いてみる。最終的には、病院に行く必要があるわね」

スラヴァに顔を向けて、カーチャは訊く。「あなたは大丈夫？　痛いところはない？」

「ないわ、大丈夫」スラヴァは震えながら言う。「行かなくちゃ。ひとを探したいの」

「ここにいるべきよ、スラヴァ」カーチャは心配そうに言う。「安全じゃない。お願い」


スラヴァは震えていて、呼吸ができないような気がする。何もかもが浅く、重く感じられ、動きが速すぎる。喉の奥に鼓動を感じ、暑くもあり寒くもある。医師などの医療従事者たち、キーウの負傷者たちを見て、細い髪の毛を指でかき上げ、息をしようとするが、この教会で溺れるような、水の中、雪の中にいて、あらゆる痛みの中に身を沈められるような気がする。

「彼女を探さなくちゃ」スラヴァは恐怖のあまり眩暈を覚えながら言う。「彼女を愛してて、彼女は死んだかもしれないの」


医師は彼女を隅のほうへ連れていき、座るように言う。そこもまだ騒がしいし、速いが、スラヴァは教会の壁に頭をもたせかけることができる。カーチャは彼女に毛布と水のボトル、そして錠剤が十粒入っているパックを手渡す。

「〇・二五ミリグラムの抗不安薬《アルプラゾラム》よ。今一つ飲んで、あとは持っていて」

　スラヴァは錠剤を飲む。自分自身の速度が遅くなるのを感じる。数分後、カーチャが戻ってきて、彼女の横に膝をつく。この医師は疲れているようだ。髪を後ろにまとめていて、その一房がうなじのあたりでほどけ、首には医療用マスクがある。

「気分がよくなったら、あるいは出ていくと決めたなら」カーチャは自分の電話番号の書いてある紙をスラヴァに渡す。「これを携帯電話に入れておいて、連絡がとれるようにメールを送って。二時間以内に連絡がなくて、電話がなかったら、心配することにする」

「わかった」スラヴァは言う。

「万が一ここに来たらわかるように、彼女の名前は？」

「ダーシャ・バンドゥーラよ。二十七歳。ジャーナリストなの。背が高くて、ピンクの髪の毛よ」

「わかった」カーチャは言う。「できるだけのことをする」

「ありがとう」スラヴァは言う。彼女は立ち上がる。死体を、動かない白いシーツの横を通り過ぎ、冷気の中に戻る。

聖ムィハイール黄金ドーム修道院
二〇一四年二月十八日
夜

カーチャはミーシャの肩を診る。彼は顔をしかめ、まともに息もできない様子で、カーチャは彼の代わりに、やり方を教えるように息を吐く。彼の傷ついた皮膚に触れるとき、彼女がどれほど優しくしようとしているか、彼にはわかるまい。彼を痛がらせて、申し訳ないと思う。レントゲン検査を受けて、彼の肋骨が折れていない――心臓に刺さる危険性はないと確認ができた。彼は背中と腕に傷を負っている。医療従事者はアイスパックを用意し、それを彼の胸の左側、鼓動のする場所のすぐ下にテープで留めた。

カーチャは、彼が感じているはずの頭痛を和らげるため、痛み止めをのませた。彼女は彼の眉毛、こめかみの近くに触れる、ミーシャの眉と瞼《まぶた》が緩む。

カーチャはミーシャの顔から力が抜けるのを見て、二人のあいだの何もかもが変わったのを知る。なぜなら、変わったからだ。

カーチャはミーシャの眉から両手を離し、彼は目を開ける。

「いやだ、カーチャ。行かないでくれ」

「ミーシャ、ここにいるわ」

彼は聞こえないふりをする。質問に答えたくないときにすることだった。考えている事柄を口に出したくないときにすることだった。嘘をつくのを避け、真実と向き合うのを避けるために、質問に対してべつの質問をすることもあった。

カーチャは心配している両親のことを思う。彼女は急いで電話を切った。受信状態が悪いふりをする必要はなかった、本当に悪かったから――彼女は両親に愛してると言い、またすぐ電話すると言った。

エズラが受け取るのは、〝キーウで暴動――わたしは無事〟というメールだけだ。

彼から電話はなかった。今は、ミーシャだ。この場のことだ。

「祖国に帰るべきだ」彼は言う。

「戦争が終わったら帰るわ」

「戦争は始まったばかりだぞ」彼は言う。「今よりもひどくなるだろう」

「わかってる」

「カーチャ」ミーシャは言う。「帰らなければだめだ」

傷ついて教会に来たミーシャを見たとき、彼女はとっさに、この患者を休ませよう、診察しようとは思わなかった。ほかの患者とはちがった。彼女は彼を抱きしめ、抱擁したかった。彼を静かな場所に連れていきたかった。彼女の内外の騒音――すべてが、耐えられないほどに騒々しい。ミーシャを助けるとき、彼女は自分が医師であることを忘れ、女性であることを思い出して、触れ合いを楽しむ。彼女は医師であることに疲れ、他者を癒やす責任を負うことに疲れている――関係の破綻した夫、死んだ息子。彼女は息子が死んでいることに疲れている。

彼女の息子、五歳で、ボールを蹴るのが好きで、歌うのが好きで、昆虫を間近で見るのが好きだった。彼女の息子、拳ほどもない小さな心臓、未熟なタンゼロの実ほどもない拳。小さなタンゼロを絞るようにして鼓動する、トクン、トクンと鼓動するが、ポンプが機能不全となり、血流が方向をまちがい、流血が起き、彼のタンゼロの心臓は止まった。


カーチャは自分の手で息子を埋めたかった。ショベルを手にして、それまでより重い、生まれたときよりも重い、初めて気を失ったときよりも重い、自分のお腹にいたときよりも重い、寝たきりで動けない、小さな弱々しい体を抱き上げて。初めて赤ん坊を見たとき、その子は血まみれで、それまでに触れた何よりも熱かった。最後に見たとき、その子は冷たくてよそよそしかった——人形のように、動かず空っぽで空虚だった。


ミーシャの青い目に光を当てて、瞳孔の反射を見るとき、彼女は泣きそうになる。彼女はそっと身を引いて、隠れようとする。ミーシャは言う。「カーチャ」

「ごめんなさい」彼女はすすり泣きながら言う。「ごめんなさい」

彼は彼女の手を握る、それは空っぽで、無力で、惨めに感じられる。

カーチャはミーシャが人差し指で彼女の手のひらの内側をなぞるのを見る。彼は彼女の手のひらを、地図のように検分する——彼は実際より年上に見える。白髪や、顎の不精髭のせいではない。

彼の目だ。そこにある疲労と重み。彼女は彼が自分の鼓動を感じているだろうかと考える――どれほどそれが、速まっているか。彼は肩に包帯をし、頭骨に傷を負った負傷者であり、骨が刺さらなかった心臓は骨が折れていなかった胸で力強く打っている。

ミーシャは注意深く彼女の手首を回し、花が咲くように、手のひらを上に向ける。自分の指を彼女の指と絡める。

そこで彼女は、それに気づく。自分の脈、自分の熱烈な心臓の鼓動。

労働組合ビルディング
二〇一四年二月十八日
夜

非常に大きな煙の柱が立ち、マイダンの上空を覆うかのようだ。人々はあわてて火災から遠ざかろうとし、スラヴァはその人々を押しのけながらそちらへ向かう。そこがダーシャが働いていた場所でないようにと願いながら、実際はその反対であることを恐れながら。

すべての人々の肉体が彼女に向かってあふれてくる——育った場所、オデーサの海のようだ。火災からの熱が、太陽のように彼女を温める。煙に喉が詰まる。ガスマスクをしてコートを着た男たちが、消火器や水を探しながら建物の中に入っていく。彼女は人々が指さすほうを見上げる。そこには男性が一人いて、飛び降りようとしている。

「飛べ」人々は両腕を広げて言う。「飛べ」男性は飛び、スラヴァは視線をそらす。

燃えている。警察は放水砲を火災に使うのではなく、人々に使う。消防士が到着するのは何時間もあとだ。人々は閉じこめられ、窒息している。

「まだ中にひとがいる」ほかの者たちが、上を指さしながら言う。ほかの者たちが、ベルクトは放水砲を消火に使えと怒鳴る。「Braty!」彼らは言う。「兄弟よ！」誰も答えない。火はとどまらず、燃え盛る。

そこで彼女は彼女を見つける。血まみれで灰に汚れた男性の横に膝をついている。男性は火災について話している。警察が火をつけた、酷いやつらだと言い、ベルクトのほうに両手を振ってみせている。ダーシャは男性の話を聞き、膝の上にのせているノートにメモを書いている。

スラヴァは人々の体に押し戻されながら、彼女に駆け寄る。ダーシャは彼女を抱きしめ、彼女の耳にキスをする。ダーシャは温かくて、火のにおいがする。

男性は頭部から出血していて、ダーシャは彼女に言う。「彼は治療が必要よ」

「聖ムィハイールに連れていこう」

「わたしが連れていく」ダーシャは言う。「家で会おう。安全な場所に行って」

男性はダーシャを見上げ、それからスラヴァを見て、地面に唾を吐く。

「Лиза」彼は身を引きながら、彼女に言う。レズか。

「Йди до біса」スラヴァは彼を押しながら言う。くたばれと、彼女はその年長の男性に言う。

スラヴァはダーシャの手を握り、血を流している年長の男から離れ、死体や炎を通り過ぎ、ショフコヴィチナ通りのアパートメントへ導く。一度も彼女の手を放さないが、のちに、これはまちがいだっただろうかと考える。大胆過ぎただろうか。

大胆でなければ、何が愛の行為だろう？

世界が崩壊するとき、何も失うものはない——

約束を守らずして、何が愛だろう？

のちに、残骸から黒焦げになった死体を持ち上げるとき、雪の中に皮膚が散る。彼らは兄弟たちを通りに横たえる。

聖ムィハイール黄金ドーム修道院
二〇一四年二月十九日
早朝

ミーシャは司令官が眠ったまま何かつぶやくのを聞く。彼は立ち上がり、司令官のもとへ行く。自分の体が痛み、頭痛がするが、司令官の言葉を聞きたい。何をつぶやいているのか聞きたい。

ミーシャは、年老いた男性の目がすでに開いていて、明るい眼差しでこちらを見詰めているのを見て驚く。

「ミハイル」年老いた男性は言う。舌や唇が渇いている。

「司令官」ミーシャは言う。「眠っていると思っていました」

「いいや、いいや」年老いた男性は天井を見る。彼はゆっくり動く、目さえもだ。

「いいや、いいや」


ミーシャはあたりがとても静かなのに気づく。司令官の近くに椅子を引っ張っていって、白いシーツのかけられている死体を見る。彼と司令官は、死体を安置しておく部屋に入れられていた。

「ミハイル」年老いた男性は言う。ミーシャはよく聞こうとして、年老いた男性の横に座る。

年老いた男性は、ざらついた声だが、静かに話す。

ミーシャはかがみこむ。「司令官?」

司令官は言う。「ミハイル」

「はい——」

「ミーシャ」司令官は言う。

司令官は自分の胸を弱々しく叩く。「イヴァノヴィチだ」

司令官は「Мне жаль. Мне жаль」と言う。ミーシャは両手で顔を覆う。それから彼は司令官の両手をつかみ、そこにキスをする。

司令官は言う、「すまない、すまない」

二十年の労働刑務所収監を宣告されたオレフ・センツォフ、ハンガー・ストライキを始める

クリミア・ウクライナ人の映像作家はロシア政府によってウクライナの市民権を不法に剝奪され、ヤクーツクへ、そこからシベリアのラビトナンギへ、二十年の刑に服するため送られた。これは国際的な憤激を招いた。

二〇一八年五月十四日、ワールドカップがロシアで開催される一カ月前、センツォフは六十四人のウクライナ国民がロシアで収監されていることに抗議してハンガー・ストライキを始めた。

今日はストライキの五十日目で、代理人のドミトリ・ディンズは、前回面会した二週間前、彼が腎臓の機能不全の兆候を示していたと報告した。

センツォフが秘かに刑務所から出した手紙には、このように書かれている。〝我々が専制君主の棺《ひつぎ》の釘《くぎ》になるのであれば、わたしはそのうちの一本になろう。ただしこの一本はけっして曲がらないと心得よ〟

オーディオ・カセットテープの録音

A面の続き

年老いたピアノ教師——彼と最後に会った日、彼は言った。「アレクサンドル、自分の名前の意味を知っているか?」

「知りません」と、わたしは道具を取り上げながら言った。象牙の鍵盤を押さえて、音を試した。

「アレクサンドロス大王。征服者。殺人者。アレクサンドルという名前の本当の意味は〝人間の擁護者〟だ」

年老いた教師は膝をついて、わたしの目をじっと見た。わたしの肩をつかんだ。彼の目は灰色でぼやけていて、わたしが彼の目の代行をしていたのだが、それでも彼は、わたしに見えないものをはっきり見ていた。

「アレクサンドル」彼は言った。「わたしの言う意味がわかるか?」わたしはかぶりを振った。訳もなく不安になった。彼のことが、わたしたちのことが。

「ライオンは狩猟者であり、保護者でもあるだろう、アレクサンドル。プライドは——美徳であり悪徳でもある」彼はわたしの頭を軽く叩いた。

彼は言った。「気をつけろよ、息子よ」それだけだった。

［沈黙］

［やかんの鳴る音。椅子の軋《きし》み、遠退《とおの》く足音、近づく足音。椅子の軋み］

チェコ人はソヴィエト人を嫌っていた、可愛いアンナ。ああ、おまえの国の人々は――おまえの母親の国の人々は――とても情熱的な人々だ。群衆、火災、抗議活動、少年たちが歩道に投げ出されて逮捕されるだなんて、予想もしなかった。男や女がわたしの顔に唾を吐いた。一緒に戦車に乗っていた少年は、煉瓦が顎に当たった。彼はしわがれ声で悲鳴を上げた。彼のがっしりした顎、とても本能的な痛み。

一九六八年のことだった。わたしたちは街を包囲した。ある晩、わたしは徒歩でカレル橋をパトロールしていて、以前に会った女性を見つけた。短く切った暗い色の髪が、夏の風に吹かれて乱れていた。わたしは一人でいて、彼女は彫像の陰で、橋の縁に両脚で立っていた。飛びこもうか飛びこむまいか、迷っていた。

「待て」――わたしは言った。彼女は驚いて、聖人の曲線を描く背中に手のひらをつけて体のバランスを取った。街灯の光に照らされたわたしを見た。赤いコートの前がはだけ、ワンピースが見えていた。ひどく泣いていた。

「彼は行ってしまった」彼女は言った。「フランスに。彼はわたしをおいて行ってしまって、今では、あなたたちがここにいる」

「そこから下りろ」わたしは言った。「頼むから」

「あなたたちのせいで、彼は行ってしまったのよ」彼女は言った。

「彼は臆病者だから行ったんだ」わたしは言った。「同じまちがいを犯さないやつもいるはずだ」

彼女はわたしを見下ろした。片手を伸ばしてきた。彼女は温かく、予想外の力強さがあった。


「家まで送ってくれる？」彼女はわたしに訊いた。

「仕事中だ」わたしは言った。

「いつまで？」彼女は訊いた。

「夜明けまでだ」わたしは言った。

彼女は腕時計を見た。

「三時間ね」彼女は言った。


彼女はわたしから視線をはずして、橋の先を見た。

「あなたは一人きりなのね」彼女は言った。

「あと半時間は」

「わたしはずっと悲しかった」彼女は言い、わたしに近づいてきた。「もう悲しいのはたくさん」

「わたしは結婚してる」わたしは言った。「娘がいる。故郷にな」わたしは彼女から身を引いた。

「あなたはわたしの国を強奪した」彼女は言った。「あなたは盛りのついた犬」彼女はわたしに近づいてきた。わたしはあとじさった。彼女は怒りに燃えていた。

「仕事中だ」わたしは彼女をまっすぐに見て言った。「それだけだ」

　彼女は少し落ち着き、黙りこんだ。彼女はわたしの周囲を歩き、制服や銃をじろじろと見た。

「名前はなんというの？」彼女はわたしに訊いた。

「イヴァノヴィチ」わたしは言った。彼女は橋のはずれに近い大きな彫像のほうへ歩いていく。わたしは彼女を追いかける。

「聖イワン」彼女は指さしながら言う。

「彼には二人連れがいる」彼女は続けた。「マタの聖ヨハネとヴァロワの聖フェリクス。キリスト教徒の奴隷たちを買って、自由にするという三人の聖人」

　三人の聖人の下には、壊れて口の開いた監房があった。洞穴の中の三人の男たち。聖ヨハネは鎖と金を持っていた。聖フェリクスは一人の男を自由にした。聖イワンは彼らのうちで一番高い場所に座っていた。その下に、聖イワンが手にしているのと同じ十字架のある鹿。

「彼は世捨て人だった――イワンのことよ」彼女は言った。「彼はクロアチアの王の息子だった。スラヴ人の守護聖人」

「どうしてそんなことを知ってる？」わたしは訊いた。

「歴史が好きなの」彼女は言った。「わたしの国の歴史は死のうとしてる」

　わたしは振り向いて聖イワンを見た。彼女に見られているのを感じた。

　わたしは彼女に言った。「ライオンの群れでは、幼獣が一定の年齢になると、故郷を追い出されて、砂漠に一人で放り出される」

「どうしてそんなことを知ってるの？」彼女は訊いた。初めて、優しく微笑んでいた。

「昔の教師だ」わたしは言った。「彼が、たくさんのことを教えてくれた。そして彼はいなくなった」

わたしたちは一緒にイワンを見上げた。父のことは考えなかった。

指揮官が休憩から戻ってきた。彼はわたしが女性と立っているのを見て、わたしに呼びかけた。わたしは、彼女を見つけた経緯を説明した。

「彼女を送っていけ」彼は言った。「一緒に過ごせ。物事の先を見越すのがもっとも重要だ」わたしは彼を見詰めた。震えを隠そうとした。抗議したかった。子どものこと、妻のことを考えた。わたしはアルカディ・イヴァノヴィチの息子だ――戦争の英雄の。

「明日の午後、わたしのところに来い」彼は言った。わたしは心臓が喉から飛び出しそうな気分で、女性のもとに戻った。彼女はそこに立って待っていた。

「長い一日だった」わたしは彼女に言った。帽子を取った。子どものことを考えた。妻のことを考えた。妻と会ったパーティーで、「制服が似合い過ぎるわ、サーシャ・イヴァノヴィチ」と、彼女が言ったことを。

わたしは橋の上の女性に言った。「気晴らしが必要だ。一緒に歩いてくれ」

彼女はわたしの腕を取った。それから、彼女の誘導でそこを離れた。

ショフコヴィチナ通り
二〇一四年二月十九日

ダーシャが子どものころ、親友のインナがいなくなった。

二人は十二歳だった。ダーシャとインナは人形遊びをし、キスをし、手をつないだ。インナはある日学校から歩いて帰ったが、家に着かなかった。最初、ずる休みだと思われた――自然な反応だ。それから誘拐、性的売買が疑われた。インナの母親は村中を歩き回り、夕暮れになると懐中電灯を照らして、子どもたちに帰宅するよう呼びかけた。

彼女は子どもたちに怒鳴った。「こうやって若い女の子はいなくなるのよ！　中に入りなさい、入りなさい」

インナは幽霊になった。ダーシャはときどき、夢で彼女を見た。

ダーシャが成長し、二十歳になり、大学に入ったとき、ある夜インナが通りを横切るのを見たような気がした。とても長いあいだインナを見ていなかったし、ダーシャは新しい友人たちと車に乗っていたので、確信はなかった――でもその女性は長身で痩せていて、ヘッドライトに照らされた姿は燭台《しょくだい》のようで、長い脚にスカートをはき、小鹿のように大きな目をしていた。ダーシャの友人がクラクションを鳴らしても、彼女は急ぎもせず、轢かれるのを恐れる様子もなく道を横切った。

その女性は両腕を上着の下に入れたまま、ふたたび視線を上げることはなかった。

　幾晩も経ってから、母親の夕食の準備を手伝っていたとき、ダーシャは自分と同じ年くらいの女性が、あの夜友人たちと行ったクラブから遠くないところで誘拐されたと聞いた。ニュースでは見なかったが、母親から知らされた。

「どんな外見だったって？」ダーシャは訊いた。

「さあね。背が高くて、ブルネット。話を聞いたときびくっとしたわ――あなたじゃないかと思ったの、でも、あなたはもうベッドで寝てたわね」

「名前は聞いた？」

　母親はかぶりを振った。「注意してね、ダーシャ」母親は言った。ダーシャは、インナが二度死んだような気分だった。それを何かの予兆と考えた。常に誰かにつけられているかもしれないと意識して、梶棒《こんぼう》を持ち歩いている。マイダンでは、ジャーナリストは安全ではない。早朝の散歩以外は、普通はまったく一人きりになることはない。彼女はこれを、まずは女性として、次にジャーナリストとして知っている。

　彼女は早い時間、まだ暗いうちにスラヴァのアパートメントを出る。ときどきフリーランスで仕事をすることのある編集者から来た、クリミアに戻るようにと促す秘密のメッセージについて、仲介者と会って話すためだ。前の晩は、メッセージの意味するものが不安で、ほとんど眠れなかった。いつものように、スラヴァがコーヒーを飲む椅子の近く、キッチン・テーブルの上にメモを残してきた。念のためだ。殺戮《さつりく》、銃撃。危険過ぎた。マイダンには行かないが、新鮮な空気を吸う必要がある。

彼女は階段を下りて、ビルの重いドアを押し開く。中庭を横切るが、ショフコヴィチナ通りに行き着く前に何かが聞こえて、歩調を速める。

彼らは彼女を捕まえる。彼女の抵抗におかまいなしに、その頭に袋をかぶせる。暗い、息苦しい。彼女は蹴り、叫ぼうとするが、身をふりほどけない。できない。車両のドアが開く音が聞こえて、彼女は叫び始める。

「入れ、入れ」

「いや」彼女は金切り声で言う。「いや――」

ジャーナリストのダーシャ・バンドゥーラ
行方不明とのこと
二〇一四年二月二十日

ウクライナ人ジャーナリストのダーシャ・バンドゥーラは行方不明とされ、最後に姿を見られたのは、午前五時に、彼女が滞在中だった友人の家のあるショフコヴィチナ通り近くでだった。

バンドゥーラはマイダンでの出来事を数多く報道し、姿を消す何週間か前にオートマイダンについての短編映画を発表したばかりだった。

バンドゥーラの居場所についての情報があっても、地元警察に報告するべきではない。

天国の百人
二〇一三年－二〇一四年にウクライナのキーウ、マイダンで尊厳の革命中に殺された抗議者一覧

ヴァシル・アクセニン
ゲオルギ・アルトゥニャン
セルヒイ・バイドフスキ
イーホル・バチンスキ
セルヒイ・ボンダルチュク
ヴォロディミル・ボイキフ
ヴァレリー・ブレツデニュク
ヴォロディミル・チャプリンスキ
ヴィクトル・チェルネツ
ヴィクトル・チミレンコ
イーホル・ドミトリフ
アンドリイ・ディダロヴィチ
ペトロ・ハジャ
イヴァン・ホロドニウク
リシャト・アメトウ
オレクサンドル・バデラ
オレクサンドル・バリウク
イヴァン・ブリオク
セルヒイ・ボンダレウ
オレクシー・ブラトゥシュコ
オルハ・ブラ
アンドリイ・チェルネンコ
ドミトロ・チェルニャヴスキイ
セルヒイ・ディディチ
アントニナ・ドヴォリャネツ
ミコラ・ディアフルスキ
ウスティム・ホロドニュク
マクシム・ホロシシン

エドゥアルド・フリネヴィチ
ボーダン・イルキウ
オレクサンドル・カピノス
ヴィクトル・コミャク
ズラブ・クルツィア
ヴォロディミル・キシュチュク
アナトリイ・コルネイエウ
ミハイロ・コスティシン
ヴィタリイ・コチュバ
ヴォロディミル・クルチツキイ
ドミトロ・マクシモウ
アルテム・マズル
ヴォロディミル・メルニチュク
ヴァシル・モイセイ
ヴォロディミル・ナウモウ
セルヒイ・ニゴヤン
オレクサンドル・クラパチェンコ
ヴァレリイ・オパナシュク
ミコラ・パンキウ

ロマン・フリク
ボーダン・カリニアク
セルヒイ・ケムスキ
アルトゥル・クンツァール
ダヴィド・キピアニ
アンドリイ・コルチャク
イーホル・コステンコ
イェフヘン・コトリアル
イヴァン・クレマン
アナトリイ・クラチ
マクシム・マシュコウ
パヴロ・マズレンコ
アンドリイ・モヴチャン
イヴァン・ナコネチニ
ユリイ・ネチポルク
ロマン・ニクリチェウ
ロマン・オリク
ドミトロ・パホル
ユリイ・パラシュチュク

ユリイ・パスカリン
イーホル・ペヘンコ
レオニド・ポリヤンスキ
ヴィクトル・プロコルチュク
オレクサンドル・シェルバチュク
ロマン・セニク
セルヒイ・シャポヴァル
ヴァシル・シェレメト
ヴィクトル・シュヴェツ
マクシム・シムコ
ヴィタリイ・スモリンスキ
セルヒイ・シネンコ
ミコラ・タルシュチュク
ロマン・トチン
オレクサンドル・ツァリオク
オレフ・ウシュネヴィチ
ロマン・ヴァレニツィア
ユリイ・ヴェルビツキ
ヴャチェスラフ・ヴォロナ

ヴォロディミル・パヴリウク
オレクサンドル・プレカノウ
ヴァシリ・プロホルスキイ
アンドリイ・サイエンコ
ミコラ・セミシウク
イーホル・セルデュク
オレクサンドル・シュチェルバニウク
リウドミラ・シェレメタ
ヨシプ・シリン
タラス・スロボディアン
ボーダン・ソルチャニク
イヴァン・タラシウク
イーゴル・トカチュク
ヴォロディミル・トピイ
アンドリイ・ツェプン
ボーダン・ヴァイダ
ヴィタリイ・ヴァシルツォウ
ヴャチェスラフ・ヴェレミイ
ナザル・ヴォイトヴィチ

ヤキフ・ザイコ
アンドリイ・ジャノヴァチイ
アナトリイ・ジェレブニウ
ヴラディスラフ・ズベンコ

アナトリイ・ジャロヴァハ
ヴォロディミル・ジェレブニイ
ミハイル・ジズネフスキ
ヴォロディミル・ズボク

ウクライナ最高議会、ヴェルホーヴナ・ラーダ、反論する
コブザ奏者による歌

二〇一四年二月二十一日、天国の百人は
ウクライナの議会で認められる。

わたしたちは彼らの死を誇りに思い、ともにレムコの民謡を歌う。

〝愛する母よ、わたしはどうなりますか
もし異国で死んだら？

おお、最愛なる者
おまえは見知らぬ者によって埋葬されるだろう〟

棺に納まる死者、わたしたちは群衆を縫って棺を運ぶ。

蠟燭《ろうそく》をつけ、それを手で囲って、風を避けながら。

上から見たら、夜空の鏡のように見える。星を反射しているプール。

わたしたちは夜通し祈り、失われた者の写真に花、メモ、ロザリオやリボンを添える。兄弟たち

を棺で運ぶ。兄弟たちを運ぶ。兄弟たちを通りに横たえる。兄弟たちを地中に横たえる。

ヤヌコーヴィチ大統領はウクライナから逃げ、ロシアに庇護を求める。わたしたちの政体は再建される。わたしたちはテントを仕舞い始める。バリケードをどけはじめる。わたしたちは眠らないままベッドで寝る。

ああ、ああ、ああ――

いいや、いいや、友人よ。終わりではない。

見ていてごらん。

賢者の行進

アレクサンドル・イヴァノヴィチは、赤い、疲れた目の端で、カーチャがミーシャの手当てをするのを見る。二人の手が握り合わさって蕾《つぼみ》のようになるのを見る。アレクサンドルは手を伸ばしたい。司祭のように、二人の手の上に自分の両手を重ねたい。でも手が届かない。カーチャが去る。アレクサンドルとミーシャだけになる。ミーシャが近づいてきて、彼の手を取る。アレクサンドル・イヴァノヴィチは目を閉じる。

〝仏教徒の教え。苦しみを避けるには、考えを曇らせてやりすごし――〟

アレクサンドル・イヴァノヴィチは〝春のきざし〟を思い出す。

オーディオ・カセットテープの録音

A面の終わり

わたしは心の中では罪人としてモスクワに戻った。

ナデジュダが列車の駅で、一人で待っていた――娘は彼女の祖母《バーバ》と一緒に家にいた。寒くて、すでに冬が来ていた。そばかすのある頬を寒さで赤くして、ナディアはわたしにキスをし、わたしは彼女の足元に倒れた。

「サーシャ」彼女は叫んだ。「大丈夫?」

わたしは彼女の手袋をしている手にキスをし、彼女は雪の中で一緒に膝をつき、通り過ぎる人々がそれを見ている。

「何があったの?」彼女は囁いた。

わたしは橋の上の女性、指揮官、その指令について話した。自分は臆病者だと――彼女を裏切ったと話した。彼女は顔についた雪を拭いて、わたしを立たせた。

「来て、サーシャ」彼女は優しさの感じられない口調で言った。わたしは彼女のあとについて車へ行った。

「もう二度としないでね」彼女はドアをバタンと閉めたあと、わたしを見て言った。

「約束する」わたしは言った。

「ちがう、あそこでのことよ」——彼女は駅を指さした。「みんなの前では——あなたはソヴィエトの兵士よ、アレクサンドル・アルカディエヴィチ・イヴァノヴィチ。世界最高の軍隊。二度と、あんなふうにわたしに恥をかかせないで」

わたしはショックで、ぽかんとした顔をしていたにちがいない。そんな感じだった。

「あなたはする必要のあることをした、サーシャ」ナディアは言った。「チェコの女を相手にね。指揮官に従った」

わたしは抗弁しようとしたが、彼女は言った。「それはあなたの仕事、職務だった。国に対する。わたしたちに対する。わたしたち全員に対するね」

わたしが何も言わずにいると、ナディアは車のエンジンをかけた。わたしに微笑んで、言った。

「何もかも変わったのを見るまで待って」

二〇一四年二月二十六日
朝

少し前、スラヴァはミーシャのアパートメントの開け放した窓の近くに座り、煙草を吸っていた。Tシャツと下着だけを身につけていて、彼を見なかった。彼女は自分の人生を作り直した、キーウという街を見ていた。そのときは、彼女はFEMENと一緒にフランスに行くことを考えていた。「わたしのことを待っててくれる、兄さん？　わたしのことを待っててくれる、愛するひと？」彼女は訊いた。皮肉な微笑み。あの瞬間、自分のことを美しいと思ったのを思い出す。

でもミーシャは何も言わなかった。彼はベッドから彼女を見て、顔をそむけて寝転がり、天井を見詰めた。彼が何も言わなかったのは、彼女がフランスに行かないとわかっていたからだと、今になって彼女は気づく。

今、彼女は荷造りを始める。いずれキーウに戻るかどうかはわからず、お気に入りの服だけ持っていく。キッチンと浴室を掃除する。埃を取り、床を拭く。ダーシャが髪の毛をすすいだ流しの上の植物に水をやる。染みのついた枕カバーをたたみ、それをそっと鞄の中に入れる。タクシーを呼ぶ。

オデーサに行くまで、彼女はミーシャに連絡しない。彼にはメッセージを残す。会いにいくと知らせるために、父親に電話をするが、父親は電話に出ない。アダムに、そこで会うのを確認するメールを送る。

この七日間で、百回近くダーシャに電話した。スラヴァは食欲がなくて、起きてもいられない。ありえないことのように思う――突然の、膨大な彼女の不在。スラヴァはアパートメントの中を歩き回り、体を丸くして寝た。骸骨になったような気分だった。すでに死んだ気分だった。死んでしまいたかった。


死について考えるとき、ダーシャに電話する。

ダーシャは言う、「Zalyshte meni povidomlennya――」

メッセージをどうぞ――

最後に電話するとき、スラヴァはオデーサにいる。スラヴァは送話口に向かって言う。

「я тебе люблю――」

愛している。


喪失が起きるとき、それには理性より強い、脳の中に形成された視覚的回想よりも強い記憶が伴う。肉体が、筋肉が知っているもの、何百回も踊ったステップを踏む踊り手や、何十年も練習しなかったあとで曲やスケールを弾く音楽家に似ている。体が知っているもの、理性が順応し、応答し、反応するいっぽうで、体が覚えているものだ。

オデーサでアメリカ人と会うために列車を降りるとき、スラヴァはコートの襟を立てて首を温める。

寒さの中、海の飛沫《しぶき》の近くで、スラヴァは母親のことを考える。

第二部

ニガヨモギ

ЧОРНОБИЛЬ

その星の名前はニガヨモギという。
水の三分の一がニガヨモギのようになった。
多くのひとが水で死んだ、
それは苦かったからだ。
——ヨハネの黙示録八章十一節

立入禁止区域

それはチョルノービリの周囲を囲んでいる土地だ。そこは一九八六年に四号炉が十日間燃えた場所であり、ヴィラの父親が即死した場所であり、何万人もが自宅から退避させられた場所だ。

この地区は約千平方マイル、二千六百平方キロメートルある。五千人の作業員が今もチョルノービリに来て、体内の放射線量の水準を保つため、十五日は中に入り、十五日は外にいる。観光客は近くのソヴィエト風のホテルに滞在し、ガイドから発電所の案内を受ける。

こうしたツアーの一つで、ある男性が、もっとも汚染された場所へ連れていってくれと頼む。彼はひざまずいて結婚を申し込む。女性は口を押さえる。女性は泣いて、彼を抱きしめる。目撃者たちは拍手し、歓声を上げ、微笑む。

〝人生は進む〟というものだ。

プリピャチ、ウクライナ
二〇一四年三月二十日

〝空気は清潔なにおいがする〟と、カーチャは思う。窓が細く開いていて、チョルノービリを覆っている空気が入ってくる。ミーシャが運転している。抗議活動が終わってから、一カ月近くが経った。雨が降っている。気持ちのいい晩だ。

彼女は通り過ぎる木々や荒野を見る。ミーシャを見て、ミーシャも彼女をちらりと見る。彼は笑みを作る。彼は不安そうだと、彼女は思う。少なくとも、緊張している。彼女は彼の手を握ろうかと考えるが、まだ自分は厳密にいうと結婚しているのだから、それはよくないことのように思う。それで、彼女は彼に触れない。彼が自分で気持ちを和らげるにまかせる。

アイザックが死んだとき、エズラは惨めな気持ちから抜け出そうとして性交を望んだ。夜、彼は彼女を求め、彼女はそれを受け入れたものだ。だがそれによって、彼女が彼と同じように救われることはなかった。気を逸らすのは、行為ではなかった——二人は子どもができてからめったに性交をせず、アイザックがいなくなったからという理由だけで性交するのは不自然なような気がした。彼女はそう思い、夜エズラに求められると、彼を憎んだ。彼女は、〝彼はあの子が亡くなって、あなたを独り占めできるようになったから喜んでるのよ——またセックスできるから〟という考えをもてあそぶ。カーチャは、夫が射精したあと、彼に背を向けたものだ。やがて病院から帰宅したとき、〝彼の邪魔をしないように〟、寝椅子で寝るようになった。

それでも、彼女は夫を愛していた。カーチャは通り過ぎる木々を見ながら、それを承知している。嵐のような世界、水中の世界。

「お母さんに会うので、緊張してる？」カーチャは、道路を見ているミーシャに訊く。

「してると答えたら、ばかみたいかな？」彼は言う。

「そんなことないわ」カーチャは言う。「わたしも、母に会うのに緊張するはずよ」彼女は彼に笑いかける。親を知らない子どもの、悪い冗談だ。

「実の母親がわかったら、どうする？」ミーシャは訊く。「見つけにいくか？」

「裏切りのような気がする」カーチャは答える。「母に対してね」

「お父さんはどうなんだ？」

「同じじゃないかしら。実の父はわたしを妊娠していたわけでも、産んだわけでもないけれど。母親にとって、子どもをよそにやるというのは、どんなものなのかしら」

「彼女に怒ってるのか？」

「すごくおかしなことを言ってもいい？」

「ああ」

「わたしは全員に怒ってる」

ミーシャは彼女の手を取り、握る。きつく。

二人は哨舎《しょうしゃ》に車を寄せる。長身の歩哨が彼女とミーシャを見てから、ロシア語でミーシャに話しかける。雨が降っている。カーチャは、ウクライナ語と英語で書かれた警告の看板を読む。

注意！

放射線汚染地域
チョルノービリ地区
立入禁止地区
許可のない進入は
禁じられている

不法侵入者には
ウクライナ法に
則《のっと》った
行政的制裁と
犯罪責任が負わされる

カーチャはツアーのバスが門に向かって走っていくのに気づいた。〝チョルノービリ・ツアー〟と書いてある。ミーシャは歩哨と言い争っている。彼女は札入れから、ＡＴＭで引き出した紙幣《フリヴニャ》を出した。USドルはウクライナでは価値が高い。彼女はミーシャの腕に触れ、彼は彼女を見る。彼は首を横に振り、彼女を黙らせるように手を振って、ロシア語で「nyet」、だめだと言い、歩哨のほうに顔を戻す。カーチャは助手席のドアを開けて歩哨に近づく。雨が激しく降っている。

「パスポートは？」歩哨が言う。

彼女はそれをコートから出す。歩哨は傘の下でそのパスポートを開く。中に紙幣が挟んである。歩哨は背後の小屋を見て、紙幣を指で挟んで持つ。彼はパスポートの写真を掲げ、カーチャに眼鏡を取れと言う。彼女は両手を上げて眼鏡をはずす。髪の毛が濡れて、首に貼りついている。ミーシャは苛立って、車から降り、歩哨に、ふざけるのはやめろと言う。歩哨は笑い、ミーシャの背中を叩く。彼はカーチャに金とパスポートを返す。彼女に謝り、車の助手席のドアを開く。

「金持ちのアメリカ人は必ずドルで問題を解決できると考えてる。まあ、そういう場合もある。ここで賄賂、あそこで賄賂。ひとの生活の足しになる。でも金以上のものは、家族だ」歩哨はロシア語で彼女に言う。「ミーシャはわたしにとって兄弟だ」

彼はミーシャの額にキスをする。歩哨は手を振って、二人を通す。

「彼は母の様子を見にいってくれてる」ミーシャは言う。「彼も父親を亡くした。母親はまだ生きてる。わたしの母の、通りの先に住んでる」

「何を言い争っていたの？　聞こえなかった」

「わたしに恋人がいると話していなかったので、混乱したんだ。あと、マイダンにいたあいだ母に連絡しなかったのを怒られた」

「わたしはあなたの恋人なの？」

「それには答えられないって、わかってるだろう」

二人は黙りこむ。ミーシャは道路の端に車を寄せて止める。彼は彼女のほうを向く。

「引き返すことはできる」彼は言う。「いつでもだ。今がいちばんいい——行けば行くほど放射線量は多くなる、プリピャチに近づくほどね」

「行きたいの。生まれた場所を見たい。母がわたしを養子にした場所を。最後に実の母がいた場所、最後に実の母がわたしの姿を見た場所」

ミーシャは彼女を見詰める。「そこへ行っても——実のお母さんが戻るわけじゃない。がっかりするだけかもしれない。わかるか？」

「わたしは家族を失った」カーチャはミーシャに言う。「家族全員を失った」彼女は、それだけ言うのが精いっぱいだ。

ミーシャは彼女のほうを向く。彼女にもたれかかり、雨に濡れた彼女の顔に触れる。彼女の眉にかかった前髪を、目から払う。そして囁く。「わたしは喪失感を知らない人間を信用しない」

彼が車を出すとき、カーチャは、日が沈んで暗くなり始めた前方の道を見る。

五月祭《メーデー》、一九八六年

コブザ奏者による歌

わたしたちは故郷から退避する、大金を持って。男たちは馬のようにつぶれる。それは初めてのことではない。

キーウでは五月祭《メーデー》に、まだパレードをする。女たちは微笑み、髪に花を挿し――リボンやポスター、腕を上げて。あちこちに、レーニン。

わたしたちは、バケツに嘔吐《おうと》する子どもたちの背中をさすりながら、それをテレビで見る。

夫たちは放射性廃棄物をかきあつめ、彼らの肌は黒ずみ、顔はむくむ。

皮膚はひび割れ、ピンクの肉が割れた果実のようにむける。

「金属みたいな味がする」わたしたちの子どもたちは、癌《がん》の治療を受けながら言う。

故郷に戻る老人もいる、馴染《なじ》みの土壌を耕し、キノコを食べ、ジャムを瓶詰にする。

彼らは何十年も生きる。彼らは元気でいる。

「何がそんなにいけないんだ?」老人たちは訊く。「水は新鮮だ。ベリーは甘い」

立ち退いたわたしたちは、苦悶《くもん》して言う。

「飢饉《ききん》でさえわたしたちを殺さなかった――」

「戦争さえ――」

「そして、ああ――今わたしたちは、異国で一人死ぬだろう」

プリピャチ、ウクライナ
二〇一四年三月二十日

暗闇の中、室内に灯《とも》る明るい光を見る。窓に映る、待っている母親の影。彼とカーチャは車から出て、ミーシャが鞄を持つ。かすかに音楽が聞こえる。オルハ・パヴロヴァの、古いカセットテープ。母親のお気に入り。母親が歌っているのが聞こえる――どれほどその声が恋しかったことか。楽譜の読み方を彼に教えたのは母親だったが、演奏の仕方を教えたのはヴィラだった――ギターのネックをつかむ、彼女の細い指。「こうするのよ」彼女は言って、弦の上の彼の指先の位置を直した。ミーシャは彼女に直してもらいたくて、わざとまちがえたふりをするのが好きだった。

今、ドアへ歩いていく前に、カーチャは彼の腰、ベルトの近くに触れる。彼女の手は常にそこで彼に触れていることになっていて、彼を促すと同時に彼についていっているようにも思える。

母親がドアを開け、「ミハイル、可愛い息子」と叫び、両腕を広げて彼を抱き、毛布のように彼を包みこむ。彼女はカーチャを見て、歓びと希望と暗黙の祈りとで目を見開く。彼女は大きくドアを開け、二人は暖かくて乾いているコテージ内へと迎え入れられる。

母親は二人の世話をやき、ボルシチやパンを温める。彼女はスカーフを巻いておらず、髪が薄くなっている。指や手首は以前より太く、腕と顔は庭仕事のせいで浅黒い。「朝になったら、見てね」彼の母親はキッチンに立っていて、ミーシャとカーチャは小さなテーブルについている。「ベリーがよく育っているのよ。茂みに、重たいほど実がついてる。一緒に摘みましょう。そうしない？　新鮮なジャムができるわ」

ミーシャはカーチャを見る、カーチャは微笑む。「ぜひお庭を見せてください」カーチャは言う。「母の自慢であり、楽しみなんだ」ミーシャはわざと意地悪そうな目つきをして言う。「庭は母のお気に入りの子どもだ。口答えしないからな」

彼の母親は、湯気のせいで赤い顔をして、こんろから振り返る。ミーシャに向かってスプーンを振ってみせる。「あら、庭だって話をするわ。太陽が温かいとか、水が新鮮だとか、土が柔らかいとか言う。〝この土地を見て！　どんなに生きているか！　あいつらは、この土地が死んだと言った。あいつらは毒だと言った！〟そう言って、教えてくれる。見ればわかるわよ」彼女はカーチャに言う。「庭がどれほど美しいことか」

彼らのまわりには古い白黒写真がある——彼の祖母のものだ。ミーシャの母親の子ども時代、丸い顔の楽し気な写真。母親と父親、祖母と祖父、曾祖父と曾祖母の結婚のときの写真。戦争中の曾祖父の写真。写真の後ろには、刺繍をしたタオルが掛けてある。真っ赤や黒のベリー類、青や金の花などが縫われている、世代を経て古く黄ばんだ、遠い日の少女によって作られたルシニク。彼の祖父と曾祖父の作った木の彫刻、二人は面倒を省くためにポーチで彫ったものだ。クリスタルの花瓶——ミーシャの母が結婚したときのお祝いの品——にはしおれた花がさしてあり、水は藻が生えてぬるぬるしている。ミーシャは花瓶を洗って水を補充しようと、心の中にメモ書きする。

「昔のおまえの部屋を準備しておいた」食事が終わり、テーブルを片づけてから、彼の母親は言う。

「お客があると知らなかったから――」

「カーチャにぼくのベッドを使わせよう、ママ。ぼくはここで、寝椅子に寝る」

彼の母親は、連絡不足に困っている様子で、眉をこする。予想外の客人があって、母親が喜んでいるし、困惑もしていることを、ミーシャは承知している。彼女は息子を見る、息子のほうは彼女の心情を感じ取る。

「毛布と枕を持ってこようね――」母親は、本の詰まった本棚に囲まれている戸棚に歩み寄り、ミーシャは母親の差し出すものを受け取る。オルハ・パヴロヴァがカチリという。A面の終わり。午後十一時三十五分だ。母親は目をこする。まるで幼い少女のように見える。どれほどミーシャは母親を愛していることか。どれほど母親は年老いたことか。

「もう寝なよ、ママ」彼は言う。「ぼくがカーチャに寝室の場所を教える。ぼくたちも、もう寝るから」

彼女はうなずく。疲れて、動作も静かでゆっくりになる。彼は立ち上がり、今度は彼が母親を包みこんで、彼女の部屋へ向かう。彼女は彼の背中を軽く叩き、目元を拭う。

彼女はカーチャに顔を向けて言う。「これはわたしの息子、何よりもこの子を愛してる」

カーチャは理解して、彼女にうなずく。

二人きりになる。二人はお茶を淹れる。ミーシャは本棚のカセットテープを眺めて、オルハ・パヴロヴァの代わりにかけるものを探す。カーチャは彼の肩越しに覗きこみ、タイトルを読む。カセットテープは何百本もあるようだ。

「カセットテープを見るのは、すごく久しぶり」彼女は言う。「聞くのはもっと久しぶりよ」

ミーシャは触れなくても彼女のぬくもりを感じられる。感じなくても、彼女の存在を察知できる。そこに彼女がいることが、嬉しい。「これらの多くはUSSR以降のものだ。アメリカの音楽に触れることはあまりなかったが、その後、母は夢中になった」彼は一本のテープを手にする――セリーヌ・ディオン。マイケル・ジャクソンもある。ビートルズ。チャイコフスキー。クイーン。ジャニー二ー。

「こういうのを、全部、お母さんが聞くの？」カーチャは訊く。

「壁が崩壊したとき、わたしたちはなんでも聞いた」ミーシャは言う。「わたしは、見つけられるものならなんでも母に持っていくようになった。母は英語はたいしてわからないから、メロディーと声を聞く」彼はシャナイア・トゥエインを手にする。「これは母のお気に入りだ」彼は言う。それをプレーヤーに入れ、蓋を閉じる。

二人は見詰めあったまま、耳を澄ます。曲が始まると、ミーシャはにやりと笑う。

〈フィール・ライク・ア・ウーマン〉だ。

カーチャは首をそらして笑い出す。彼は、彼女の臼歯に詰め物がしてあるのに気づく。以前は知らなかったことに喜んでいる自分に気づく。こんなふうに彼女を見たことはなかった。顎の下、首の付け根あたりに、小さなほくろがある。彼女のすべてを知りたいという衝動が生まれる。彼女に何が隠されているのか、地図を作製したい。

カーチャはまだ笑いをこらえるのに苦労しながら、お茶を飲み、テープを見つける。「ブルース・ホーンズビー&ザ・レインジ？」彼女はそれを棚から取る。ミーシャがそのテープをプレーヤーに入れる。

「これは、わたしたちがリヴィウに移った年に出たものよ」カーチャは言った。「父がこれを持ってて、ほかのものも、密輸入したのを持っていた。わたしが養子になって、それから引っ越した。いずれにしても、それが終わりの始まりだった。九一年に、父は壁が耐えうる限りの大音量でかけていたと、母は言ってたわ。それからわたしたちは、合衆国に行ったの」

ミーシャはケースをひっくり返して読む。「一九八六年だ」

カーチャはうなずいた。「この地域では、重要な年でしょう」

「いつ引っ越したんだ？　何月だ？」

「わたしたちがリヴィウに行ったのは二週間ほど前の、四月の半ばだった。誕生日のすぐあとだったから、よく覚えているの」

沈黙。ミーシャはカセット・プレーヤーを見る。ブルース・ホーンズビー&ザ・レインジの演奏が続く。

「あなたはここにいた」彼女は訊く。「あの日。その直後に離れたのよね？　その夜？」

「もう少しあとだ」彼は彼女に言う。「父に、まだ仕事があった」

ミーシャの父親は技術者で、炉の損傷の検証を命じられた。父親は四号炉上空でホバリングするヘリコプターに乗せられた。上層部は、直接その上を飛ぼうとはしなかった。父親は、噴煙の中の蛾《が》のような気分だったと言った。

その晩、父親は帰宅した。噴煙はとどまり、雨雲と混じり合った。汚染された雨が、森林や、かさぶたやタールに覆われた獣たちを焼いた。プリピャチの住人たちは故郷から退避させられた。ミーシャの学生時代からの友人の大半はベラルーシへ行き、ミーシャは彼らに二度と会わなかった。

彼の家族は亡くなった人々の葬儀や追悼の行事に行った。ミーシャは自分の父親がまだ生きているのが嬉しくて、その手を握りしめた。父親が死んだのは、一年後、キーウに移ってからのことだった。

「ヴィラの父親は、原子炉建屋の中で即死した。わたしは自分の父親が生き残ったことが後ろめたかった」

だが彼の父親は噴煙で死んだ——爆発ではなかった。噴煙が父親の肉体に、細胞に入りこみ、喉元に定着した。

「医師は、父の中の蛾の写真をくれた——そういう形の塊だ。そんなふうに見えた。蛾だ」

ミーシャの父親は科学の人間であり、それを家に持ち帰って妻と息子に見せた。ミーシャの母親は泣き、話を聞いていられずに、寝室のドアを音を立てて閉めた。

「わたしは父のそばにいた」彼は言う。「父と一緒に、その白黒の画像を見た」

ミーシャの父親はディナー・テーブルについて、息子に簡単なチョルノービリの地図を描いてみせた。どこから火災が始まり、どこまで煙が広がったかを見せた。どのように事態が悪化し、彼の考えでは本当はどのように機能すべきだったかを説明した。ミーシャの父親は眼鏡をはずし、それをウォッカのグラスの近くにおき、目をこすった。

「このことを承知しておけ、ミハイル」父親は言った。「すべての行為には結果がついてくると、承知しておけ。人生のあらゆることは実験だ。いつでも、それまで理解されていなかった、理解されるべき事柄がある。いつでも、原因と影響がある。いつでも学ぶべき何かがある」

父親の死後、ミーシャと母親はヴィラの家族と一緒に住むようになった。彼らはドニプロペトロウシク州に移った。ミーシャの母親にとってはつらいことだった。彼女は、いつか故郷に帰ると決めていた。

「ドニプロペトロウシク州に住み始めた最初の年、ヴィラと二人で、よく川に行った。そこで、彼女と本当に親しい間柄になった。そこが、わたしたちの始まりの場所だった」

ミーシャはヴィラにその川、ドニプロ川について教えたものだった。彼がそれについて多くのことを知っていたのは、父親のおかげだった。父親はミーシャに、生態系について教えた。植物、虫、藻類。家で飼っている犬のドラキュラは草地に鼻を突っこむ。ミーシャは水中を覗きこんで、岩に生えたものを食《は》んでいる魚を見る。

彼の父親は微生物、空気の組成、ドラキュラの舌の細胞について話した。父の死後、ミーシャは陽光を浴びて岸辺に寝ころびながら、これらの事柄をヴィラに教えた。

ミーシャは父親を愛しており、父親が恋しかった。だがその最初の年、ミーシャはもうすぐ十二歳で、カモメが風に乗って飛ぶ傍らで、ヴィラは水着姿で彼にキスをした。

「わたしは考えた、〝もし父が生きていたら、こんなことは起きなかったのでは？〟それは何かの天恩だと考えるのが、わたしのやり方だった。父の死を受け入れる方法だ。それがたぶん神の思惑だと。だけど、それってどんな神なんだ？　どちらかを選べだなんて。父親か、妻か？」

ミーシャの母親はよく彼に、〝神さまには計画がある〟と言った。それでミーシャは、自分の計画を立てた。彼は大学に行き、技術者になった。ヴィラはバイオリンを弾くため、音楽学校に進んだ。

大昔だ。とても長い時間が経った。夢だ。

そして今、彼は祖母の家、今では母親の家に戻ってきて、妻は何年も前に死んでいる。今ここで、彼はカーチャにすべてを話し、彼女は彼のそばで、穏やかな様子で小首を傾げて静かに話を聞いていて、彼女の長い髪は濃い色で豊かで、彼女の首や肩、胸に落ちかかる。彼は彼女に、三十年前に原子炉が爆発したころ近くに住んでいたこの女性が、彼とともにいるという事実に感銘を受ける。彼の近く、ヴィラの近くに。

カーチャは彼に歩み寄り、彼の腰近くのベルト通しに指をかけて引っ張る。

そのあいだ、ブルース・ホーンズビーが〈ザ・ウェイ・イット・イズ〉を歌う。

夫でない男性と愛を交わす方法

彼が先導することはないだろうから、あなたが先導することになる。指輪をしていなくても、あなたが心の中から追い出さないかぎり、夫は常に室内にいる。

あなたがこの男性にキスをするとき、その感覚は新しくも古くもあるだろう――恋しく思っていた馴染みの感覚であり、恐れている馴染みの感覚でもあり、彼の反応、彼があなたや舌や歯に反応する様子に、あなたは興奮する。

あなたは手間取る、最初は二人とも衣類の大半を身につけていて、彼のジーンズのボタンははずれていて、あなたのジーンズはファスナーが下ろされて太腿のまわりにたぐまっていて、でも彼の冷たい両手があなたの背中を撫《な》でてあげ、胸を覆い、あなたの腹部が彼の腹部に触れる。あなたは彼を導かなければならないが、彼の手はあなたの指先を見つけ、彼が中に入っているあいだ、彼は感じ、追いかけることによって聞いてもいて――彼のざらついた顎があなたの首元に押しつけられて、あなたは彼に行かせて欲しいと言い、彼は〝教えてくれ〟と――

絶頂が近づくと、彼に見られていても、あなたは恥ずかしくもないし、怖くもない。あなたは彼に見ていて欲しい、あなたのあらゆる場所を見て欲しい、すべての部分を、壊れて引き裂かれ、引き伸ばされて縫い合わされたすべてを。あなたは彼に、絶頂を迎えるところを見て欲しい、大きく広げられた自分を見て欲しい——彼があなたにしたことを見て欲しい、彼が何をしうるか、あなたに歓びを与えられることを——

それは気持ちがいい——彼が中に入っていて、彼の歯が胸を嚙《か》み、舌でなぞり、彼の指先があなたとともに、彼とともに滑らかに動き、あなたは彼に酔い——あなたは彼に酔う——触れられるのは気持ちがいい、こんなふうに愛され、こんなふうに触れられ、こんなふうにこの男性とともにいて、こんなふうにあなたを愛せる、この贈り物を与えてくれる、夢中になるという贈り物を与えてくれる男性、彼の体はあなたの体とともにあり、彼の性器はあなたの性器とともにあり、彼はあなたに夢中になってあなたの手を握りしめ、あなたも彼に夢中になり……

静寂が訪れる、あなたたちは見詰め合う、あなたの目に、彼の目に涙。あなたは何も言わない、彼は何も言わない、この放射性の寝室の放射性のシーツの上で、彼の放射性の精液、そしてあなたの今や放射性である子宮をもって、ふたたびこんなふうに愛を交わすことがあるのかどうか、どちらもわからないからだ。

その代わり、あなたはマイダンの火の中で歌った歌を口ずさんで聞かせる。彼はあなたの上にかぶさるように寝ていて、あなたは指で彼の髪を梳《す》き、口ずさみ、彼はあなたの胸にこめかみを当てて目を閉じ、あなたの全心臓が脈打って——

〝マツとモミが燃えている、
少年は遠くからわたしを愛した〟

オーディオ・カセットテープの録音

B面

春。すべての蕾がほころびる。爆発する。子どもが生まれるときのことを考えてみてくれ。春が世界に訪れるのは、そのようなものだ。ペルセポネーが地上に戻るさいの、デーメーテールの激しい歓び。

ストラヴィンスキーはそれを知っていた。〈春の祭典〉の〝賢者の行進〟で、交響楽団が、何度も繰り返しハンマーを打つように鳴る。それは弾んで――

わたしの最初の娘が世界に生まれ出たときは、そのような様子だった。荒々しく、真っ赤で、泣き叫んでいた。

そして賢者たちは膝をついて、地面にキスをし、一族全員が神を見上げる。

お腹の中で、そののち腕の中であの子を運ぶ様子、ゆりかごの中に寝かしつける様子、ナディアは本当に優しくあの子を愛した。ナディアは生まれついての母親だった――それは彼女にとって聖なる歓び、聖なる目的だった。わたしたちみんなの母親だった。

結婚したとき、彼女は、すぐに子どもを欲しがった。わたしはまだプラハに行っておらず、彼女は生命に飢えていた。まだアンナと一緒にバレエ団にいて、まもなくキューバに行くことになっていた。

「あなたの子どもが欲しい」彼女は出立の前の晩、わたしに言った。わたしはそれまで、なぜ人々はそんなに子どもを持つことを重視するのか不思議に思っていた。

アンナ――彼女はどれほどナディアを愛していたか。二人がハヴァナに着いたとき、ナディアはわたしに電話をよこして言った。「サーシャ、アンナもここにいるのよ。ええ、ええ――アンナは元気よ！ サーシャ――アンナは今、わたしが震えているから、手を握ってくれてるの。わたし、飛行機ですごく具合が悪くなって、でも今は平気。お医者にも診てもらった。何もかも大丈夫。ああ、サーシャ――」

〝神さまは自分の姿かたちにわたしたちを作られた〟――年老いたピアノ教師は言った。

それで、その電話で、ナディアは子どもができたと言い、その子が生まれたとき、わたしたちはその子をゾヤと名づけた。

ナディアがキューバから戻ってきたとき、何をするにも、愛するナディアが健康でいられるように気遣った。二人の母たちが彼女に食事をさせ、体力をつけ、歩かせた。彼女は誇らしげで、光り輝いていた。

彼女に会った夜のことを思い出す――ほぼ同じ姿だった――ボリショイ・バレエ団の演出家の家で、彼女は金髪を後ろにまとめ、緑色の大きな目をして微笑んでいた。彼女は人々のあいだで笑い、わたしは彼女と目を合わせた。彼女は軍隊の制服姿でアンナと腕を組んでいるわたしを見て、近づいてきた。

「こちらはどなた？」ナディアはアンナの腕に触れながら訊いた。

「兄のアレクサンドルよ。サーシャ、こちらはナデジュダ」

彼女はわたしに手を差し出し、わたしはその手を取った。

「ナディアよ」彼女は言った。

アンナはわたしの脇腹を突き、わたしたちを二人きりにして立ち去った。わたしたちは神さまが許す限り、そのままでいた。


モスクワに戻ったとき、ゾヤは二歳近くになっていた。わたしは母親譲りの淡い色の巻き毛にキスをした。ゾヤは、彼女を膝に抱いているナディアにしがみついた。ナディアは成長する娘と比べて小さく見えたが、まだダンサーらしい筋肉質だった。わたしたちの娘を抱く腕で、しばしばわたしを、ほかの者たちをも抱いた。彼女を支えている脚は、タコができてざらざらだった。足裏は砂石、踵は石灰石だった。わたしたちの娘、ゾヤは、激しい気性をしていた——大喜びし、涙ぐみ、笑い、泣き叫ぶ。

五年間、わたしは秘かにKGBで訓練を受け、交響楽団で演奏し、娘は成長した。娘はほかの子どもたちと一緒にバレエのレッスンを始め、ナディアとアンナが一緒に踊った。ゾヤがソリスト、プリマバレリーナだ——ロシアの王女さま。

「わたし、金平糖の精になりたい」あの子はアンナ叔母さんがその役を演じるのを見ながら、ナディアに言った。ナディアはあの子の小さな手にキスをして、きっとすごくすてきでしょうねと言った。

「パパが王子さまよ」ゾヤは囁いた。幕が下りた。暗闇の中で、ゾヤはわたしの手を握りしめた。

そう、わたしたちはとても幸せだった。

あのときまでは。

常に、あのときまでは、だ。

オデーサ、ウクライナ
二〇一四年二月二十七日

彼女が着くとき、アダムは空港で彼女を待っている。

「やあ」彼は、同情するように微笑みながら言う。アメリカ人というのは、理由もなしにいつも微笑んでいる。それでも、スラヴァは彼が、記憶にある以上に敏感だと思う。彼は彼女の鞄を取って、その重さから彼女を解放する。

「お腹は減ってるかな？」彼は訊く。「きっと減ってるな。食事しようか？ それからホテルへ？」

スラヴァはうなずいて、彼に微笑み返す。彼の手を取る。スラヴァは、男性というのは頼みもせずに触れてもらいたいときがあると知っている。それは女性にも、ある。スラヴァは触れられたい。

彼女はアダムとミーシャに感謝している。

ミーシャに電話して、オデーサに戻り、アメリカへ行くかもしれないと告げたとき、彼は安全に旅をしろと言う。彼は初めて、「愛してるよ、スラヴァ」と言い、それから、「気をつけろ」と言う。

アダムに電話したとき、彼女は彼にすべてを話した。ダーシャのこと、彼女との関係、キーウを離れる計画。彼はすでに、失踪のことを知っていた。彼は彼女とキーウで会おうとするが、彼女はすぐに出立する必要があった。アダムは彼女に、「残念だよ、スラヴァ」と言う。それから、「何か、力になれるかな？」

オデーサでも抗議活動はある。反マイダンの抗議者たちに刺激されて、激しさを増す。ヤヌコーヴィチは去り、ロシアに姿を消して、親ロシア派の人々が通りに出る。

夕食の席で、スラヴァはコップから水を飲む。アダムは彼女の正面に座る。アダムは焼いたイカの野菜添えをとる。スラヴァはムール貝の白ワイン蒸しだ。

「妹が明日来る」アダムはロシア語で言う。彼はいつも、彼女にロシア語で話す。スラヴァは初めて、彼のロシア語がいかに上手かに気づいたように思う。「アレクシスはいつも、ウクライナに戻りたがってた」アダムは言う。「子どものとき以来、来ていなかった」

「あなたの家族はロシア人なの？」

「母がロシア人だと話さなかったかな？　言わなかったとしたら、驚きだ。親戚に亡くなった者がいて、アレクシスはその処理をしに、今日キーウに到着する。疎遠になっていた伯父だ。わたしたちは、それで動揺してる。みんなであっちで会って、一緒にここに来ればよかったな」

「わたしは離れなければならなかった」スラヴァは言う。「あそこにはいられなかった。ありがとう、アダム」

「何もしていないよ」彼は言う。「ここに短いあいだしかいられないのが残念だ。でも、妹に会わなければならないんだ。一緒に戻ってくるよ。アレクシスとわたしとでね」

スラヴァはうわの空でうなずく。

「お母さんはどこの出身？」彼女は訊く。

「モスクワだ」彼は言う。

「妹さんは」彼女は訊く。「モスクワに行ったことは？」

「ああ、わたしと一緒に、一度だけ。でも母は一緒じゃなかった。母は戻るのを拒んだ」

「どうして？」

「母の家族――わたしの祖父母と伯父――が亡くなった。魅惑的な歴史だよ。たぶん、わたしが報道で、他者の物語を伝えるのが大好きなのは、母のことがあるからだと思う」

「悲しい話みたいね」スラヴァは言う。胸に感情があふれ出すのを感じる。悲しみだ。

「ロシアの物語は、たいていそうだ」アダムはそっと言う。「アレクシスと一緒に、墓を探した。なかった」

「どうして亡くなったとわかったの？」

「母は、しばらく疑っていた」彼は言った。「まだ真実を探っている途中なんだと思う。ここでは、誰もが同じ状況のようだな」

「ダーシャだったら、それこそが追いかける価値のある唯一の道筋だと言ったでしょうね」

　アダムはワインのグラスを掲げる。「ダーシャに」彼は言う。


　のちに、彼女はベッドで、彼の横に寝ている。服を着たままで、誰かの近くにいるのを感じたいだけだ。温かくて、安全。彼は彼女の髪を耳にかけ、彼女を抱く。彼女が泣くのを受け入れ、彼女を笑わせる。

「父に会わないといけない」彼女は言う。「さようならを言うために」

「そうか」アダムは言う。「それから、ここを発とう」

彼女は彼を見て微笑むが、そうするかどうか確かではない。そこまでできるかどうか、わからない。滑走路まで行けるかどうか。搭乗口まで行けるかどうか。

彼女の母親は立ち去るとき、後ろを振り返らなかった。ドアを開けもせず、彼女に最後のキスもしなかった。彼女は母親がウクライナを離れたことについて考える。母親は怖かっただろうか。それとも、そんなことはかまわないほど愚かだったのか。

マレーシア航空ＭＨ17便ウクライナ東部で墜落
〈ガーディアン〉紙より
二〇一四年七月十七日

二百九十五人を乗せてアムステルダムからクアラルンプールへ向かうマレーシア航空の旅客機が、この何週間か分離主義の反政府勢力がウクライナの軍隊と交戦していたウクライナ東部で墜落した。ウクライナの大統領、ペトロ・ポロシェンコは、ジェット機は撃墜された可能性があると語った。「我々は飛行機が撃ち落とされた可能性を排除せず、ウクライナの武装組織は空中の何ものかを狙って発砲しなかったことを確認する」ポロシェンコは声明で述べた。

ＭＨ17が墜落した田舎の小さな村落近くの野原は、地面は焦げ、よじれた金属でいっぱいだった。地元住人たちは、現場の周囲に人体の部位が撒《ま》き散らされているのを発見して動揺した。若い女性のものとみられる胴体が墜落地点の中心から約五百メートル離れた場所にあり、村を通り抜ける一本の道路の上に、切断された脚が発見された。

親ロシア分離主義戦闘員たちがこの地域を確保しようとしたさい、大気中に航空機用燃料の強いにおいが漂っていた。墜落による多くの火災を消すべく急行した十台の消防車は、現場に残った。

地元住人のアレクサンドルは、最終的に飛行機が墜落した場所から数百メートルの平野で働いていて、空を見上げたと語る。彼は、飛行機が自分の上に落ちてくるのではないかと思ったそうだ。

プリピャチ、ウクライナ
二〇一四年三月三十一日

カーチャはミーシャの母親と一緒に庭にいて、ジャムにするためにベリーをかきまわしている。春が来て、森は緑になった。彼の母親は、森からキノコをバスケットに入れて持ち帰った。太陽の日差しが温かく、カーチャは手の甲で額を拭う。唇についているベリーの果汁が甘い。

ときどき、彼女は自分がどこにいるか忘れる。

いつだったか、彼女は森で雄鹿を見つけて、凍りついた。あちらも、長い睫のある大きな黒い目で、彼女を見ていた。彼女は動かなかった。雨が降っていて、少し雪が混じり、鹿の輪郭は靄《もや》にかすんでいた。美しかった。彼女は自分がガラスに囲まれ、保護されているような気持ちになった。

森の中で庭の世話をしていると、人目から遠ざかり、カーチャには想像もできない――灰の雲、空から落ちてくる汚染された鳥など。ミーシャの母親は、そのことについては話さない。生傷、膿《うみ》、血、嘔吐。その代わり彼女はカーチャに、夫、ミーシャの父親の話をする。

「あのひとは仕事が大好きだった」彼女は言った。「わたしたちがいなかったら、あのことを研究して、まちがいを解明するために、ここに居残ったでしょう」

ミーシャは散歩に出かけた。今では、それが日課だった。

「父親が歩いていた場所を歩いているのね」ミーシャの母親は言った。ベリーの果肉で血がついたように赤く染まったすりこぎを、両手で動かしながら。

ミーシャが散歩に出ているあいだ、カーチャは彼の母親を手伝って、料理や雑事や洗濯をする。古い時代の女性になった気がする。鮮やかな陽光、地面のにおい、ジャムの粘り気、歌う老女──彼女は自由で自然で、平和を味わう。

やがてミーシャが森の茂みを抜けて現われ、微笑んで手を振る。彼女は、ずっとそこにいたような気持ちになる。エデンを発見したような。永遠の春。

彼女は彼のことを、彼の声の抑揚や響きを知るようになった。カーチャは彼の胸を通して、肺を通して、心臓を通して彼の声を聞く。彼だけに専念し、彼の音だけに専念した。

ミーシャの母親は、彼が男と話しながら家へ歩いていくのを見る。彼女はカーチャをつつき、カーチャは顔を上げる。男は検問所にいた歩哨だ。ミーシャの母親の世話をしている男──ピョートルだ。

ミーシャの母親は小さく歌を口ずさむ。カーチャに言う。「男たちは戦争の話をしている」

「どうしてわかるんですか？」

「ロシアはクリミアに侵攻した、プーチンはもっと多くを欲しがるわ」

「そうですね。でも、ミーシャは行かないでしょう」カーチャは言うが、確信はない。

ミーシャの母親は彼女の手を握る。どちらの指もべたべたしていて赤い。カーチャはこの老女に溶けこんでしまったような気分になる。触れ合うことで、この女性のこれまでの知識のすべてを引き継げるかのようだ。

「わたしたちは〝コザーク〟の末裔《まつえい》よ。ミーシャの祖先はみんな、父方も母方も〝コザーク〟だった。彼は無意識に、生きているあいだずっと、戦争を待っていたの」

カーチャは、友人の話に聞き入っているミーシャと目を合わせる。彼は彼女に微笑む。彼女は手を振る。

彼の母親は、まるで歌うような調子で言う。「もうすぐよ。わたしたちの子どもたちは、いつだって戦争に行く」

オデーサ、ウクライナ
行楽地
二〇一四年二月二十八日

「きみのことを書いてもいいかな？　記事に？　いや、エッセイだ。きみに会ったこと、ここに来たこと――抗議活動や、何もかもだ」アダムは朝食の席で訊く。彼女は食欲がない。海に行きたい。温かい陽光や風に憧れる。ウクライナでは、まだ寒い。

「どうかしら」彼女は言う。

「きみは魅力的な女性だよ、スラヴァ」アダムは、大きなフレーム越しに彼女を見ながら言う――今日まで、スラヴァは見たことのなかった眼鏡だ。「さまざまな体験をくぐりぬけてきた。ＦＥＭＥＮは去ったが、なぜきみは残ったのか？　何がここにきみを引き留めたのか？」

「知らないわ」スラヴァは言う。「自分では愛国者のつもりだった」

「それで今は、立ち去る準備ができたというのか？　自分の国で、今にも内戦が起きそうなときに？」

「わたしの国はいつも戦争をしてる」

「きみはまだ愛国者か？」

スラヴァはフォークをおき、彼を見詰める。「今もインタビューしてるの？　そうやって、欲しいものを手に入れるの？　ふいにどこかに現われて、要求するの？」

「いや」彼は言う。「すまない」

アダムは彼女に言う。「スラヴァ、ここから離れるのに、わたしが必要でないことはわかってる。ほかに方法があるだろうし、男だっているだろう。もちろん、わたしは手助けしたい。ダーシャに起きたと思われる恐ろしいことが、きみにだってありえたんだ。でも、どうして今なんだ？　もっと早く離れられたのに？　以前とちがう、何が欲しいんだ？」


彼女は失踪する直前、わずか幾晩か前の、アパートメントでのダーシャのことを思う。眠っている彼女、とても平安に見えたこと、軽い息遣いなどを思う。雪が降っていて、窓辺で胸をむき出しにして、外を眺めながら煙草を吸ったことを思う。

「何が欲しいの、スラヴァ？」ダーシャは彼女に訊いた。

「恋人が欲しい？　それとも、恋をしたい？」

スラヴァはベッドから彼女を見て、微笑んだ。

「何もかも欲しい」彼女は言った。「全世界が欲しい」彼女は、ダーシャが聞こえる場所にいるとき、〝愛してる〟と言ったことはなかった。どうして言えただろう？　彼女は臆病だった。

ダーシャは言った。「女性と一緒にいるのが怖い？」

スラヴァは言った。「ここで、あなたと一緒にいるじゃない」

「でも外で——あけひろげには」

「もう、一度刑務所に行ってるのよ」スラヴァは言った。

「すべてが変化してるのよ、スラヴァ。マイダンではね。ほかのことも変われた。変わりつつあるのを感じる」

そして今、あの自信――あの誠意は？　あの諺のような洗礼は？　どこに行った？

ダーシャは死んだ。

「スラヴァ」アダムはまた、そっと彼女に言う。朝食は冷えていく。「何が欲しい？　ここを離れたときに？　どんなふうな人生が欲しいんだ？」

彼女は喉が詰まる。海のにおいがそよ風に乗ってかすかに流れてくる。港を見やり、彼女は停泊している船を見る。死体でいっぱいの船。塩気のある水に浮いている、小さな棺。姿を消した少女たち。戻ってくる少女たち。少女を裏切り、船内通路を案内する少女たち。母親から引き離された少女たち。父親から引き離された少女たち。自分の娘を売る母親たち。娘を二度と見つけられない父親たち。

「いいわ」彼女は彼に言う。「わたしのことを書いていい。だけど、全部を語ってもらわなければならない」

ドネック

二〇〇二年秋

ウクライナ東部、同胞であるロシアがしばしば鉱山業者を監視し、技術者と地質学者が鉱物をふるい分けるべく機械で地面を掘るこの地域で、ミーシャ・トカチェンコはほかのどこよりも自然でいられた。彼はウクライナの組合で、鉱山が政府および国際的な規範に則って動くのを確実にする仕事をしていた。彼は自分が有能だと感じ、たしかにそのとおりだった。

ある日の午後、彼が机についているとき、マネジャーのオレフが近づいてきて、外でタバコを吸おうと誘った。彼はオレフについていき、正面ドアを出て通りを下り、どこまで行くのかと不審に思い始めたころ、オレフは足を止めた。

「おまえは優秀な職員だ、ミハイル」オレフは両手をポケットに入れて言った。「一杯奢《おご》りたい――今日はお祝いの日だ」

二人はバーに入り、ミーシャの目が暗闇に慣れるころ、オレフがテーブルを見つけた。彼はミーシャに煙草をすすめ、ウォッカを二杯注文した。オレフは大柄な男で、筋骨たくましく、額と鼻がてかてかしていた。暗い色の髪の毛は豊かだが、後ろのほうは禿《は》げている――大きな口の中に、怪物のような歯がならんでいた。

「仕事は楽しいか、ミハイル？」

ミーシャは煙草を一口吸ってから答えた。「もちろんだ」

「おまえは熟練した技術者だ、ミハイル。注意深い。確実だ。忍耐力もある。ドネツクには、友人はたくさんいるのか？」

「たくさんはいない」ミーシャは言った。

彼は毎晩一人で小さいアパートメントに帰り、まだ音楽学校に通っていたヴィラに電話をする。母親に、折り返しの電話をする。たいていは一人だった。

「故郷には恋人がいるんだろう——家族が欲しいか？」オレフは大きな口を歪めてにやりと笑いながら訊いた。

ミーシャはうなずいた。少年のころから守ってきた女性たちのために、できるかぎり金を蓄えて、毎週家に金を送り、つましい食事をした。

「どうだ、ミハイル」オレフは言った。「もっと金儲《もう》けがしたくはないか？」

ミーシャは汗ばむのを感じた。煙草が灰皿で燃えた。

「今の状態で満足だ」ミーシャは言った。

オレフはうなずいた。彼は料金を払い、席を立った。鉄でできているような、巨大な男。「声をかけてくれ、ミハイル」オレフはコートを着ながら言った。「おまえの好きなだけ、待ってる」

記章のないロシアの兵士たちが二〇一四年二月二十七日にクリミアに侵攻する

コブザ奏者による歌

そう、ロシアはクリミアを手に入れる。

国民投票、クリミア共和国の
独立宣言がある。
国連は非難するが、プーチンは中指を立てて橋を建造する。

二〇一四年春、ドネツク人民共和国と
ルハンシク人民共和国が形成される。
一夜のうちに、キーウは平和のうちに眠りにつき、戦争に目覚める。

だが——
ああ、友よ、どちらかにつくというような単純なものではない。

ベルリンを考えてみろ。

一九六一年八月のある夜、壁が建てられて、兄弟どうしが分断された。

母親が息子から、
父親が娘から。
ウクライナでも同じだ。一夜にして、隣人が敵になる。

でも、ここには壁はない。
ターミナルがあるだけ――

ドネツク空港。
ケルチ大橋。
中間地帯《ノーマンズランド》。

我々が撃つとき、我々は隣人を殺す。
我々が撃つとき、我々は自分たちを殺す。

ウクライナでは、へその緒は絞首刑の縄になる。

オーディオ・カセットテープの録音

B面の続き

〈春の祭典〉の異教徒たちは部族の存続のために女性を、選ばれし乙女を生贄にする。わたしはこれを、よく疑問に思う——集団の利益のための個人の喪失。

わたしはプラハで一人の女性と寝たが、妻はわたしを拒絶しなかった。彼女はそれを職務だと言った。国のための犠牲。それでもわたしたちは幸せになり、人生を築いていけた。わたしはプラハでの時代を忘れ、わたしたちの愛は強まった。わたしはナディアを愛し、彼女を恐れた。彼女の拒絶を、彼女の非難を恐れた。彼女の愛を切望し、彼女はそれを、許しを、慈悲を与えてくれた。わたしたちは愛を交わし、もう一人子どもを作ろうとしたが、子どもはできなかった。わたしたちが救われるには間に合わなかった。間に合う時期には、だ。

［間］

ある日、ゾヤは顔を赤くして、熱っぽく、咳をしながら学校から帰ってきた。ナディアは服を脱がせ、タオルで体を冷やし、毛布で包んだ。ゾヤの小さな体は震えていた。わたしは薬局に薬を買いにいったが、ゾヤは二日間痛がって泣き、三日目にゼイゼイと呼吸する以外は静かになった。骨ばかりの体で、あばら骨が上下していた。

その夜ナディアがわたしを起こした──ゾヤの唇が青くなっていた。わたしたちの目の前で、溺れたかのようだった。わたしたちはあわててゾヤを病院に連れていった。医師たちはゾヤに管から空気を吸わせ、血管に抗生物質を注入しようとした。

「非常に重症の肺炎です」医師は言った。

わたしはナディアを抱きしめ、彼女は頭をわたしの肩にのせた。わたしたちは座ったまま、病院で眠った。

目を覚ましたとき、ゾヤはすでに逝き、雪のように静かだった。

［沈黙］

［椅子が軋む。雨の音］

最初の霜が降りる前に、娘を葬った。ナデジュダはあの子の墓の上の、柔らかくて濡れて冷たい地面に膝をついた。彼女の母親がそこから動かそうとしたが、ナディアは母親を押しのけた。アンナがわたしの腕をつかんでいたが、わたしはこの世の何も感じなかった。寒さを感じられなかった。痛みを感じられなかった。妻が掘り返したばかりの地面に顔を埋め、頬や髪を泥だらけにするのを見た。彼女が撃たれて瀕死《ひんし》の動物のようであるのを見た。妻が泥をかき、足で蹴散らすのを見た。妹がわたしを揺すりながら言った。

「サーシャ、彼女にはあなたが必要よ、あなたが必要なのよ——サーシャ」

妹は言ったが、もうわたしには聞こえなかった。わたしは泥を叩く音以外、聞くのをやめた。わたしはナディアと音から目をそむけ、顔を上げた。両目を閉じた。舌を出した。寒さの味、風の乾いた味、突き出した舌の味。わたしはむせ、泥の中に吐いた。自分のソヴィエト製のブーツに吐いた。目に涙をにじませてナディアのほうを振り返ったとき、アンナが彼女を引っ張って墓から離れさせ、それからナディアを抱いたまま地面に転がった。

アンナは取り乱した目をし、無力だった。

「彼女、ここを離れない」アンナはわたしに言った。「サーシャ、彼女は離れないわ」

わたしはナディアの横にひざまずき、彼女の顎に触れた。彼女の髪はからまり、顔には泥がついていた。

「ナディア」わたしは言った。「家に帰らなくてはいけないよ」

彼女はかぶりを振って、泣いた。わたしは彼女の両手を握り、目を閉じた。彼女の額に額をつけた。彼女の第三の目を、自分の第三の目で感じた。アンナは司祭のようにわたしたちのあいだにいて、わたしたちは木々の聖堂の下でふたたび結婚するようだった。

わたしは祈った。

「神はわたしの羊飼い。わたしには乏しいことがない——

わたしには乏しいことがない——

わたしには乏しいことがない——」

ナディアは両腕をわたしの首に回し、おとなしく地面から抱き上げられた。

［不明瞭な音］

いったん去ってから四年後、わたしはプラハに戻った。

原子力について

若い技術者として、ミーシャは原子《アトム》について学んだ。物質のもっとも基本的な構成単位。
物質。この人生で、それがなんだというのか？

かつてミーシャには父親がいた。かつて妻がいた。かつて子どもを夢見た。
原子には核がある。コアだ。
家族には家庭がある。中心だ。
原子の陽電荷――

原子は、〝分割できない〟という意味のギリシャ語から来ている。

だがミーシャは知っている。
い、い、い、い、い、い、い、い、い、
どんなものも分割できる。原子でさえ。

カーチャとは、ミーシャは否定しようのない共感を覚える。

オデーサ、ウクライナ
スラヴァの子どものころの家
二〇一四年二月二十八日

アダムがタクシーの支払いをした。彼は彼女の父親の家の前で、車内で彼女の横に座っていた。一夜にしてクリミアは侵略された。戦争が始まり、彼は、故郷から追い出された移住者たちをインタビューすることになる。彼はスラヴァがアメリカに落ち着くのを手助けするが、次の記事が出るのは数週間後になるだろう。

スラヴァは住所を書き、そのページをノートから破り取った。

「あなたと妹さんに」彼女は言った。「必要になったら、ここでわたしと会える」

アメリカ人は、彼女の父親の住む荒廃した家を、その隣に並ぶその他の荒廃した家々を見る。

「一緒に行こうか？」彼は訊いた。

「いいえ」彼女は言った。「一人で行くわ」


スラヴァが到着したとき、父親は玄関に出てこないが、カーテンが動くのが見える。彼女はまたノックする。タクシーが道路を戻っていくのを待つ。小路に沿って、海から靄が流れこんでいる。

彼女は家のほうを向き、身構える。

「父さん《ター ト》」スラヴァは言い、指関節でノックし、それから拳でノックする。

「タート！」彼女は叫ぶ。ドアが開き、暗闇の中に、染みのある白いシャツを着た父親がいる。彼は太り、髪の毛はなくなり、髭は白い。酒のにおいがする。汗のにおいがする。彼女は彼のことを心配しているそぶりは見せまいとする。怒り続ける。

家からオレンジ色の猫が飛び出してくる。走り去るさい、鈴の音がする。スラヴァの見たことのない猫だった。父親は彼女に背を向け、彼女は鞄を持ち上げる。

中に入ると、家は彼女が小さかったころから変わっていない。たくさん瓶があり、それは母親が出ていって以来ずっと同じだが、それ以外は驚くほどきれいだ。まだ、銀の額縁に入った白黒の色褪せた写真が、小さな敷物の上にならんでいる。まだ戦争時のメダルがある。まだスラヴァの祖母が編んだ古い毛布があり、ロザリオや磁器がある。スラヴァは一瞬、風に吹かれて髪の毛をくしゃくしゃにした母親が庭から入ってくるのではないかと思う。

彼女はランプをつける。ソファーの、父親が眠っていた場所がまだ温かい。明かりの中で、父親は皮膚が黄色い。明かりの中で、父親は両腕に傷がある。父親は二人のために酒を注ぐ。グラスを彼女に渡す。

「あいつかと思った」彼は言う。「おまえはあいつにそっくりだ。髪の毛以外はな」

彼は手を振る。スラヴァは父親の手を恐れる。彼女の腕を傷つけた手。彼女を木製家具の縁に叩きつけた手。彼女の髪を引っ張った手。最後に会ったとき、彼女を窒息させようとした手。

「あいつが昔のまま戻ってきたのかと思った」彼は言う。酒を飲む。「夢かと思った。すぐには勇気が出なかった。もしあいつなら、なんて言えばいい？　ドアを開けたら、おまえだった」

スラヴァは酒を飲む。「残念でした」

「いいや」彼は言った。「ほっとしてるよ」

彼はまた酒を注ぐ、スラヴァは彼に言う。「合衆国に行くって、言いにきたの」

彼は酒を注ぎながらうなずく。彼女のことは見ない。彼女は胃のあたりが締めつけられる。走り出しそうになる。

彼女は続ける。「父さんに知っておいてもらいたかった」

彼の呼吸は浅く、顔は赤くなる。彼は拳をテーブルに打ちつけ、グラスが揺れて落ちる。スラヴァは飛び上がる。酒がこぼれ、どちらもそれを直さない。スラヴァは動かない。部屋が小刻みに揺れている。

「あいつはおまえをおいてった。本当の母親ならおまえを連れていくはずだ。本当の母親はおまえを怖がらせたりしなかったはずだ」

スラヴァは動けない。心臓が耳の奥にあるようだ。子どもになったような気分だ。幽霊になったような気分だ。彼女の手が震える。彼の手が震える。

「わたしはそんなことはしない」スラヴァは言う。「そんなことはしない。わたしは出ていく」

父親は壁に向かってグラスを投げる、スラヴァはドアから飛び出す。父親は彼女を追いかけ、彼女はまた幼い少女になったような気分になる。彼女は熊手を見つけ、父親と向き合い、その歯で父親を打つ。

彼女は彼を打ち、彼は悲鳴を上げて、隣人たちの見ている前で草地に倒れこむ。彼女は家の中、カーテンの陰にいる隣人たちを見て、彼らに向かって叫ぶ。

「わ、た、し、が、見、え、る、？」彼女は言う。「わ、た、し、が、ど、れ、ほ、ど、ひ、ど、い、人、間、か、わ、か、る、？」

父親はうめき、身じろぎする。鼻血が出て、顔に引っかき傷ができている。

父親は娘を生む——ライオンはライオンを生む。スラヴァは父親を立ち上がらせて、家の中に連れていく。

オーディオ・カセットテープの録音

B面の続き

初めてプラハに着いたとき、わたしはこれらのことを承知していた。
妻を愛している。
娘を愛している。
家族を失うほど恐ろしいことはない。
戻ってきたとき、
娘を失っていた。
妻を失いそうだった。
家族は分裂した。わたしは抜け殻だった。何も恐ろしいことはなかった。

次の配属を告げられたとき、ＫＧＢは完璧な職員を得るところだった。プラハでなければだ。一九七五年のことだった。わたしをこの街に戻らせる必要があった――チェコスロヴァキアの地下運動がふたたび表面化しつつあった。知識階級の集まりだった。芸術家、詩人、作家。わたしはプラハで地域の交響楽団と演奏するはずだった。そこのサークルに入りこんで、彼らが傷んで少し傾いているランプに照らされた薄暗い隠れ家の中で煙草を吸い、酒を飲むかたわらで、彼らのピアノの前に座り、わたしはこの美しいマホガニーかマツかローズウッドの楽器が放置されているのは惜しいと偉ぶって言い、多少ピッチが高いから翌朝早くにもう一度見にくると主張する。そして彼らが二日酔いに苦しんでいるあいだに、わたしはほとんど使われていないピアノの鏡板をはずし、ＫＧＢのために、楽器の内部に録音装置を、鍵盤の下に人目につかない盗聴器を仕込む。
よそよりも厄介な家もある。もちろん、ピアノのないところもあった。入口がなければならなかった――進入する場所、ドアだ。装置を仕掛けるという緊急課題。

最後にナディアに――元気で美しい状態の彼女に――会ったとき、彼女は洗濯物を持ってキッチンにいた。窓が開いていて、そこから日が差しこみ、触れると肩が熱かった。彼女が畳んでいたのはタオルかシーツか、覚えていない。ただ彼女の両手、光の中の結婚指輪、湯気のせいで薄くなった爪を覚えているだけだ。彼女の手は白い布地の皺を伸ばし、繰り返し伸ばした。わたしたちはどちらも、彼女の手を見た。わたしは彼女がわたしを見るのを待ったが、彼女はそうしなかった。
「時間だ」わたしは言った。彼女はまた両手で布地の皺を伸ばした。

短いあいだだが、わたしたちはもう一人子どもを作ろうとした。わたしたちはまだ若かった。でも難しかった――失敗した。わたしたちはまだ、完全に癒えていなかった。この世の病気で子どもを失ったあと、どうして母親に、ふたたび子宮を開いてくれと頼めるだろう？
それは苦痛そのものだった。娘の病気はわたしたちから娘を奪っただけではない――わたしたちみんなを打ち壊した。

ナディアは、わたしがプラハに発つ数週間前のある夜に言った。「もしまた子どもができても、その子を守るためにわたしたちにできることは何もない。この世ではね。何もすることはできないの」

「そんなことはない」わたしは傾斜した天井を見詰めて言った。

「もう一人子どもを失うくらいなら、死ぬほうがまし」彼女は言った。

わたしは暗闇の中で彼女に手を伸ばした。わたしたちは愛を交わした。

それで、ある朝キッチンで、洗濯物が幽霊のようにピンで留められていて、わたしはまた彼女に言った。「出かける時間だ、ナディア」

彼女は洗濯物を伸ばす手元から目を上げて言った。「またできたわ。子どもよ」

そう言ったとき、彼女の声に歓びはなかった。彼女は不安そうだった――泣き出しそうだった。

わたしは膝をつき、彼女はシャツをたくし上げて、腹部に手のひらを当てさせてくれた。大きくなるはずの場所にキスさせてくれた。彼女の肌は温かく、熱気で濡れていた。

「できるだけ早く戻るようにする」わたしは言った。彼女の肩をつかんだ。彼女の寂し気な緑色の目に、涙がたまっていた。

「お母さんには話したのか？」わたしは訊いた。

彼女はかぶりを振った。「誰にも知られたくない」彼女は言った。「わたしが言ったときのみんなの顔――嬉しそうかしら、悲しそうかしら？　嬉しいばかりではないはずでしょう――どうしてこんなことがありうるの？」

彼女は震えていて、わたしは彼女を椅子へ連れていって座らせた。彼女の膝に触れた。わたしのナディア。不憫《ふびん》な若い、愛するひと。

「話す必要はないよ」わたしは言った。「きみがその気になるまで」

「そうね――たぶんアンナには」彼女は言った。「たぶん彼女が戻ってきたときには」

「そうだよ」わたしは励ますように言った。「アンナなら理解する。どうしたらいいか、心得ている」

ナディアは手を差し出し、わたしはそれを握った。彼女の指に、わたしたちを夫と妻にしている指輪にキスをした。彼女に、愛していると言った。二人で一緒にやっていこうと言った。心配いらないと。プラハから電話すると。


二日後、わたしは街に着き、パートナー――地下の反体制の芸術家とのつながり――と、カレル橋から数分のところにあるバーで会うように指示された。その職員は黄褐色のコートを着て、真昼間なのにスコッチを飲んでいるはずだ。わたしたちは反体制の人物のための秘かな送別会に行くことになっていて、彼らの亡命の手助けをし、ヨーロッパへの経路を暴く予定だった。

目が暗さに慣れると、彼女がほぼ記憶のままであるのが見えた。前回会った場所から歩いて二分しかかからない場所に、わたしたちはいた。彼女は肩越しにわたしを見て、微笑んだ。

「ステパン」彼女はわたしを迎えて、頰にキスをした。「さあ、座って！　座って！　飲み物を――大好きないとこに、スコッチを持ってきて！」

そうして、わたしたちは一緒に飲んだ。わたしの名前はステパンだった。わたしは一般市民の服装をしていた。彼女の母親と父親、つまりはわたしの〝おじ〟と〝おば〟の様子を訊き、彼女は上手に対応した。それから、そこを出る時間になった。

「もう行ったほうがいいわ」彼女は言った。「そうしないと、遅れる」ヤラは腕をわたしの腕に絡ませた。誰にも聞こえない場所に行ってから囁いた。

「アレクサンドル・イヴァノヴィチ、また会えて嬉しいわ。ちょっと散歩しましょう。何か話したいことがあるかしら？」

「いいや」わたしは言った。わたしは彼女が酔っていることに苛立ち、冷たい気持ちになった。彼女はヒールの高い靴を履いていて、丸石を敷いた道でちょっとよろめいた。プラハは迷路のような街で、彼女は市内へとわたしを導いた。どこへ行くのか？　わたしたちは味方どうしのはずだが、それでも、何年も前に会ったとき、彼女は祖国を悼んでいた。わたしは彼女を弱者だと考え――自分自身の罪のせいで、彼女を憐《あわ》れみ、軽蔑した。それでも、彼女が怖かった。

彼女がほっそりした手で指し示したアパートメントに近づいたとき、彼女は足を止めて囁いた。

「わたしのことを裏切り者だと思っているわね。今のようにスパイをするより、祖国を信じて死んだほうがいいと。わたしを娼婦《しょうふ》だと思っているわね。わたしが望んで、あなたと寝たとでも？　あなたとの散歩を楽しんでいるとでも？　わたしと一緒に行けといった指揮官を覚えているでしょう――彼の名前はチェルノフだと覚えているでしょう。

彼らはジャーナリストだった兄を逮捕したの。兄は死ぬか、シベリアに送られるだろうと言った。兄は、侵攻のあと何週間かチェコのラジオを機能させ続けた一人だった。彼は、我々のために働け、ヤラ・クチェロヴァ、そうしなければお兄さんは死ぬぞと言った。それでわたしは彼のために、娼婦として、情報提供者として働いた。彼は橋であなたを待ち伏せしろと言った。あなた、ただのお人好しのつもりだったの？　あなたが最初だと思ってたの？」

彼女は笑った。

「あなた、自分がわたしより優れてると思うの、アレクサンドル・イヴァノヴィチ？　言ってごらんなさい」彼女は言った。声が高まり、割れた。「なぜわたしはあなたじゃないの？」

「さあ」彼女は、また歩き始めながら言った。「ここが、その通りよ」


彼女はわたしに背を向け、アパートメントのドアをノックした。ドアが開き、女性が出てきた。

「あら、ヤラ」女性は言った。「嬉しいわ！」

女性――ヴェラ――はわたしの上着を取った。ヤラは黄褐色のコートを脱いで、袖なしの緑のワンピース姿になった。とても美しかった。

わたしたちはヴェラに続いて居間へ行った。窓の近くで、何人かの男性たちが喋りながら煙草を吸っていた。女性たちは、寝椅子で脚を組んで座っている。彼女たちはヤラを歓迎し、キスをしたり手を握ったりした。ヤラはわたしを彼女のいとこだと紹介し、一人の見場のいい男性が近づいてきた。

「ステパン」彼は言った。「よく来た。ヤラが話すのはきみのことばかりだ――ああ、彼女が来た」

ヤラはこの男性の頬にキスした。「ミラン」彼女は言った。「ああ、こうして集まれて嬉しい」

ヴェラがわたしたちに飲み物を持ってきて、みんながコーヒー・テーブルの周りに集まった。芸術家や音楽家たちだった。ミランは作家で、彼の妻のヴェラは元テレビ局のアナウンサーだった。

集まっている者たちはどこか暗く、陽気さを装っていた。今日はミランとヴェラのプラハでの最後の日だ——彼らが子ども時代を過ごした街。プラハ、二人が恋に落ち、人生を築いた街。彼らの祖国。彼らは移住するはずで、ヤラとわたしはミランに盗聴器を仕掛けるように命じられた——盗聴器は指揮官のキャップの中に潜ませてあり、バッテリーはわたしのポケットの中だ——そのいっぽう、パーティーでほかの関係者とのコネを作るという目的もあった。

「フランスはいいだろう」みんなは同意した。

痩せた、顔色の悪い画家が言った。「共産主義国内にいる芸術家にとって、人生とはなんだ？　記憶されて死ぬほうがましだ。自由で死ぬほうがましだ」

ミランは笑う。「無理やり自分の国を出させられるというのに、本当に自由と言えるかな？」

ヤラはワイン・グラスに唇をつける。彼女はヴェラとミランのあいだに座っていて、膝をミランの膝のほうへ向け、片腕をヴェラに回していた。

「誰も自由に死んだりしない」ヤラは言った。彼女は指揮官のキャップをヴェラにかぶせて笑った。三人が一緒になって、キャップがミランへ、ヴェラへ、ヤラへと手渡されるとき、どれが誰の手脚なのかわからなかった。わたしはワインを飲み、彼らを見て、電流が円を描いて波動するのを感じた。ほかの者たちはそれぞれ話していた——何か政治について——だが、わたしの意識は、一度に二人の女性を演じるヤラに集中していた。

わたしは落ち着かず、席から立ち上がった。レコードが終わった。マンシーニのレコードだ——どうやって手に入れたのかは謎だった。一枚だけでなく、何十枚もあった。窓の外の誰にも聞こえないように、低い音でかけていた。窓は閉め切っていた。

「何を聞こうか、ステパン？」ミランはわたしの横で立ち上がって、レコードを見ながらたずねた。

「何から始めるのがいいかわからないな」わたしは言った。ワインのせいで子どものような気分になっていた。「全部だ。全部聞いてもいい」

「きみはレニングラードから来たばかりだ」彼はわたしに言った。「サンクトペテルブルク。きみはピアニストでもある。だから、たぶん交響曲がいいだろう」

「そうだね」わたしは言った。

「ヤラが話したかどうか知らないが、わたしの父はストラヴィンスキーが大好きだった。わたしはストラヴィンスキーが好きだ。彼らの、彼に対する扱いはひどい——ロシア人たちのね。彼らはチャイコフスキーを重用したが、ストラヴィンスキーのことは無き者として勘当した。ストラヴィンスキーはしばらくフランスに住んでいた」

わたしは同意してうなずいた。「流刑だね」わたしは言った。

「そうだ」ミランは悲しそうに笑いながら言った。「彼はニューヨークで亡くなった、ほんの四年前だ」

「覚えている」わたしは言った。「彼はサンクトペテルブルクで死にたかっただろうか」

「それはわからない」ミランは言った。「だが彼は同国人から拒絶された。わたしはわたしの同国人から拒絶された。つらいことだとわかる」彼の話し方には真剣さが感じられた。

「ヤラの言うとおりだと思う」わたしは言った。「それは人生の重荷だ」

「そう」ミランは言った。「でも誰かが犠牲を払わなければならない」彼は棚から〈春の祭典〉を引っ張り出して、レコードをおき、溝に針をのせた。

オーボエが煙のように鳴り始め、ミランは離れていき、わたしは窓ガラスに寄りかかって目を閉じた。自分の家を思った。自分の重荷を思った。自分自身の人生を。

その晩わたしは酔った。ヤラが不安そうにわたしを見た。わたしは仕事をしていなかった。安易に意志を捨てた。チェコの人々にはわたしを打ち負かす、わたしを弱める術《すべ》があった――ワイン、ストラヴィンスキー――わたしは苦しかった。目をつぶり、独楽《こま》のように揺れながら回転するゾヤを思い描いた。彼女は叔母のアンナのようになりたくて、母親のようなバレリーナになりたくて、二人は彼女に教えたものだ。

「一点を見て――遠くの一点を見て、そうすればバランスを崩さない。倒れないわ」彼女は一度回り、止まる。一度回り、止まる。世界が片方に傾き、正す。傾き、正す。繰り返し、繰り返し。

わたしたちは子どもを失ったが、もう一人が生まれるはずだ。わたしは酔った。思い出した。忘れた。

燃焼について

最初に具合が悪くなったのは、飼い犬のドラキュラだった。ミーシャの母親はドラキュラに、牛肉と鶏肉を米と合わせた餌を作ってやった。

最初の何日か、誰もが損傷を受けていた。それは急性放射線症候群と呼ばれた。ミーシャの皮膚はひりひりして、水ぶくれができた。母親は部分的に禿げて、これが治ることはなかった。ヴィラは皮膚がむけて、彼女はミーシャに、体から剝がれた、毛穴や皺がそっくり記されている皮膚の断片をそっと指先でつまんで見せた。肩のあたりの皮膚が緩んでいるのに気づいて、ヴィラはミーシャにそれを剝がさせた。まるでプレゼントの包装紙を開くようだった。彼はその下の新しい皮膚を暴いた。ピンクだった。

ドラキュラは毛皮が剝がれ落ち、横たわっていた。黒い斑点ができたピンクの舌を、床に垂らしていた。ドラキュラは哀れに鼻を鳴らした。腐ったにおいがした。

ミーシャの父親が犬を毛布にくるんで森に運んでいった。ドラキュラは、ミーシャが穴を掘るのを手伝う様子を見ていた。ミーシャはこのシェパード犬の横に膝をつき、ドラキュラは彼の顔を舐めた。ミーシャはドラキュラの頭にキスした。彼の耳を撫でた。父親がミーシャの肩に触れ、ミーシャはすすり泣きながら逃げた。

マイダンの前、ミーシャが銃声を聞いたのは、この一度きりだった。

ミーシャは、これが最後だと承知しながらカーチャとベッドをともにする、彼は彼女の髪を耳にかける。彼女は彼を見る。彼は彼女の目を見返せない。

「きみは家に帰る」彼は言う。「彼と再会する。そうしたらわかるだろう」

彼女は泣いていた。彼は勇敢にも微笑む。二人はゆっくり愛を交わす。何もかもがゆっくり動く。日々を進める太陽以外は。

ミーシャは考える。〝太陽を動かすのに、どれほどのエネルギーが要る？　花を、農場を、野原を動かすのには？　発電所は？　父親を悼むのに、どれほどのエネルギーが要る？〟

教会で蠟燭に火をつけるのに、どれほどのエネルギーが要るだろう？　父が死んだあとの一年、毎日、母親の手が上がり、マッチを取り、火をつける。母親は父親のための祈りを口にし、少年ミーシャは母親の冷たい指からマッチを受け取って蠟燭に火をつける、その蠟燭は芯がむき出しになった、まっさらの燃えていない白いもので、火をつけるとき驚くほど乾いた音がして、炎は驚くほど勢いよく、驚くほど早く燃える。

肉体が燃えるのに、どれほどのエネルギーが要るだろう？　彼の父親は、死後に火葬された——

背の高い父親の、痩せた体が灰になって磁器の壺《つぼ》に収まった。眼球のようにどんよりした白い壺。かつて暖炉の上に、何も見ない様子でおかれていた丸い壺。ミーシャはそれが、自分が移動する先先を追いかけて見ているような気がした。彼はそれを避けた、でもいつもそれを見た――感じた。やがて壺は霊廟《れいびょう》におかれ、ミーシャはその目を二度と見なかった。彼は安堵《あんど》すると同時に寂しくもあった。

〝善いおこないをしたいとき、悪いおこないをするのには、どれほどのエネルギーが要る？　悪いおこないをしたいとき、善いおこないをするには？　死ぬのには、どれほどのエネルギーが要る？　生きるのには、どれほどのエネルギーが要る？〟

カーチャは彼にしがみつく。太陽が昇る。夜が明ける。彼は不安を抱く。

オデーサ、ウクライナ
二〇一四年三月二日

オデーサはまだ燃えている。親ロシア派の過激主義者とネオ・ナチが、ウクライナ人とユダヤ人の根絶を叫ぶ。まもなく、親ロシア派がオデーサの地方行政管理棟を占拠しようとするだろう。まもなく、街の外の自衛検問所に手榴弾を投げるだろう。

ドカン。

そのようにして、戦争はやってきた。

スラヴァはなるべくニュースを避けようとして、たいていの時間をベッドで過ごした。父親とはほとんど喋らなかったが、父親は彼女のために食料雑貨店でケーキを買ってきた。彼女は水を飲むために起きて、名前の書かれたメモとともにそれを見た。謝罪の言葉はなかった――父親は彼女の名前を書くので精一杯だった。彼女は顔を洗い、夕食にシチューを作り始めた。父親が戻ってきて、夕食の席につくさい顔をしかめながら座る。熊手で叩かれたせいで、まだ顔に引っかき傷の跡がある。父親はほとんど食べず、以前ほどではないが少し飲む。

彼は沈黙を破って訊く。「いつ行く?」

「明日の朝。友だちが迎えにきてくれて、一緒に空港に行くわ」

父親はうなずき、ひび割れた唇にスプーンを近づける。彼女の父親は荒々しい、恐ろしい男だ。見るからに野蛮な男だ。それでも、彼女の視線を受け止め、それを避ける様子は子どもじみている。

「どうして来た?」彼は訊く。

「今では、愛する誰かを失って、消息がまったくないのがどんなものか知っている。それがひとにとって、どんな影響を与えるか。わたしが理解できることを、知らせたかった」

父親の手は震える、彼はグラスを口元に持っていく。


彼女は父親を許すだろう、母親に売られてから何週間もしたころ、彼女を見つけ出したのは父親だったから。彼は寂しくて、連れを求めていた。暗くて、通りは濡れて、黄色の信号に照らされていた。彼は飲酒運転をしていて彼女を見た。自分の十四歳の娘が、彼の車の窓に向かって静かに歩いてきた。彼女は教えられたとおり、窓に寄りかかった。震えながら、説明しようとして彼に言った。「ママが――」彼は彼女に言った。「車に乗れ、子猫《コシュカ》」

彼はふたたび娘に手を上げることはなかった――だが怒鳴り、グラスを投げ、椅子を壊した。彼女の父親は以前にもまして恐ろしくなっていた。

その後まもなくして、彼女を買った男が死んだというニュースがあった。撃ち殺されて、海に浮かんでいるのが発見された。


今、彼女の父親は彼女に言う。「おまえは愛する者を失うのがどんなものか、ずっと知っていた。知るべきときより、ずっと前からな」

彼がこれを言ったとき、スラヴァは父親のもとを去るのに迷いを覚える。彼女は傷つけられたときでさえ、そうされて当然だという罪悪感を覚えた。彼は何も言わなかったが、ここにいてくれと頼みさえしなかったが、彼女は彼のもとから離れるのが怖かった。

「おまえがキーウに移ったときのことを覚えているか？　五、六年前？」彼は彼女の心を読むかのように、たずねる。スラヴァは何も言わない。

「喧嘩《けんか》をしたのを覚えてる」彼は言う。フォークをおき、テーブルの上で腕を組む。

「喧嘩の理由は覚えていない。何も覚えてないんだ。翌日、おまえはわたしに怒っていた。まだおまえは若かった。今も若いな。だがおまえは荷物をまとめた、ずいぶん大人のすることだ。そしておまえは言った。〝父《タート》さん、わたしはキーウへ行くわ。愛してる、でもこれ以上一緒にいられない〟

　わたしは怒りたかった。部屋に戻れと言いたかった。だがおまえは十八歳で、すでに足元に鞄があり、もう決まりだとわかった。もはや、そうなるのを止められないとわかった。おまえには、この場所という痛みのない、新しい始まりが必要だってな。わたしが何も言わないと、おまえは泣き出して、わたしを抱きしめた。おまえは言った、〝優しくして、父《タート》さん。お願い〟そして今、これだけの時間が経って、おまえがどれほどわたしを怖がっていたかわかった」

　スラヴァは手で目元を拭う。父親は彼女に手を伸ばす。その手は以前より細く、黄色くて脆い。父親の骨が彼女の骨を取り囲み、父親の両手は冷たい。

「おまえの母親が不幸だったとしても、あいつは何も言わなかった——わたしにはな。だがあいつが出ていくまで、わたしはひとを傷つけたことはなかった。覚えてるか？」

スラヴァは父親にアイスクリームを食べに連れていってもらったときのことを覚えていた。ピンクのワンピースを覚えている。チョコレートを覚えている。父親の肩の高さを覚えている。落ちたりしても、父親が安全ネットになってくれると思ったのを覚えている。父親のオーデコロンのにおいを覚えている。父親の髪の短さを覚えている。

父親についての、唯一の優しい思い出だ。彼女は父親に、それが唯一であるとは言わない。

「覚えてるわ、タート」彼女は言う。声が喉に引っかかる。

スラヴァはテーブルの反対側へ行き、泣いている黄色い父親を抱く。

負債を払うことについて

二〇〇四年夏、二人にとってのキーウでの最初の夏。ヴィラはバイオリンの教師と演奏者の職を得て、ミーシャは大学の工学技術科の教職の面接を受けた。長年鉱山で働いてきたため、きれいなスーツを着て、スポーツ・ジャケットで働く自分の姿など、想像できなかった。彼は珍しいほど積極的でやる気に満ちていた。個人的には、ドネツクの鉱山を離れるのがつらかった。

だが母親の死後何カ月かして、ヴィラの名前で取り立て通知が届いた。まもなくヴィラの母親が持っていた負債が明らかになった。ギャンブルによる負債、信用貸し、彼女の人生のかなりの部分が、ローンで成り立っていた。

「際限がない」ヴィラはある晩、キッチンのテーブルで、両手で顔を覆って言った。泣くこともできなかった。負債の大きさは、長いあいだ知られずにいた。

「ミーシャ」彼女は言った。「どうしよう？」

オーディオ・カセットテープの録音

B面の続き

夜中近く、電話が鳴り、ヴェラがそれを取りにいった。「ヤラ」彼女は言って、にやりとした。「パヴォルから電話よ」

「いとこの恋人を、みんな把握しているか？」ミランはわたしに訊いた。

「それは無理だ」わたしは言って、彼に微笑んだ。

ヤラが不機嫌な顔で現われた。「もう、彼はけっきょく来ないって」彼女は言った。「わたしのことを怒ってるのよ——彼ったら、わたしがどこにいるか忘れて、家に電話して、母は彼のことを誰かとまちがえた。どうやら彼に、短いあいだの遊び相手だと言ったみたい。信じられないわ」

ヤラは真顔でわたしを見た。「彼女に電話して——母によ。あなたになら怒らない。あなたが一緒だと言ったら、母はわたしの言うことなど信じないと言ったわ。お願い、ステパン、母に電話してくれない？」

母《マザー》に電話するというのは、暗号だった。上層部から連絡事項があるということだ。

「おたくの電話を使ってもいいかな？」わたしはミランとヴェラに訊き、そのうちの一人の案内で、キッチンに戻った。

わたしは〝母親《マザー》〟の番号をダイヤルした。二度鳴ってから、相手が出た。

「おばさん」わたしは言った。「ステパンです。ヤラを怒らないで、どれほど彼女が自由で威勢がいいか、知ってるでしょう。ええ、わたしもいます、彼女の友人の家です。心配しないで」

わたしが言葉を切ると、電話の相手――女性の声だ――が言った。「すぐに戻りなさい、ステパン」

「あと一時間ほどでは？」わたしは言い返した。「とても楽しんでいるんです」この程度の簡単な仕事を完遂せずに、この場を離れるわけにはいかない。

女性は折れなかった。

「大丈夫？　大丈夫ですか、おばさん？」わたしの話を聞いている者たちがいた。ヤラは、心配そうな様子でわたしの横に立っていた。その場が危険になったら電話が来ると言われてはいたが、いずれにしても二人一緒に退出することになっていた。一緒にこの場を離れなければならない。

「いいえ」電話の声が厳しくなった。「不測の事態よ。ヤラのことは心配していられない。勝手に楽しむでしょう。でもあなたは――戻らなければならない」

通話は切れた。わたしは受話器をおき、ヤラを見た。一瞬が長く感じられたが、すぐさま心を決めなければならなかった。

帽子掛けからキャップを取った。みんなに、おばのところに行かなければならないと言った。大げさな不満の声に、驚くほど心が温まったが、とにかく気持ちが急《せ》いた。ヤラが駆け寄ってきた。いつでも女優であり、今はとても心配そうだ。

「きみは居残ってくれ」わたしは彼女に囁いた。彼女はかぶりを振った。

「一緒に出ることになってるでしょう」彼女は言った。しらふで、怯《おび》えているように見えた。

「大丈夫だ」わたしは言った。確信はなかった。もしこの家が危険なら、全員が逮捕される可能性もある。わたしがこの地に来たことによって、ヤラは使い捨ての存在になった可能性もある。わたしは自分のコートを手に取った。彼女はわたしについてきた。

「戻ってくる？」彼女は寒いかのように、胸の前で腕を組んで訊いた。

「わからない」彼女の手が震えていた。わたしはその手を握った。バッテリーを彼女の手の中に滑りこませた。


いま考えると、あのとき彼女は、驚くほどわたしを頼りにしていた。彼女は自分の同国人に囲まれていたのに、彼女が頼ったのはわたしだった。おそらく、わたしを信用していたというよりは恐れていたのだろう。

「ほぼ終わってる」わたしは言った。「装置をおくんだ。ソファーの、クッションの中に仕込め。あとで回収して、やり直すこともできる」

わたしはキャップを、ヤラの頭にのせた。兄のような感覚。

「家で会おう」わざとみんなに聞こえるように大きな声で言い、ほかの者たちは、帰っていくわたしをやじった。


隠れ家に着いたとき、母親《マザー》がいた。髪の毛にカーラーを巻き、煙草を吸いながら、小さなダイニング・テーブルでコーヒーを飲んでいた。

「奥さんが入院してるそうよ」わたしが鞄もコートもおかないうちに、彼女は言った。

わたしは彼女を見詰めた。何かを言ったり、動いたりしなかった。そうするとナディアに禍《わざわい》があるかのように。彼女には、間抜けのように見えたにちがいない。わたしはただ彼女を見詰め、様子をうかがった。彼女は続けた。

「自殺しようとしたんですって」彼女は、医師のようにそっけなく言った。「具合はよくない。病院に搬送された。電話したのは、妹さんよ。わかると思うけれど、あなたはここに来たばかりだから、ちょっと厄介ね。上層部が、今、どうするか検討中よ」

わたしは何も言わなかった。必死に家に帰ろうとしないほうが、わたしにとって良かったと理解して欲しい。

「ヤラは」わたしは言った。「任務は――」

「あなたが送り返されたら、彼女があなたなしで完遂するわ。とはいえ、あなたはモスクワで尋問されるでしょうね。わかるかしら？」

「妻がそんなことをするはずはない」わたしは言った。「子どもが生まれるはずだった。もう一人、子どもが」

マザーは一瞬わたしを見詰め、それから煙草を見て、その煙草をもみ消した。

「それは本当なの？」彼女は訊いた。

「はい」わたしは言った。

マザーは両手を握り合わせて、よそを向いた。ため息をついた。新しく煙草を取り出し、わたしに差し出した。

「じゃあ、問題がないように祈りましょう」彼女は言った。つまり、わたしがスパイでないことを祈るということだ。妻が、なんであれ任務の邪魔をするために自殺を図ったのではないと祈ろう。妻はわたしがKGBであることを知っている、わたしが仕事のことをすべて妻に話した。陰謀などはないと祈ろう。自殺は彼女が病気だから、重篤な病気だったからに過ぎないと祈ろう。政治的な意味はないと祈ろう。チェコの活動家ヤン・パラフは、みずからに火をつけた。そしてほかにも、ウクライナでも、政府に抗議して焼身自殺した者がいた。

だが、地上でもっとも偉大な国に住んでいたくないというような、ソヴィエト国民がいるだろうか？　わたしの愛する者の自殺は、国に対する犯罪だった。

マザーとわたし。わたしたちは煙草を吸って待った。


ドアが開いたとき、そこにいたのはヤラだった。わたしたちは冷ややかな安堵を覚えて見詰めあった。

「やってきたわ」ヤラは言った。わたしにキャップを渡した。盗聴器はなくなっていた。

彼女はわたしたちのいたテーブルの、わたしの横に座った。マザーが煙草を差し出しながら、パーティーのことを訊いた。ヤラは詳細に説明をし、わたしは聞くそばからそれを忘れた。電話が鳴った。ヤラはわたしを見て、囁いた。「何があったの？」

マザーが戻ってきた。彼女はランプの明かりを受けて、沈鬱な顔つきだった。

「あなたは奥さんの世話をしに、モスクワに戻る。一週間以内に、こちらに帰ることになる」

彼女はヤラを見た。「あなたは明日から、一人で続けて」

ヤラはマザーを見て、わたしに目を戻した。頬を火照らせ、両手が震えている。怖いのではなく、怒っているのだ。わたしは自分の両手を見た。彼女は無理やりわたしの前に体を割りこませてきて、わたしを見た。彼女の体から、汗と香水と酒のにおいがした。

「いったい何がどうなっているのか、話してくれない？」ヤラは言った。でもわたしは彼女に飽き飽きしていた。

マザーは立ち去り、廊下の明かりを消した。彼女が行ってしまってから、ヤラは何度も繰り返し囁いた。「アレクサンドル？　アレクサンドル？」

わたしは両手で顔を覆った。そして倒れた。

兵士になることについて

四月の二日。彼らは二人だけで庭に座っている。カーチャのセーターは肩からずり落ちていて、ミーシャは彼女のむき出しの肩にキスをする。彼は彼女に、義勇軍とともにドネツクへ戻り、親ロシア派分離主義者たちと戦うと告げた。

「あそこに、知り合いの家族がいる」彼は言う。「行かなければならないと思う。何か役に立てるかもしれない。わたしが行けば、殺しを減らせるかもしれない」

彼が彼女を見ると、彼女は動揺していないが、泣き始めていた。彼は彼女に触れ、彼女は彼のほうを向く。

カーチャは言う、「ミーシャ、いつになったら学ぶの？　あなたには彼らを救えない。どれほど望んでもね」

彼は彼女から身を引く。彼は彼女から離れ、カーチャは彼に向かって呼びかける。「わたしが知らないとでも思ってるの？　あなたがどんな気持ちか、わたしが知らないとでも？」

オデーサ、ウクライナ
二〇一四年三月三日

スラヴァは父親を納屋で見つける。ヒーターがついていて、オレンジ色の猫が作業台の上で丸くなっている。父親は飲んでいて、簡易ベッドで、ウールの毛布の上に寝転がっている。

「ここで寝てるの？」彼女は訊く。

「おまえが出ていってから、毎晩だ。家は幽霊だらけだから」

彼女は作業台に親指で触れる。猫のモルクヴァは、彼女に背中を撫でさせる。

「どうして引っ越さなかったの？」

「おまえが帰ってくるかどうか、わからなかった」

彼女は彼の目を避ける、彼は言う。「そんな顔をするな」

「出ていくべきじゃなかった」

「もう済んだことだ」父親は言う。スラヴァはうなずく。モルクヴァは喉を鳴らす。彼女は、どんなふうに話し始めればいいのかわからない。

「あの男は、どうしたの？」スラヴァは訊く。

「誰のことだ？」

「わたしを買った男」

スラヴァは悪寒、激しい冷気を感じる。父親は彼女に微笑む。その顎には、彼女のつけた傷がまだ生々しい。

「子猫《コシェンヤ》」彼は彼女を指さしながら言う。「子猫《コシェンヤ》」モルクヴァを指して、言う。「二匹の子猫。今じゃ、猫だ」

彼女が何か言いかけたとき、彼は言う。「車が来る」

彼は彼女に、出かける前に客たちに最後のお茶を淹れろと言う。安全に旅しろと言う。彼は彼女の額にキスをする。彼女が長らく忘れていた優しさ。彼女は彼に向けて両手を広げる。涙が頬を、さらには首を伝い落ちる。

彼は彼女を放し、〝すまない〟と言いかけるが、うまく口にできない。代わりに彼女が、「すぐに、また帰ってくる」と約束して、彼を救う。

オーディオ・カセットテープの録音

B面の続き

愛の言葉は、選択肢のないものだ。

恋愛するとき、〝恋に落ちた〟という。

つまずき。よろめき。バランスを失うこと。

バランスは、平衡と調和を意味する。音楽性。恋に落ちるとき、わたしたちはバランスの取れた状態からはずれ、不協和音が生じる。不意を衝《つ》かれる。よろけて、押しこまれたと言う者もいるだろう。騙《だま》されたと言う者も。愛のせいで犠牲者が出ているから、愛とは暴力だ。

愛の言葉は、犠牲を想定するものだ。捕獲する略奪者。天使の矢は当たると致命的だ。愛、襲撃行為。


〝彼女はわたしの心を盗んだ。彼は愛によって盲目にされた〟

クンデラは書いている。〝愛の肉体的行為は、暴力なしでは不可能だ〟

そう、わたしには三つの偉大なる愛があった。

妹のアンナが、最初だった。

ナデジュダが、二番目。

おまえの母親のヤラが、三番目だった。

USSRが崩壊して以来、わたしはピアノ教師とピアノの調律師をしていた。医師のように、小さな鞄を持って、家を回って楽器を診る。病気のもの、音がはずれて壊れたもの。鍵盤が死んでいるものもある。


死んだピアノの鍵盤を押したことがあるか？　いかに虚ろに感じられることか――脈を見ようとして、ないのを知るようだ。指で触れた皮膚の冷たさより先に、沈黙を感じる。沈黙。ずっと取りついて離れない虚無。


私は死にたい。今や、死ぬ準備はできている。わたしは何度も死にたいと思った。でも、まだだ。おまえに話すまでは。

おまえは神さまを信じているか、愛しいアンナよ？　わたしは信仰深い男ではないが、司祭のような熱意をもって、国に仕えた。

虚無――祈るとき、おまえは沈黙を聞くか？　おまえに取りついた沈黙を？　わたしは沈黙に頭がおかしくなった――あまりにもたくさんあること、あるいは充分でないことに。

ピアノの教師はいつも、わたしはタイミングを取るのが下手だと言った。わたしは休止が嫌いだった――音楽が再開する前の休止だ。数を数えながら待っているのが嫌いで、教師には「アレクサンドル、ブレスだ、ブレスだよ」と言われたが、どれだけのブレスを取ればいいのかわからなかった。

音符のあいだのブレスを、どうやって測る？　そして、人生をどうやって測る？

［間］

バレエ・リュス主宰者のセルゲイ・ディアギレフは、〈春の祭典〉の最初の音を聞いたときに言った。「なんと、この調子がどこまで続くんだ？」

血迷った男、ストラヴィンスキーは言った。「最後までだよ、きみ」

想像してみてくれ。ロシアのバレエが原因で、パリの通りに暴動。オーケストラ・ピットからバスーンが背骨のようにねじれて、煙草の煙のように立ち上がる、聴衆は怒り――ロシア人にしかできなかったことだ。ロシア人だけが、全世界を怒らせることができた。

わたしは激怒について知っていた。それを見たことがあったし、感じたことがあった。どんなふうに、告発されたような気持ちにさせられるか。何もかもが、非現実的なほど現実的だ。

わたしは兵士になりたかったが、戦争に行きたくなかった。それでも、兵士には選択肢はない。

兵士であるということは愛ゆえの献身――愛国心だ。

おまえはかつて子どもだった、可愛いアンナ。わたしも、かつては子どもだった。子どものころのおまえのパパとアンナ叔母さんを想像してごらん。自分の父親の子どものころを想像しようとしてみる。無理だ。

わたしはまだ少年のころに、自分は一人前の男だと思っていた。男になることについての、聖書の一節がある。子どもっぽさを消し去ること。わたしは神さまを信じていないが、その年齢になったと信じた――子どもが知るべきでない物事を知ってもいい年齢に。

戦争は、おまえ自身に関するあらゆることを教えてくれるだろう。おまえが守護者であり、正しい人間であると告げるだろう。好きなことをしていい、欲しいものを手に入れていいと言うはずだ――命、女、国。手に入れられるから、手に入れる。自分のものにしたいから、手に入れる。

戦争はまた、おまえが血とクソでできていて、ハエのように簡単に死ねることを教えてくれるだろう。これまでに叩き潰してきたすべてのハエを考えてごらん。髪の毛にとまったり、耳の中で騒いだり、食べ物についたりしたからといって、こんろ近くの窓ガラスの上で殺したハエたちを。おまえが、ハエがいてはいけないと考えている、あらゆる場所。だからそれらを殺す、そのように、何も考えずに。人間を殺すときも、同じようかもしれない。わたしが死ぬとき、わたしはハエになるだろう――そしてわたしは、それを歓迎する。

たくさんの物語がある、愛しい子よ。話すべき、たくさんの物語。おまえやわたしよりも、長く残る物語——言葉では話すことのできない物語。地図のように、血に刻みこまれた物語。

〝なぜライオンはアンテロープを狩るのか？〟

〝なぜソヴィエトは森の中で敵に忍び寄るのか？〟

なぜなら血がそうさせるからだ。

戦争
ВІЙНА

ああ、神がわたしをワインのように暗い深みに遭難させたら、
それでもわたしは耐えるだろう。
すでに大変な苦しみを味わってきて、
危険な波や戦争をかいくぐってきたから。
これもそういった物語につけくわえよう。
――オデュッセウス、『オデュッセイア』

自殺の家

彼女がそれを聞いて、驚いて眠りから覚めるのは、真夜中のことだ。雨は霧のようで、彼の母親の家は靄にけぶっている。

彼女は居間に行く。テレビは消えていて、灯りはついており、寝椅子は鋳型のようにへこんでいるが、彼はそこにいない。

彼女は裏口から出て、庭に行く。ミーシャを呼ぶ、衝撃的なほど寒い。彼女は懐中電灯で照らすが、靄で何も見えず、懐中電灯をしまう。歩くと、庭の泥土にブーツが沈む。何か厚みのあるものを踏む。彼女は膝をつき、土のほうに手を伸ばして、目が見えないかのようにあたりを探る。指先で手を発見する。手のひらがまだ温かい。

泥の中に横たわっているのはミーシャだ、黒い袋が頭にかぶせられている。横に銃。

カーチャは助けを求めて叫び、暗い靄の中、彼の横の濡れた地面に膝をつく。彼女は立てない——両手と膝をついたまま、滑ってしまう。顔に髪の毛が貼りついている。彼女は泣き叫び、溺れているような気になる。

カーチャははっとして、眠りから覚める。近所の騒がしい音が聞こえて、一瞬彼女は今どこにいるのかを忘れる。近くのガタンという騒音に、鼓動が速まる。そこで彼女は、聞き慣れたやじ、陽気に虚勢を張る声を聞く。ヤンキースの負け。カーチャは窓辺に行き、騒ぎや笑い声にほっとする。一人の男がちょっと友人たちから離れ、ビール瓶をごみ容器に投げ入れる。その拍子に灰色の縞《しま》の猫が飛び上がる。カーチャは男が友人たちのところへ戻るのを見る。縞の猫が逃げるのを見る。

ドネツク
二〇〇五年夏

オレフは、革バンドの腕時計をした身なりのいい年長の男と一緒に、テーブルでミーシャを待っていた。ウォッカのグラスが三つテーブルの上にあった。オレフはミーシャに煙草をすすめ、ミーシャと裕福な男の煙草に火をつけた。

オレフは男をソロコフと紹介した——ドネツクの鉱業に興味のある人物だと。ソロコフはうなずき、ミーシャに微笑みはしなかった。オレフの額は光っていて、それは油ではなく汗のせいだった。彼は額を拭うが、緊張しているようには見えなかった。

「ソロコフ氏はドネツクの石炭業界で重要な投資家だ」オレフは言った。「ウクライナの石炭業界でな。地域全体で、いくつかのプロジェクトを持っていて、きっとおまえも鉱山の仲間から話を聞いているだろう」

オレフは椅子の背に寄りかかり、口調を緩めて続けた。「鉱山の業務と作業員たちの安全を確保する手助けのできる人物を探している——石炭の安全な運搬についてアドバイスもできるような人物だ。おまえはよく働くし、労働組合や鉱山に大変な貢献をしているから、名前を出してみたんだ——とはいえ、おまえが過重労働にはならず、要求に応じてできるだけプロジェクトの仕事ができるようにと、ソロコフ氏には合意をもらってある」

新興財閥〝オリガルヒ〟と呼ばれる金持ちの男たちが、マフィアと取引をして、ドネツク近辺の規制されていない鉱山に出資していた。ミーシャは、こうした連中を恐れていた。彼らは力のある人物、政府内の人物、ロシアに倣う実業家たちに資金を提供した。ヤヌコーヴィチ大統領も関わっていて、違法な石炭採掘事業の闇市場から金を得ているという噂《うわさ》だった。多くの人々が、彼らと関わって死んだ——だが彼らは安価に使えて、政府の規制なしに採取され、低価格で買われる石炭を手に入れるための手段だった。

合法の石炭は精製して等級づけする必要があり、生産費用がかさんだ。それで違法な精製されていない石炭が鉱山に持ちこまれ、精製したかのようにして売られた。実のところ、ミーシャは一つのコインの裏と表になることになる。

オレフは念を押した。「重要なことだが、ミハイル、この会合のことを誰にも話すな。家族に話さない、あるいは誰か大事なひとと話さないというのが、何よりも重要だ。おまえはソロコフ氏と、わたしと、そしてほかにごく少数の人間と、近い関係で働くことになる。危険な仕事だし、骨の折れることだが、おまえの通常の給料の三倍は稼げる。秘密にすること、ソロコフ氏を守ることの重要性を理解するのが肝要だ。そうすればソロコフ氏のほうもおまえを守ってくれる。わかるな、ミハイル？」

ミーシャは椅子に座ったまま身を乗り出し、ウォッカのグラスに触れた。愛するヴィラのこと、母親のことを考えた。父親のことを考えた——〝善い人間になるのに、どれほどのエネルギーが要る？〟

「わたしは定期的にキーウに行く必要がある」ミーシャは言った。「妻に会いに」

オレフはミーシャに向かってにやりと笑い、煙草を吸いこみながら脚を組んだ。裕福な男は自分のグラスに手を伸ばし、ミーシャが、そしてオレフがそれに続いた。三人はグラスを上げ、酒を飲んだ。

オーディオ・カセットテープの録音
B面の続き

メモ書きがあった。署に着いたとき、二人の職員に出迎えられて、尋問を受けた。そこで、ナディアが書いた手紙を渡された。

〝赤ちゃんを失った〟彼女は書いていた。

〝この人生で、もうこれ以上何も失えない〟彼女は書いていた。

〝ごめんなさい、サーシャ〟彼女は書いていた。

〝愛してる〟彼女は書いていた。


わたしは尋問を受けた。調査された。数時間後、署を出ることを許可された。手紙を持ち帰ることを許された。わたしはそれをたたみ、胸ポケットに入れた。それが石のように感じられた。

「彼女とはいつ話せるのかな？」わたしは訊いた。職員は互いの顔を見交わした。

「同志」一人が言った。「思いちがいをしているようだ。奥さんは死んだ」

これで終わりだった。わたしは帽子を手にした。家に帰った。

庭で最初に目にしたのはアンナだった。彼女はわたしを待っていた――誰よりも先にわたしと会いたかったのだと、わかっていた。彼女は何も言わず、わたしの首に両腕を回した。彼女の心臓がわたしの心臓に触れ、そのあいだにナディアの手紙。

「サーシャ」彼女は言った。「大切なサーシャ」

体を離したとき、彼女はわたしの目を避けた。

「みんな、中にいるのか？」わたしは訊いた。

そうだと、彼女は言った。「みんながね。準備をするのを待っている」

「待ってる？」わたしは訊いた。

「あなたのことをよ」

わたしは彼女に言った。「わたしが付け足すものなどない。彼女は彼らの娘だ」

アンナはうなずいた。わたしは彼女に、みんながわたしを責めているかと訊いた。

「いいえ」彼女は言った。「みんなわかってる、彼女が……わかってるわ、彼女が……」

彼女は最後まで言い切らなかった。わたしは彼女に訊いた。「ほかに何かあるのか？」

「ああ、サーシャ」愛する妹は泣きそうだった。「あなたにはお見通しなのね」

「さあ」わたしは言った。「アンナ、何があったんだ？」

彼女は茂みから葉をつまみ、爪で刻んで細切れにした。爪の先が緑に染まった。彼女はわたしの手を握った。

「数日のうちにニューヨークに行くわ」彼女は言った。

「ああ」わたしは言った。「そうだったな」彼女はわたしの手を放した。彼女の手のひらが汗ばみ始めていた。

彼女は家のほうを見た。ドアはまだ閉まっている。彼女は両手をスカートで拭った。「前に行ったとき、あるひとと知り合った。アメリカ人よ」

「アンナ」わたしは言った。「もういい」

彼女は歩き回り、何度も言った。「あなたは気に入らないとわかってた」

「アンナ」わたしは、これきりというつもりで言った。「もういい」

「あなたには認めてもらいたい、サーシャ」彼女は叫んだ。「それだけよ」

妹は泣き出しそうだった。細い指で口元を隠し、咳をするふりをした。わたしは妹の頭を抱き寄せ、てっぺんにキスをした。


わたしのアンナ――ナディアの葬儀が、彼女の姿を見た最後だった。

わたしのナディア、それは彼女を見た最後でもあった。

妻は喪服のワンピースを着せられていた。黒くて、レース飾りはなく、長袖で、手首にカフスのあるものだ。わたしは彼女の手に触れ、手のひらを上に向け、袖を手首の上までたくし上げたいと思った。なぜ彼女のしたことを隠すのだろう?

今では、自分たちがどれほど醜い部分を隠すように言われたことか、よくわかる。頻繁にふりを強いられた。だが体はほかの何よりも先に痛みを感じる。体は覚えている。そしてナディアは、体を覆われ、棺の蓋が開いていて顔を仰向けていても、心配そうに皺を寄せ、口の両端が下がっているのが見て取れる。死においても、愛するナディアは休息を見出していなかった。わたしは彼女の眉にキスし、親指で皺を消した。それ以上、できることはなかった。

もう疲れてきた。忘れていたと思っていて、こうして話していると思い出さないほうがよかったと思うようなことが、たくさんある。

［不明瞭な音］

［沈黙］

［遠ざかる足音。録音された声は遠く、反響音に近い］

わたしのためのものは、ここには何もない。何日か、食べてさえいない。寒い。若いひとたちがマイダンで歌い始めた。

彼らがフレシチャティク通りに集まるのを見るとき、プラハのチェコスロヴァキア人の姿が見える。プラハを見るとき、わたしは人生において取り戻したいこと、癒やし、救済したいことを数多く見る。

わたしがモスクワを離れなければ、ナディアは生きていたのだろうか？　いいや、そうは思わない。彼女はゾヤが死んだとき、もはや人生に何も求めないと決めた。あれだけもちこたえたのは、わたしがいたからだ。彼女は何年も前に逝きたかった。それでも、プラハへ戻らなければ、わたしが測り知れない悲しみとともにヤラのもとに戻ることもなかっただろう。

街に朝早く着いて、カフェでヤラと会った。彼女は青いワンピースを着ていた。彼女と会って嬉しかったのを思い出す。アンナが去り、妻が死に、ヤラは故郷ではない街でたった一人の馴染みのある人物だった。

「おはよう」ヤラは言った。

わたしたちはしばらく黙って座っていて、それからわたしはコーヒーのほうへ身を乗り出した。

「残念に思ってる」わたしは彼女に言った。

彼女はわたしと目を合わせた。

「残念に思ってるよ」わたしは繰り返した。「最後の夜、あんなふうになって。きみが怖い思いをしたとわかってる」

彼女はうなずいた。「わたしたちの仕事はそういうものよ。何も貸しなどないわ。そういうものよ」

わたしは、彼女の手の近くにある自分の両手を見た。彼女は大胆で、言い訳しなかった。

「残念に思ってる」わたしは言った。「きみのお兄さんのことも。きみと家族に起きたことも」

これを聞いて彼女は驚いたか、少なくとも動揺した。彼女は腕を組んで、顔をそむけた。何も言わなかった。

「一緒に働かなければならなくて、残念だ。こんな成り行きになって」

彼女は財布と煙草の箱を取り出した。何も言わずに一本をわたしに差し出し、自分でも一本に火をつけた。

「何か企んでいるの？」彼女はわたしに訊いた。

「いいや」わたしは言った。「つい先日、妻を亡くした。子どもたちは死んだ」

「それがわたしになんの関係があるというの？」

わたしは彼女の顔をうかがった。「関係はない」わたしは言った。

「それでも」彼女は言った。「あなたはここにいる。同情を求めている」

彼女はテーブル越しに、わたしのほうへ身を乗り出した。「誰かと近い関係になりたいの？　それには信頼が必要よ。おたがい正直でいるうちに、話をさせて。盗聴器がなくなった。ヴェラじゃないし、ミランでもないし、彼らの友人の誰かでもない。わたしはあれを、彼らの建物の廊下の、天井のタイルの内側に仕込んだ。わたしは裏切り者じゃない」

わたしが何も言わないでいると、彼女は続けた。彼女はわたしに、彼女の管理者に、わたしの職員に、上層部に、もう彼女は疲れたそうだと言ってくれと言った。裏切り者でいるのに疲れたと。彼女の兄、彼女の家族――彼女は、家族は安全だと約束していた職員たちにうんざりしていた。

「夜、みんなが死ぬ夢を見る」ヤラは言った。「みんなは人形のように並んでいて、撃たれるの。わたしを撃ってよ」彼女は言った。嘆願した。

わたしは何も言わなかった。コートを手にした。

わたしは立ち去ろうとして立ち上がった、彼女はわたしについてきて、横を歩いた。わたしはカレル橋のほうへ歩き、彼女は歩調を合わせた。どちらも何も言わなかった。

橋の南側、柱の上に、ブルンツヴィークの騎士の像がある。手に金色の剣を持って立っている。わたしは柱の前で立ち止まり、彼女のほうを向いた。

「ハインリヒ獅子公――物語を知ってるかな？」わたしは彼女に訊いた。

「彼は巡礼者だった」彼女は言った。「ライオンは忠実で、彼についていった」

「わたしが子どものころに習ったピアノ教師が、こんな話をしてくれた。騎士は森の中で、竜と闘っているライオンを見つける。彼は武器を手にしてライオンと連携する。彼らは一緒に七つの頭のある竜を打ち負かし、ライオンと騎士は死ぬまでともにいる」

彼女は像を見た。朝の空気は冷たかった。春の始めだった。彼女の髪が、背中で揺れた。

「ここに戻ってくるさい、そのライオンのことをたくさん考えた」わたしは言った。「若いライオンが追放されるとき、ある年齢に達したとき、彼にはたった一つの目標がある。あらたな群れを探すことだ」

彼女は騎士からわたしに顔を向ける。「何を言っているの、アレクサンドル・イヴァノヴィチ？」

「つまり、わたしをサーシャと呼べと言ってるんだ。つまり、きみは一人で竜と闘う必要はないと言ってるんだ」


こんな一面がどこから生まれたのか、自分でもわからない。たぶん、ナディアを失ったことで変わったのだ。もしかしたら、反体制であったピアノ教師の幽霊だったかもしれない。

いまだに、わたしは教師の声を聞く。「サーシャ、善とはなんだ？　神か？　完璧さか？　倫理か？　カントは言っている、〝条件や裁断のない善〟とね」

妻は死んだ。子どもたちは死んだ。わたしは自分がほとんど死んでいて、かろうじて生きているように思った。

聖書で、キリストはラザロを墓から甦らせた。

一九七五年四月、カレル橋の上を歩きながら、ヤラ・クチェロヴァはわたしを見上げて微笑んだ。

ボストン、合衆国
二〇一四年四月四日

カーチャはエズラが待っているカフェに着く。彼は彼女のためにコーヒーを、自分にはお茶を注文していた。彼女は、寒いのに汗をかいている。コートを脱ぎ、椅子の背にかける。彼の前に座る。彼は、両手を組んで口元を隠して、彼女を見る。彼は老けたように見えて、疲れた目をしている。寝ていないのだと、彼女は気づいた。彼女もだった。

「フライトはどうだった？」彼女がカップに砂糖を入れるかたわらで、彼は訊く。

「長かった」彼女は言う。「プラハでの待ち時間が四時間よ」

彼は同意し、同情するような声を出す。

「すぐ本題に入りたいわ」彼女は言い、両手で、熱いカップを包むように持つ。「そのことを考えるのにうんざりしているの」

エズラは体の力を抜き、椅子の背にもたれる。「そうだろうと思ったよ」彼はちらりと笑うが、どちらかというと悲しそうだ。

彼女は飛行機の中で、十三通りものちがった表現で、それを書き出してみた。声に出して言うとき、何かのせいでそれが変化し、もっと現実的になるようだった。お互いの痛みについてはまちがえようがない——癒えることのない心痛。息子が死んで以来、初めて、彼女は本気で恐がっていた。「終わらせたくなかった」彼女は言う。「ここに座るまでね。たぶん、話し始めるまでだわ。どういう意味なのかわからない——不合理なのかどうかも。ただ心の中で感じるの、以前は、それをどう感じ取ればいいのかわからなかったと思う。どう聞いたらいいのかわからなかった」

彼女は喉が詰まり、もっと話したいが、体中が燃えるようだ——その恐怖。

エズラは手を差し伸ばし、彼女はそれを握る。

「愛してる」彼は言う。

「わたしも愛してるわ」彼女は言う。彼の親指が、彼女の指の関節をなぞる。彼女は、それが真実であることに気づく。彼はそっと彼女の手を握りしめる。

「だけど必ずしも」彼女は言い、その先を言うまでもなくエズラがうなずく。

「わかってる」彼は言う。少ししてから、彼はきまりの悪そうな様子をする。「ごめん、カーチャ。あんなことをして悪かった」

「わかってる」彼女は言う。「わたし、心を癒やしたかったの。わたしたちの暮らしは、何もかも壊れてしまったから」

エズラはうなずく。そして彼女に訊く。「これからどうする？」

カーチャは言う。「それは、どうしたいかによるわね」

オーディオ・カセットテープの録音

B面の続き

何年にも感じられたプラハでの日々は、たったの何カ月かだった。わたしたちは盗聴器を仕込み、二人きりでいるときにだけ、それを犯罪のように感じた。自分に死の脅威が迫っているとき、時間は夢のようなものだ。ヤラとわたしは反体制の人々の中で仕事をしたが、わたしたちのおこなうのは静かな犯行だった。静かにガラスをたわませる。

わたしはまだ彼女のいとこのステパンだったが、家という完全な場所で、マザーがいないとき、わたしは彼女を〝わたしのキサ〟、つまりはわたしの子猫と呼んだ。もちろんわたしたちの会話は録音されていた。疑う余地はない。仕事は完璧にしたが、私生活はあけすけだった。パーティーラインで公開されていた。

「どうしてこんな仕事を選んだの？」彼女はわたしに訊いた。「ＫＧＢだなんて」

わたしはヤラが、わたしのあらゆる面を知っている唯一の女性であることに気づいた。わたしの仕事と、裏切りとを知っていた。すべての側面を。わたしは彼女を愛するのと同じくらい、恐れた。知られているがゆえに、恐怖とともに愛は深まった。

「わたしは善い兵士になりたかった」わたしは言った。「国を信じたかった。きみは何かを確かめたいという願いをもって、行動したことはあるか？」

「そうね」彼女はわたしに身を寄せながら言った。「あなたを信用したわ」

「何を確かめようとしてるんだ？」わたしは彼女に訊いた。

「長い人生を一緒に生きていくということよ」

わたしは彼女の頭、生え際のあたりにキスをした。彼女のにおいを思い出す。彼女を、その声を思い出す。それが聞こえるし、聞こえない。彼女を感じるし、彼女を感じられない。

これを話すのに、言葉では不充分だ。言葉は、彼女の言ったことを伝えるのに不充分だ。何が起きたかを話すことしかできない。出来事しか話せないんだよ、アンナ。彼女の欠片《かけら》、彼女と一緒だった瞬間をおまえに与えられたらいいのだが。わたしにできる以上のことを与えられたら――それこそが、苦悩じゃないか？　意味したいことを正確に言うことができないことが。彼女を愛していたと言えないこと、世界にそれを、その重み、その方法を理解させられないことが。

ある晩、ヤラはわたしの耳元で囁いた。両腕をわたしの首に回し、震える声で――

「あなたの子どもが、お腹の中にいる」彼女は言った。

「サーシャ」彼女はわたしに言った。「わたし、死にたくない」


いいかな、以前は、わたしたちは心構えができていた。毎晩一緒にベッドに入り、起き上がることはないかもしれないとわかっていた。わたしは彼女の頭に、手にキスをした。

「どうするの、サーシャ？」それから、彼女は言った。「わたしたちのしたことを、きちんと片づけられる？」

可愛い子猫。小さな、勇敢なライオンよ。善い国民であるとは、どういう意味だろう？　善い兵士になるということは？　善い親になるということは？　パートナーは？　客観的な善というのはあるのか？　倫理的な善とは？　ダーウィンの言うように、さまざまな善の種は、生き残るために失敗を繰り返すのか？

ヤラとわたしは、自分たちが善良なのかどうかは気にしないことに決めた。ただ、生き残りたかった。おまえに生き残って欲しかった。おまえの母親とわたしは、逃げることに決めた。

ウクライナの映像作家オレフ・センツォフはロシアの刑務所内で、百四十五日のハンガー・ストライキを終える

〈インデペンデント〉紙より、二〇一八年十月五日、オリヴァー・キャロル

百四十五日ののち、オレフ・センツォフの孤独な抗議活動は終わろうとしている。

金曜日、二〇一四年にテロ行為の容疑で起訴されロシアの刑務所に収監されて論議を引き起こしたクリミアの映画監督は、土曜日にハンガー・ストライキをやめると言った。代理人によって発表された手書きの声明で、彼は〝深刻な健康状態〟と、差し迫った入院と強制摂食の脅威のせいで、抗議活動をやめざるをえないと述べた。

〝すでに重要な臓器で病的変化が起きている〟と、声明にはある。〝強制摂食が計画されており、わたしはそれについて何も言えない［……］目下の状況で、わたしはハンガー・ストライキをやめざるをえない〟

ロシア連邦刑執行庁の副長官、ヴァレリー・マクシメンコは、先にセンツォフ氏の声明を自らの声明とともに国営通信社に送った。センツォフ氏は〝医師たちに……命を選ぶように説得され〟て、食事の再開に同意したと、マクシメンコ氏は言った。

声明の中で、センツォフ氏は自分の抗議活動が望んでいたような結果を得られなかったと認めたようだ。〝百四十五日間の闘い、二十キロの減量、肉体は損なわれたが、目的は達成されていない〟

と、述べている。〝支援してくれた皆さんに感謝し、落胆させた方々に、許しを請う〟

ドネツク、ウクライナ
二〇〇七年秋

ミーシャは六つの違法の鉱山で、あちこちに散らばった三十人の若い男性と五人の女性たちとともに働いた。構造物は、茅《かや》でまとめられた木材の梁《はり》で支えられていた。ミーシャは地上および地下の、鉱山の構造物を補強するのを手伝う小さなグループを組織した。

いちばん若い女性はピョートルの妹のユーリャで、二十二歳で、ミーシャが鉱山内に弱った梁や腐った木材がないかどうか調査するのを手伝った。

知的で強かったユーリャ。美しかったユーリャ。暗い色の目と脚。彼女は大学に行く金を貯めていた。看護師になるのが夢で、仕事中に生じる切り傷や擦り傷の手当てをしたユーリャ。

ミーシャとユーリャは浅い鉱山の内部にいた。天井は低すぎて、通路は狭すぎて、ミーシャは崩落を生じさせずに鉱山の通路を広げる手段を探っていた。彼は、弱くなった梁の補強作業の手伝いに、ユーリャを指名した。通路を広げるために必要な工程だった。二人はヘルメットとマスクをつけていた。違法の鉱山は必ずしも換気がいいわけではなかったが、ミーシャのチームは坑道を深くし、労働者たちが仕事をしやすくて、安全でもある環境を作る安価な方法を見つけようとした。

「安全な鉱山を作るには、安全じゃない鉱山を作るのと同じくらいのエネルギーが必要だ」鉱山に入る前、装備を確認しながら、ミーシャはいつもユーリャに言った。「離れるなよ」

ユーリャと一緒に、ミーシャは炭鉱の地図を作り、梁を一つずつ分類し、無線機を使って仕事中の労働者たちと連絡を取った。ミーシャの炭鉱は、マフィアの監視する違法なものの中でもっとも進んだ鉱山だと、彼は自負していた。技術者を何人か訓練したが、ミーシャ自身の細部への配慮はとても細かくて組織的で、迷信深くもあった。ほかの鉱山で、複数の男女が窒息死していた。ソロコフはミーシャに、もっといい地位に就き、もっとたくさんの鉱山を動かし、技術者の訓練にあたらないかと打診した――ミーシャはそこを去って、病気の妻のいる家に戻りたかった。だがそうは言えず、そうしたい気持ちを意識しつつも、彼は現場にいたい、守りたいと思う若者たちと一緒に鉱山の中にいたいと言った。

ピョートルとほかの作業員たちは、空気を求めて地上へ上がった。炭だらけの顔で、日陰で昼食を食べていた。

鉱山の中で、ユーリャは梁の具合を見ながらミーシャの腕にそっと触れた。彼女のヘルメットからの光は明るい。

彼はヴィラのことを思った。前回電話したとき、彼女は話すことができなかった。ユーリャはとても優しく、彼を気遣った。だが今日は、ユーリャは大胆だった。

ユーリャは彼の背後に来たとき、手を彼のシャツの下に入れ、背中を撫でた。すぐには何も聞こえなかった。何も見えなかった。彼が彼女のほうを振り向いたとき、彼女は彼にキスし、唇を嚙み、彼は彼女の髪を指に巻きつけ、彼女の胸に手を当て、背中をまさぐった。彼女は彼のシャツを脱がせようとしてバランスを崩し、彼が彼女を支えたとき、弱くなっている梁に寄りかかった。その梁が折れた。浅い坑道の天井が落ちた。

空気が薄くなり、ユーリャは横たわったまま動かなかったが、息はしていた。ミーシャは彼女の口の中に、白い歯と石炭を見ることができた。

「あわてるな」ミーシャは言った。「あわてるな」彼は言った、喉元に心臓があるようだった。〝こうやって死ぬんだ〟ミーシャは考えた。〝こうやってな〟

ピョートルとほかの者たちは素早く反応した。

彼らはミーシャとユーリャを、埋まった地中から引き上げた。

その後まだ何日も経たず、ミーシャが回復しつつあるとき、母親から電話があった。それはヴォイスメールにつながった。彼は明るい午後に、寝入っていたのだった。ボクサーショーツをはき、傷だらけで憂鬱な気分で、彼は再生のボタンを押した。

「ミーシャ」母親の声が聞こえた。「そろそろよ。さようならを言いにきなさい」

オーディオ・カセットテープの録音

B面の続き

わたしはおまえのことをしょっちゅう考える。毎日考える。おまえのことを考えずに、一瞬たりとも過ぎることはない。

おまえの母親は、体内におまえがいると言い、彼女の体は殻となった。逃げるとき、わたしたちは軽装にした——二人で、たった一つのスーツケース——車での移動中、彼女は子宮の上に手を当てていた。見た目ではわからなかったが、彼女はおまえを安心させたかったんだ。彼女はおまえを体の中に、いずれ無事に生まれるように安全に宿しておきたかった。彼女はわたしの手を握り、時間が来ると、彼女は彼女の偽の書類を、わたしはわたしの偽の書類を握りしめた。

わたしたちがギリシャに決めたのは、海岸があることと、移住者に人気だったからだ。ギリシャでは、誰もわたしたちを知らないはずだ。わたしたちは、明るい陽光に満ちた海の側でおまえを育てたかった。ヤラはアテネの神殿を見たいと言った。デルフォイの神託を探したがった。わたしたちはそれを地図で確認した。キラという海辺の町。それでわたしたちは、プラハからユーゴスラヴィアへと車で向かった。

国境に近づいても、おまえの母親はひるまなかった。暑くて、彼女は手であおいだ。国境に着いたとき、わたしたちは書類を求められた。わたしたちは赤いパスポートを持っていた——わたしたちが盗聴器を仕掛けた反体制の人間の家で見つけたものだ。国境の警備員はわたしの写真を、それから書類を見た。ヤラは手であおぎながら、もう一人の警備員に微笑みかけた。わたしは最初の警備員を見て、警備員はわたしを見て、それからわたしはヤラを見た。

湿気の多い夏だったのを覚えている。髪の毛が額にくっついたのを覚えている。ヤラのうなじの髪の毛のカールする様子、スカーフで結んだ彼女の髪を覚えている。スカーフの柄のバラは赤かった。木綿のシャツは青だ。わたしが車から降りろと言われたとき、ヤラはわたしと目を合わせた。彼女が不安そうではなかったのを覚えている。彼女は闘い、殺し、おまえを守る気構えができているように見えた。生き延びると決意していた。

わたしは車から降りた。ビニール・シートのせいで背中が濡れていて、脚はこわばっていた。警備員とほかの二人がわたしを車に押しつけたのを覚えている。ヤラが怒鳴り、彼女の側のドアがバタンと閉まり、彼女が悲鳴を上げた。

彼女を見ると、ものすごい敵愾心《てきがいしん》をあらわにし、車の横に押しつけられながら叫んでいた。ロシア語で、チェコ語で。

「Ya beremenna——」

「jsem těhotná——」

子どもがいるのよと、彼女は言う。妊娠してるの——

わたしは抵抗し始めた。その後のことは、忘れた。

わたしは暗い部屋で、両目に光を当てられて目を覚ました。おまえの母親はいなかった。体に火をつけられたようだった。通りを引きずってこられたかのようだった。生きながら焼かれるようだった。

［不明瞭な音］

影ができて冷酷そうな、厳しい顔が光の中に現われた。

「アレクサンドル・イヴァノヴィチ」彼はわたしに言った。「チェコスロヴァキアにいたころについて、たくさん訊きたいことがある」

彼は警棒を持たずに、正面に座った。指を組み、ゆったりと椅子の背に寄りかかった。暗闇の中で、彼らが待っているのがわかった。

「だがまず、話してもらわなければならない。おまえの妹はどこへ行った？」

祖先たちの召還　パートI
コブザ奏者による歌

タタール人たちはオスマン帝国のスラヴ人の子どもたちを捕まえ、奴隷として売買した。〝コザーク〟は黒海のカッファまで旅して、奴隷たちを解放した。二年後、彼らはモスクワ大公国へと進軍した。

〝コザーク〟は犯罪者、殺人者、兵士だ。彼は盗み、買収する。彼は賢明で勇敢だ。彼は立場を変える。

〝コザーク〟は東方正教を守る。彼は印刷機をキーウに持ってくる。〝コザーク〟はロマであり、スルタンたちや王たちを退位させる。

〝コザーク〟はポーランドのために闘い、ポーランドに対して闘った――
クリミアとともに、クリミアに対して――
ソヴィエトのために、ソヴィエトに対して。

ソヴィエトがウクライナに侵攻したとき、〝コザーク〟は自分自身の旗を掲げる。

黒い帯の上に赤い帯。彼は森の中に隠れる。

彼は小さな隊で旅する。ソヴィエトを撃ち、洞穴にキャンプを張る。

ソヴィエトが〝コザーク〟を見つけるとき、兄弟を殺し、彼を投獄する。

ドイツ人が来るとき、〝コザーク〟は取引をする。

ソヴィエトに対する保護と引き換えに、〝コザーク〟はふたたびユダヤ人を殺すことにする。

オーディオ・カセットテープの録音
B面の続き

なぜわたしたちが見つかったのかは、永遠にわからない——真実はというと、孤立した獣よりも群れのほうが強いということだ。だがわたしはそれについて頻繁に考えた。強制収容所での初期の何年か、タイミングの同時性や出来事のパターンについて。断片的な眠りの中、船に乗り、太陽も、磁石もないというわかりやすい夢を見た。

教師の言葉、ゼウスの言葉を思い出す。〝人間が神を非難すべきとは、なんと嘆かわしいことか〟

ああ、ああ。それこそ、わたしたちの過ち——自分たちの判断のまちがいを受け入れないとは。だが——そこには愛がある、目もくらむような。

そして恩寵《おんちょう》がある、それがわたしたちに見せてくれる。

アンナは合衆国に行った、ボリショイ・バレエ団での最後の演技のあとで、アメリカ人の恋人と一緒に逃げた。まさしく彼女の運命の公演の翌日の夜、わたしはヤラと一緒にチェコスロヴァキアから逃げた。時系列が逆ならば、たぶん捕まったのはアンナだった。

わたしたちの両親は、反逆的な子どもたちに見捨てられて死んだ。収容所で、わたしはあらゆる場所に父親を見た。宿舎や、鉱山で。石や立ち昇る埃《ほこり》の中に彼を見た。現世的な世界で、硬いものに刻みこまれた父親を見た。でも母親のことは肩に感じた。「サーシャ」彼女は言う、「わたしのために弾いておくれ――」

わたしは母親のために口ずさむ。膝を指先で叩いて演奏する。

ナディアとゾヤと赤ん坊は雪の中でわたしを訪れる。彼女はわたしの横に足跡を残す。舌の上にひとひらの雪という贈り物。ゾヤは雪の中に天使を作る。ナディアの抱いている赤ん坊は、顔色が悪いが微笑んでいる。

これらの幽霊は、最初の年の何カ月かのあいだ、わたしの近くにいた。ウクライナ人の監視員、若いずんぐりした〝コザーク〟が、女性収容所からのニュースを伝えてくれた。

「もうすぐ生まれそうだ」雪が溶けたころ、彼はわたしに言った。わたしは濡れた土をショベルでかいた。

「いつでもおかしくない」彼はつけくわえた。

わたしは彼を見ることができず、まぶしい太陽から目を隠した。

［不明瞭な音］

許してくれ。これは思い出したくない時期だ。

ビデオ録画

マイダンでの夜。バラクラヴァ帽や色を塗ったヘルメットをかぶった男たちや少年たちが、ごみ容器や金属板を叩いている。彼らは笑い、歌う。バブーシはカップに熱いお茶やコーヒーを注ぐ。女性たちはバリケードを築くのを手伝い、骨組みを持ち上げているグループもある。近くに火が燃えている。濃い煙が上がっている。一人の女性が人々に向かって、遠くのステージからマイクを使って話す。有名なウクライナ人シンガーで、彼女はみんなに一緒に歌うよう呼びかける。みんなはウクライナのために聖歌を歌う。

それが大きくなり、歌声が高まり、男たちは金属を叩くのをやめる。男たちがバリケードを築く傍らで、歌が大きくなるのが聞こえる。男たちも歌う。彼らはタイヤを鉄骨や木材の上に投げ、ウクライナのために聖歌を歌う。

おまえは死んでいない、ウクライナよ、ほら、栄光はふたたび生まれる
そして空は、おお兄弟よ、われらの上にもう一度微笑む！
春には雪が溶け、敵も溶ける
われらは我が故郷の主人になるだろう。

魂と体、そう、全員が自由の呼び声に応じて差し出す
われら、祖先もわれら自身も、誇り高き〝コザーク〟なのだ！

群衆は歓声を上げる。ウクライナ人シンガーは歓声を上げる、「Slava Ukrayini」彼女は言う。ウ、ウ、ウ、ウ、ウ、ウクライナに栄光を。

場面が止まる。

場面が始まる。

スラヴァのアパートメントの廊下。廊下のはずれのキッチンから差す日の光は明るい。シャワールームから歌が聞こえ、ドアは細く開いている。ドアに近づくとカメラが曇る、スラヴァの声はカ強くて大きい。湯がカーテンに当たる音。何も見えない――何もかもが聞こえる。

ダーシャは彼女に声をかけ、彼女の声はスピーカーの中ではっきり近くに聞こえて――

「あれがヤロスラヴァの声よ」彼女は笑いながら言う。「あれがわたしの愛の声」

場面が止まる。

場面が始まる。

オーディオ・カセットテープの録音
B面の続き

コリント人への手紙の中で、使徒パウロは書いた。

〝今は、わたしたちは鏡を通しておぼろに見ている。でもそれから顔と顔を合わせる。今は、わたしは部分的に知っている。でもそれから、自分が知られているように知るだろう〟

今、おまえに何を言おう？　何を言おうか。キーウでおまえと会っただろうか？　おまえを見ただろうか？　おまえはわたしを見抜いただろうか。もしおまえを見たら、今では大人の女性のおまえに気づくだろうか？　うなじの巻き毛を見て、おまえだとわかるだろうか？

収容所で、十五年間、わたしは絶えずおまえを、おまえの母親のことを考えていた。わたしたちは最初から呪われていた。

おまえは四月初旬に生まれた、可愛いアンナ、火星のもとに。おまえは暴力によって生き、それを知り、愛という行為がどれほど激しくなりうるかを知るだろう。その怒り――その痛み。それでも――我々はいずれにしても愛する。愛のためにすべてを犠牲にする。おまえの叔母とわたし――わたしたちは火葬用の薪《まき》の前に立ち、全世界が燃えた。

おまえは強制収容所で、ひどい肉体的苦痛を耐えた母親から生まれた。女性たちが彼女を取り囲んだと、わたしは聞いた。女性たちが彼女の手を握り、おまえは泣き声を上げながら生まれ出た。おまえの母親はおまえを抱き、年老いた助産師がへその緒を切った。おまえは彼女の胸を吸うことを覚えた。呼吸の仕方を覚えた。

おまえが一歳になったとき、〝コザーク〟が来て言った。「ヤラの具合がよくない」

次に来たとき、彼は彼女からのメモ書きを持ってきた。わたしはそれを彼の前で開いた。そこには、〝愛してる。アンナを助けて〟と書いてあった。

〝コザーク〟はしっかりした手振りで、わたしを落ち着かせた。わたしは両目を覆った。どうしたらおまえを救えただろう？　どうしたらおまえに手が届いただろう？

人生を通して、わたしはずっと同じ疑問を抱いている。

アブラハムは神への愛のため、たった一人の息子を差し出した。

彼は殺すためにナイフを手にし、主なる神は言った。「アブラハム、アブラハム――わたしはここにいる」

そして主なる神は言った。「わたしが備える」

アンナ。おまえだよ、アンナ。選ばれし乙女だ。

〝コザーク〟はおまえを強制収容所から連れ出した。彼は彼の村へ連れていくと言った。彼の娘と義理の息子が、子どもとして引き取ると。〝コザーク〟は戻ってくると言ったが、戻ってはこなかった。

これが、おまえを失った顚末《てんまつ》だ、小さな雌ライオンよ。可愛い子猫。こうしておまえはいなくなった。

大地への崇拝

朝、列車の女性と会い、演劇を見て、スラヴァと夜をともにしたあと、ミーシャは墓地で母親と会い、妻が埋葬されるのを見る。母親が先を歩き、黒いスカーフを髪に巻いていて、ミーシャはそのあとに続く。彼はまだ酔っている。地面は濡れている。雨のにおいがする。

ミーシャは振り返り、墓地のほうを見る。靄を通して、長身だが猫背の年老いた男性が見える。黒ずくめの服装で、彼に背を向けている。彼は足を止めてその男性のほうへ行き、この世のものでない妻とどのような関係であったのかたずねようかと思う。その代わり、彼は男性が帽子をとり、明るい黄色い花を墓におくのを見る。年老いた男性が立ち去ろうとするころ、ミーシャは背を向ける。

ミーシャはヴィラと住んでいたアパートメントに戻る。ヴィラが死んだアパートメントだ。彼は鞄をおき、鍵を探す。ドアの外に小包が——封筒がある。彼は鍵を手放し、それを開く。中には、ヴィラの最後のカセットテープがある。

封筒には、〝ミーシャへ、A・イヴァノヴィチより〟とある。

アレクサンドル・イヴァノヴィチの死

カーチャはアレクサンドルのもとを去る。電話番号とカセットテープを持ち、それらを白衣の心臓の近くに忍ばせて。教会で両手を洗い、司祭が祈り、床に横たわった傷ついた男性に祝福を与えるのを見る。司祭はラテン語かギリシャ語で話し、カーチャにはどちらかわからないが、それは歌のように聞こえる。

あの晩アイザックが眠ったあと、外の空気を吸うために病院内を歩きながら、カーチャは泣いた。エズラは夕食を買いに行った。彼女はある部屋から司祭が出てくるのを見て、彼を呼び止め、息子のことを話し、神を信じるべきなのかどうか、自分はそれまで信心深くはなかったと話し、司祭は彼女に「祈りに行きましょう」と言い、それで二人は病院内の礼拝堂へ行き、ともに膝をつき、アイザックと彼の健康、彼女の心、エズラの心、彼らがこのことによって神に、そして互いに近づけるようにと祈った。

彼女は礼拝堂を出て司祭に礼を言ったが、携帯電話を見たとき、三件の不在着信があった——病院から一回、エズラから二回——彼女はエレベーターなどを待ってはいられず、階段を駆け上ってアイザックの部屋へ行こうとするが、廊下でエズラに止められる、それは二人の息子が呼吸をしなくなり、医師たちがその小さな心臓を蘇生《そせい》させるために手を尽くしているからだった。カーチャの心臓は胸で、頭の中で激しく鳴り、エズラは彼女に向かって、何度も大声で問う。「どこにいたんだ？　どこにいたんだよ、カーチャ？　あの子のそばにいるはずだっただろう――」

「そばにいたわ――」彼女は叫ぶが、それはどうでもいいことだった。自分でも驚くような、エズラが驚くような力で彼を突き放し、受付にいた看護師たちが動きを止めて、そのうちの一人が二人をなだめにきた。

医師が来て、まるで鏡を見ているようだった――医師が言うまでもなく、カーチャには彼が言うことがわかった。彼女はそれを家で、医科大学で、何度も繰り返し練習したからだ。「残念です」彼女は鏡に映った自分に向かって言った。「残念です」

「残念です」アイザックの医師は言った。

アレクサンドル・イヴァノヴィチが死んだあと、カーチャはもう一度、彼のポケットにあった電話番号に電話をした。彼の指から、銀の指輪をはずした。彼女は目を閉じた。「残念です」彼女は練習し、小声でひとりごちた。涙で喉が詰まった。「とても残念です」

〝メッセージをどうぞ〟彼女は言えなかった。このときは。

ビー、ビー、ビー、ビー。電話が鳴った。

ビー、アレクサンドルの心臓のモニターが鳴った。ビー、そして何の音もしなくなった。

春のきざし

LES AUGURES PRINTANIERS

これは兵士、親のいない子――だとしたら、誰が哀悼するのか？
――ユリイ・フェディコヴィチ

チョルノービリの違法居住者たち

ミーシャの母親のような者たちは、〝サマショール〟と呼ばれる。ウクライナ語で、〝自発的帰還者〟という意味だ。

ミーシャがカーチャをキーウに連れ帰ってからチョルノービリに戻り、母親にウクライナ軍に参加するつもりだと話したとき、ミーシャの母親は反対せず、そこに居残ってくれとも言わなかった。カーチャのことを訊くこともなく、ヴィラについて話しもしなかった。彼女はもはや、考えるのが耐えられないとは言わなかった。危険が大きすぎるとは。

その代わり彼女は彼に、チョルノービリの爆発のあと家を離れることを拒否した〝バブーシ〟の話、そこに住んでいた女性たちから何度も聞いた物語を話した。

「わたしたちを撃って、墓を掘りなさい」〝サマショール〟の女性たちは言った。「そうでなければ、わたしたちはここにいる」

彼女は息子にキスし、抱きしめ、ロザリオとともに祈りを口にした。

コザークⅡ

大戦が終わったとき、ミーシャの父親は彼をベッドに寝かしつけながら、ソヴィエトの司令官が〝コザーク〟を捕らえたと話した。司令官は〝コザーク〟に水を許した。最後の食事を許した。〝コザーク〟の両手と両脚は、空き地に持ち出された椅子に繋がれた。司令官は部下たちに、下がって森の端から見ているように命じた。

司令官は、この男を同じくらい賞賛し嫌悪した。彼は煙草に火をつけた。〝コザーク〟の両手を自由にして、煙草をすすめた。司令官は〝コザーク〟と向き合った岩の上に片膝をつき、コートから銃を出した。二人の男は寛いだ様子で煙草を吸った。

しばらくしてから、司令官は〝コザーク〟に訊いた。「どうなんだ。自分の罪に後悔はないか?」〝コザーク〟は微笑んだ。彼は言った。「ああ、ああ。悪魔にとって罪とはなんだ? 神にとって祈りとは? 〝コザーク〟にとってウクライナとは? スラヴのタタールのポーランドのドイツのロシアのユダヤ人にとっては? 我が国は開いた傷口だ。我が国は黒い大地の上の赤い血だ。あなたに問う。部下への愛のために司令官は何をするだろう? 祖国への愛のために司令官は何をする?」

〝コザーク〟は熱い吸いさしを、椅子の周囲の茂みに投げた。彼と司令官のあいだに。脚はまだ縛られている。司令官は後ろに倒れた。部下たちがキャンプに水を取りに走ったが、火の手はあっという間にあがった。燃え広がる様子は恐ろしく、決定的だった。

〝コザーク〟は地獄の炎の中から司令官に、わたしたち全員に叫んだ。

「教えてくれ、同志よ！　どうしてわたしはあなたじゃない？」

プリピャチ、ウクライナ
二〇〇七年秋

ザシャチコ鉱山が崩落して、坑内で百人が死んだとき、ミーシャはそこで働いていなかった。大惨事のあとでソロコフが最上階のアパートメントから落ちたという記事を読んだとき、ドネツクにいなかった。それが事故だったとするニュースもあったが、ウクライナで事故はない。結果があるだけだ。

彼はオレフから、多くの政府職員が解雇されるだろうと電話を受けた。ミーシャはすでに休暇でキーウにいた。

「そろそろよ」そのさい、母親は言った。「世界中が地獄なのよ」

それで彼らは彼女の所持品をまとめ、プリピャチに行った。検問所で、歩哨が彼らを止めた。彼らの書類を手にして、歩哨は言った。「ミーシャ・トカチェンコ。このやろう」彼は笑った。

ピョートルは、ミーシャが行く何年も前からソロコフの違法の鉱山で働いていた。炭のついていない彼の顔を見るのは、珍しいことだった。ミーシャのように、彼も鉱山を離れるなと脅迫されていた。ミーシャとはちがい、ピョートルにはギャングという後ろ盾があった――鉱山を離れてチョルノービリへ行くのを可能にするような、組織的な犯罪者たちだ。

今、彼は髭を生やしていた。

「ニュースを聞いたか?」ピョートルは訊いた。つまり、〃聞いたか？　ソロコフは死んだぞ〃という意味だった。「暮らしやすくなっただろう、友よ」

ピョートルは門を開けて、彼らを通した。ミーシャがいないあいだ、彼の母親の様子を見ていたのはピョートルだった。

七年後、カーチャが彼の母親の庭で母親と一緒にジャムを作っているあいだ、チョルノービリの森の中を歩きながらミーシャにこう言ったのはピョートルだった。「おれは闘いにいく、歩兵大隊を率いる。ユーリャはすでに、ドネツク人民共和国の連中とともに行った」

ピョートルは彼に言った。「一緒に行こう。昔みたいになるだろう」

ミーシャはかぶりを振って、彼に言った。「おまえはいつだって、わたしの兄弟だ、ピョートル。でもこれについては、わたしは逆に行かなければならない」

ピョートルは手を差し出し、ミーシャはそれに応じて握手した。

ミーシャは彼に言った。「気をつけろよ、兄弟。ユーリャにも、気をつけろと言ってくれ」

ロシアのために闘うのはピョートルだった。ウクライナのために闘うのはミーシャだった。

ドンバスの戦争
コブザ奏者による歌

ウクライナ人はウクライナのためにウクライナ人と闘う。
男と女が男と女と闘い、兄弟と姉妹、二つの半分、叉骨《さこつ》のように引き抜かれたアダムの肋骨、全体から取られた二つの部分が闘う。

リンゴを芯まで割って、種が散らばり、一つの種が石炭に撒かれた。

ウクライナ、東にできて、西にできて、
昼間の太陽の循環、
夜の月の循環、
狭間《はざま》で螺旋を描く土地。

時間は円だ。円の中心に芯がある。
リンゴの種の芯にはヒ素がある。

ウクライナは戦争中だが、世界はまだそれを戦争と呼ばない。
〝初めに言葉があった、言葉は神とともにあり、言葉は神だった〟
アダムはエデンの園の獣たちに名前をつけた、それが獣たちの呼び名だ。
何かをその名前で呼べ、それはそれになる。
それはそれなりのものになる、所有される。
物事は三つの組でやってくると言われる。
イヴは果物に出会ったとき、三つの局面の誘惑を経験した。
〝それは食べるのにいい。
見て楽しい。
そして木は、ひとを賢くするよう望まれていたはずだ〟
キリストもまた、三回誘惑された。
〝悪魔は彼をパンで誘った、
彼が神の子であると証明しろと、
世界の王国を手に入れろと〟

ウクライナで、三つの近代的な自由への叫びがある。
〝まず、ウクライナの自由の国民投票。
それからオレンジ革命。
そして、ユーロマイダン〟

ドンバスで戦争が始まるとき、二つの平和への試みがある。
〝まず、ミンスク議定書がある。
それからミンスクⅡ〟
いまだに停戦はない、平和はない。

長いあいだ、
西側諸国はそれを〝紛争〟と呼ぶ。
ウクライナ人は言う。

あゝ、あゝ、ああ。

〝おお、友よ。
わたしたちはそれらをすべて、以前にも見ている〟

ドネック空港
二〇一四年五月二十六日

ミーシャの近くの兵士は分離主義者の火器に撃たれ、目の近く、頭蓋骨を撃たれ、頭が肩までぐらりと傾き、銃を持つ手が緩んだ。ミーシャは自分の弾薬を手にし、空港、いや空港の残骸の中の柵に隠れ、ほかに二人の兵士、アンドルシュキウとハイチャとともに、三人で援護しあいながら、新たに装塡できるように、銃撃から身を隠すための階段の吹き抜けを探す。

危険なのは、砲撃が止まったときだけだ。

ドネック人民共和国、ＤＰＲ、分離主義者たちはターミナルを破壊した——建物は骨格だけになり、鉄骨やワイヤ、ガラスやコンクリートの残骸がウクライナ軍のまわりに積み上がり、瓦礫のように落ちてきて、建物は建物というよりも何か有機的な、常に変化する、生きているというよりも腐敗しつつある——死につつある生き物のようだ。

アンドルシュキウが叫ぶ、「行くぞ」それで彼らは動く。

外では、ＤＰＲが管制塔を倒壊させた。それが倒れるまで砲撃し、噴煙がそれを飲みこみ、倒れる塔の中にいた人々は玩具のように落ちた。

それは二〇一四年五月のことだが、ミーシャには何日なのかはっきりしない。

プリピャチを離れる前、彼は頻繁に聞くカセットを聞いた――病気になる前にヴィラが録音した最後のもの、彼女の葬儀のあとでキーウのアパートメントのドアにおかれていたものだ。彼女の演奏は調子はずれだった。この時点で、彼女はひどく弱っていた。でもこの曲は、と、彼女は演奏する前に録音の中で、優美な声で、「このようであるはずなのよ」と言う。

「あそこ」――ハイチャが言う。一人の死人がいる、DPRだ。ピョートルではない、ミーシャは安堵する。

この数日で、軍隊は空港をDPRから奪回したが、多くが行方不明になり、連行され、殺された。

砲撃がやむ。

「援護を――」

戦車の砲撃がターミナルを襲う。ミーシャやその横にいる男たちの頭上から天井が落ちてきて、ミーシャは体が半分埋まり、目が見えなくなる。大声で呼びかけても、兄弟たちは答えない。口の中に埃が充満している。そこで、彼はそれを感じる――非常に大きな重み。

二人の兵士が来て、両方とも女性だ。彼女たちは捕虜を集め、倒れた者を安全な場所へ導く任務を負っている。彼女たちは天井だったものの瓦礫を持ち上げ、死体を枯草や土の中へ引きずっていき、互いにロシア語で呼びかけ合う。

「このひとは生きてる」一人の女性が言う。

もう一人が近づいてくる。女性は両手で彼に触れ、観察し、彼のヘルメットを取る。互いに気づく。ユーリャ、もはや炭坑の少女ではない、彼女は助けを呼ぶ。「ミーシャ、しっかり」彼女は震えながら、彼に言う。「Bratishka、兄さんしっかりして」彼女は助けを探しにいこうとする。

彼は彼女に手を伸ばし、ユーリャは彼の横に両膝をつく。

「ここにいてくれ」彼は彼女にロシア語で言う。彼女は彼の手を握る。

アムステルダム発クアラルンプール行きマレーシア航空ＭＨ17便の犠牲者たちのための裁判で読み上げられた乗客と乗務員の名簿

乗客

ジョン・アドラー
イアン・アレン
ジュリアン・アレン
アンドレ・アンゲル
イサマー・アヴノン
ジョイス・ベイ
ウェイン・ベイカー
ロウェン・バッツ
ナターシャ・ビンダ
ムハマド・アフザル・ビンタムビ
ヘレン・ボルグスティーデ
ウィルヘルミナ・ルイズ・ブロガマー
エリザベス・ブラウワーズ

クリストファー・アレン
ジョン・アレン
スティーヴン・レスリー・アンダーソン
メイベル・アンソニサミー
ロバート・エイリー
テレサ・ベイカー
ウィレム・バッカー
エマ・ベル
ムハマド・アフルズ・ビンタムビ
マーシャ・アズミーナ・ビンティタムビ
キャサライナ・ブラス
テレーズ・ブラウワー
アントン・カムファーマン

ブノワ・シャルドム
マイケル・クランシー
イーディス・キュパース
キャメロン・ダルズィエル
クオック・ドゥイ・ダン
リアム・デーヴィソン
バーバラ・マリア・デブルイン
アネティエ・ド・ジョン
サスキア・ド・レーウ
エスター・ド・リダー
クリスティアン・ド・サデリア
マアルトン・デヴォス
シャリザ・ザイニ・ドワ
ドニー・トイキラン・ジョディクロモ
リサーネ・ラウラ・エンゲルス
エマ・エセルス
ファレンタイン・エセルス
ミン・リー・フー
アリザ・ビンティ・ガザレエ

キャロル・クランシー
レジス・クロラ
アウケ・ダルストラ
ミン・チャウ・ダン
フランチェスカ・デーヴィソン
エレスミク・デボースト
ジョハンナ・デハーン
ピム・ウィルヘルム・ド・クイヤー
リリアン・ダーデン
ヨープ・アルバート・ド・ルー
マリア・アドリアナ・ド・シュター
アアフク・ド・ヴリス
エスター・ド・ワアル
ファティマ・ディクジンスキ
タマラ・エルンスト
ピーター・エセルス
シュン・ポー・ファン
ブライス・フレドリクス
アンジェリク・ジャノッテン

カエラ・マヤ・ジェイ・ゴース
マーコ・グリッペリング
ジル・ヘレン・グアルド
ダリル・グナワン
アイリーン・グナワン
アン・ミーク・ハクセ
ミーガン・ハリー
ゲエルトルイダ・ヘエムスケルク
ロビン・ヘメルリイク
アンドリュー・ホア
ジャスパー・ホア
ハワード・ホーダー
アストリッド・ホーニクス
アルヌード・フイゼン
マリア・ハンチェンス
コーネリア・ヤンセン
リシ・ジンコ
スバシュニ・ジュレトナム
チウ・チン・〝グオ〟・カムスマ

ポール・ゴース
ウィルヘルムス・グルトゥショルテン
ロジャー・ワトソン・グアルド
ハディオノ・グナワン
シェリル・グナワン
デイヴィ・ジョゼフ・ジェラルダス・ハリー
ユリ・ハスティニ
リドウィナ・ヘエルケンズ
スーザン・ハイマンズ
フリソ・ホア
カサリナ・ホーナッカー
スーザン・ホーダー
ピーター・ヤン・ウィレム・フイバース
エレナ・クラリス・フイゼン
オルガ・イオッパ
ケヴィン・エシュルン
タムビ・ビン・ジイ
マテウス・〝テオ〟・カムスマ
イヴォンヌ・カッペン

ヴィキリン・クルニアティ・カルディア
カーリン・カイジャー
イサ・クイマンズ
オスカー・コッテ
ヘンドリク・ロクス・クルーン
ゲルダ・レリアナ・ラヘンダ
ユップ・ランゲ
ジャン・ハン・ベンジャミン・リー
モナ・チェン・シム・リー
ヤウ・チー・リウ
ヘンリクス・マアス
エミール・マーラー
エリザベス・マルテンス
エヴィ・ココ・アン・マスリン
オティス・サムエル・フレデリク・マスリン
リチャード・メイン
イングリッド・メイヤー
ゲラルドゥス・メンケ
ハンナ・ソフィア・メレマン

カラムジト・シン・カーネイル・シン
バリー・クイマンズ
ミラ・クイマンズ
レムコ・コッテ
ヨハネス・ラハイ
フベルタス・ラムブレグツ
ガブリエレ・ラウシェト
キア・イーン・リー
ワイ・ケオン・リー
ヤンワ・ロー
エデル・マハディ
リサ・マルケルバッハ
サンドラ・マルテンス
モ・ロバート・アンダーソン・マスリン
ティナ・ポーリン・マステンブレク
モード・アリ・ビン・ンド・サリム
サシャ・メイヤー
メアリー・メンケ
アネレン・ロスティエム・ミスラン

アウグスティヌス・ムアズ
ジョハンナ・ネリセン
ング・キン・ゼン
ンゴク・ミン・ングイエン
ダフネ・ニーヴェン
ラヒマ・ノール
スティーヴン・ノレイルデ
ジョレット・ヌエシンク
デイジー・エーラーズ
ジュリアン・オトキアン
ルベルタ・パルム
シャカ・T・パンドウィナタ
ジョニー・ポーリセン
スリ・ポーリセン
アレックス・プログ
ベンジャミン・ポコック
ヒルキエ・ラアプ
ティム・レンカーズ
アルバート・リズク

メリング・アナク・ムラ
エリザベス・ング・ライ・ティ
ング・シ・イン
ティム・ニーブルグ
タランダー・フランシスクス・ニウォルド
ヤン・ノレイルデ
ニコル・チャールズ・アンダーソン・ノリス
ジャック・サムエル・オブライエン
ヴィクター・オレシュキン
セルジオ・オトキアン
ミゲル・G・パンドウィナタ
ハスニ・ハーディ・ビン・パーラン
マーティン・ポーリセン
ショルズ・アドリアヌス・ピョニェンブルク
ロバート・プログ
カウシャリヤ・ジャイラムダス・ダティン・プンジャビ
イエルン・レンカーズ
デイジー・リザ
マレエ・リズク

キャサライナ・ルイター
イヴォンヌ・ライダー
コーネリス・シルダー
ヘンドリ・セ
シティ・アミラ・パラウィラ
ポール・ラジャシンガム・シヴァグナナム
カーリン・スモーレンブルグ
ヴェルテル・スモーレンブルグ
ジェイン・M・アディ・ソエジプト
ラインマール・スペケン
ワイヤン・スジャナ
ライアム・スウィニー
チャールズ・エライザ・デイヴィッド・タムテラヒトゥ
エレイン・テオ
グレン・レイモンド・トマス
ジェラルドゥス・ティマーズ
ヘンドリク・ヤン・トゥリニエ
レムコ・トルグ

アリエン・ライダー
クイン・シャンスマン
リック・シュイエスマンズ
ヘレナ・シデリク
マシュー・エゼキアル・シヴァグナナム
ゲイリー・スロック
チャールズ・スモーレンブルグ
マリア・スモルダーズ
ピーター・ソウレン
コーネリア・ストゥイヴァー
スパーティニ
ムハマド・アフィフ・ビン・タムビ
シュウ・ポー・タン
ヨドリクンダ・タイスティアシ
メアリー・ティアナン
コーネリア・トル
リヴ・トルグ
テス・トルグ

タムサンカ・オイターリンデ
ロバート・ジャン・ヴァン・デ・クラーツ
ミリア・ヴァン・ド・モーテル
マルゴー・ラリッサ・ヴァン・デン・ヘンデ
ピアズ・アドナン・ヴァン・デン・ヘンデ

ローレンス・ヴァン・デル・グラフ
マーク・ヴァン・デル・リンデ
ロバート・ヴァン・デル・リンデ
フルール・ヴァン・デル・メール
エリクス・ヴァン・デル・ポール
スティヴン・ヴァン・デル・サンデ
インゲ・ヴァン・デル・サー
フランク・ヴァン・デル・ワイデ
キャロライン・ヴァン・ドアン
ペトラネラ・ヴァン・エルディク
エリク・ピーター・ヴァン・ハイニンゲン
アラード・ヴァン・クーレン
ロバート・ヴァン・クーレン

ロレンツォ・ヴァン・ド・クラアツ
ジェロエン・ヴァン・ド・モーテル
ヨハネス・ルドルフス・ヴァン・デン・ヘンデ
マーニクス・レドゥアン・ヴァン・デン・ヘンデ
クリスティナ・アンナ・エリサ・ヴァン・デン・シュア
ジェニファー・ヴァン・デル・レイ
メレル・ヴァン・デル・リンデ
ベンテ・ヴァン・デル・メール
ソフィ・ヴァン・デル・メール
ポーラス・ヴァン・デル・サンデ
テッサ・ヴァン・デル・サンデ
ジャン・ヴァン・デル・スティーン
エイプリル・ヴァン・ドアン
ギズベルト・ヴァン・ドゥイン
ルネ・ヴァン・ギーネ
ゼガー・ヴァン・ハイニンゲン
ジェローン・ヴァン・クーレン
ペトラ・ヴァン・ランゲヴェルド

クラアス・ウィレム・ヴァン・ルイク
アディンダ・ララサティ・プトリ・ヴァン・ムイルウィク
ステファン・ヴァン・ニーレン
アンソニウス・ヴァン・ヴェルドゥイゼン
クイント・ヴァン・ヴェルドゥイゼン
ウィネケ・ヴァン・ヴィゲン
ロバート＝ジャン・ヴァン・ジイトヴェルド
マリ・ヴェル・メーレン
コーネリア・ヴォアハム
エリーネ・ヴランクス
アメル・ウォルス
ジェローン・ウォルス
ソレン・ウォルス
セム・ウェルス
ケトゥト・ウィアルティニ
ウィレム・ウィテヴェエン
デジレ・ザントクイル

ルシー・パウラ・マリア・ヴァン・メンス
エミール・ヴァン・ムイルウィク
ジャクリン・ヴァン・トンゲレン
ピイケ・ヴァン・ヴェルドゥイゼン
フーブ・ヴァン・ヴレイスウィク
フレデリク・ヴァン・ジイトヴェルド
キム・エリザ・ペトロネラ・ヴェル・ヘーグ
エリク・ヴリーセンビーク
ウーター・ヴォルセルマン
ヘンドリク・ウェイジマンズ
ブレット・ウォルス
ジンテ・ウォルス
レオナルドゥス・ウェルス
イネケ・ウェスターヴェルト
マリット・ウィテヴェエン
ニニク・ユリアニ

乗務員

ワン・アムラン・ビン・ワン・フッシン、機長

ユージーン・チュー・ジン・レオン、機長

アフマド・ハキミ・ビン・ハナピ、一等航空士

ムハマド・ファーダウス・ビン・アブドゥル・ラヒム、一等航空士

モード・ガファー・ビン・アブ・バカル、飛行管理員

ドラ・シャヒラ・ビンティ・カシム、主任客室乗務員

アズリナ・ビンティ・ヤコブ、主任客室乗務員

リー・フイ・ピン、副主任客室乗務員

マストゥラ・ビンティ・ムスタファ、副主任客室乗務員

チョン・イー・フェン、客室乗務員

サイク・モード・ノア・ビン・マフムード、客室乗務員

サニド・シン・サンドゥ、客室乗務員

ハムファズリン・シャム・ビンティ・モハメダリフィン、客室乗務員

ヌル・シャザナ・ビンティ・モハメド・サレー、客室乗務員

アンジェリーン・プレミラ・ラジャンダラン、客室乗務員

オーディオ・カセットテープの録音
B面の続き

一九九一年、祖国は分裂した。国境は崩れて開き、収容所も同様だった。

わたしは解放されたが、自由ではなかった。

［間］

闘うべき戦争がなくて、年老いた兵士はどうなる？

祖国がなくて、年老いた男はどうなる？

わたしは彼女を探した――

わたしはおまえを探した――

ヤラ。彼女は無限だった。彼女の墓を見ていなかったから、我が子よ、わたしはまだ彼女が生きている夢を見る。おまえの夢を見るのと同じように。わたしはあの〝コザーク〟を探しにウクライナに行った、おまえを探すために。

わたしは子どもたちにピアノを教えた。かつての自分の年の、少年少女。

夜はマイダンの街頭で演奏する。

［沈黙。椅子の軋む音］

わたしはずっとしてきたように、楽器を修繕したが、この楽器を理解できるようになったのは、ようやく収容所のあとだ。わたしはそれぞれのピアノの声を探した。

それが教えてくれるのを待った。

待っていると、それは歌った。

それはわたしに言った。「自由とは、アレクサンドル・イヴァノヴィチ、平穏に自分自身でいられる状態のことだ」

わたしは彼女に会うまでに、何年も働いた――おまえだったかもしれない、おまえのアンナ叔母さんに似ていたかもしれない女性だ。彼女は、そのころおまえがなっていたはずの年齢だった。彼女は新聞でわたしの広告を見て、電話してきた。弾くことはできるが、もっと習いたいと言った。それに、話し相手が欲しかったのではないかと思う。わたしもそうだった。

彼女の声は温かかった。彼女の低い笑い声が好きだった。夫がドネツクの鉱山に働きに行っている留守中に、わたしは彼女の家に行った。レッスンを始めた。演奏するあいだ、彼女はカセット・レコーダーをピアノの上においていた。演奏を変えたり直したりするあいだも、ずっとそこにおいておくと言い張った。わたしはなるべく静かにしているようにした。彼女がレコーダーを止めたときにだけ、ほんとうに居心地よく感じられた。

彼女は、夫のためだと言った。「タイミングが合わなくて、電話では話せないことが多いの。その代わり、手紙みたいに、このテープを送るんです。ときどき、何時間も彼に向かって喋る。音楽を聞いたり、練習したりするのを録音することもある。彼は、すごく気に入ってるわ。毎週、待っているのよ」

わたしは自分が盗聴器を仕掛けて、他人が他人の話を聞いていたはずの、プラハのピアノや小部屋を思い出した。プライバシーの抹消。だがこれはその反対だった。特別に親密な行為だった。

彼女はわたしがそれを考えているのを見抜いたにちがいない、わたしに言った。「あなたの物語を聞かせてもらえないかしら」

そのときは、わたしはかぶりを振った。「いいや、いいや」

でもある日の午後、わたしはアップライト・ピアノの椅子に、彼女と並んで座った。オーク材に日が当たって暑かったのを覚えている。彼女はわたしのアパートメントに来ていて、わたしはお茶を淹れた。彼女は、前回の記憶よりも顔色が悪く、痩せていた。

彼女の名前はヴィラ。ヴィラ、ラテン語で、真実あるいは誠実を意味するウェルスのように。

ヴィラはわたしのほうを向き、目を合わせて言った。「わたしはもうすぐ死ぬの、アレクサンドル」

わたしはそれで気づいた。彼女はわたし同様、檻の中を歩き回る傷ついた動物なのだと。

わたしたちは、彼女ができなくなるまで弾いた。彼女はすぐに疲れるようになり、しばらくすると、わたしは彼女に教えるのをすっかりやめた。わたしは彼女と彼女の義理の母親のもとを訪れ、母親が出かけたとき、ヴィラはわたしに言ったものだ。「話をして、アレクサンドル」

わたしは彼女にすべてを話した。おまえに話したかったことのすべてを。彼女はおまえを見つけようとした——ベッドで、膝に小さなコンピュータをのせて、とても一生懸命に調べた。そして電話番号を見つけ出した、正しくないかもしれないと恐れて電話する勇気の出なかった電話番号を。彼女は電話をかけてみて欲しいと言ったが、わたしにはできなかった。わたしは彼女に、いつの日か電話すると約束した。だが今のところ、それを持ち歩いている。今、ポケットに入っている。ほんの少しのヴィラ。希望の最後の一欠片。

亡くなる少し前、ヴィラはわたしにレコーダーと空のカセットテープをくれた。すでにテープに書きこみがしてあった。〝アンナへ〟

祖国を離れることについて

スラヴァはロサンゼルス行きの飛行機の窓際に座っている。アレクシスは通路側で、あいだの座席を一つ空けている。機内持ち込みの手荷物を上の棚に入れ、音を立ててその蓋を閉める、彼女の金髪は白に近い鮮やかな色だ。飛行機が動き始めると、スラヴァは緊張し、肘掛けを握る。鼓動が速まる。胃が締めつけられる。放浪者であるアレクシスはスラヴァの恐怖を感じ取り、彼女の膝に触れる。

「心配いらない」彼女は言う。彼女は手を差し出し、スラヴァはそれを握る。スラヴァは目を閉じる。

飛行機が地上走行する。スラヴァは数えきれないほどの列車での旅、キーウの地下鉄を思い出す。オデーサのフェリーや船を思い出す。あの男に捕まったとき——下種《げす》な、母親の友人の息子——男は彼女に嘘をつき、安全だと言った。彼女の鞄、金、服を取り上げた。彼は彼女に、「おれたちのために働くんだよ、今からな」と言った。

「お願い、家に帰らせて」彼女は言った。

「わたしは十四歳だった」彼女は、彼女の話を録音しているアダムに言った。「父親の家から六区画のところで働いたわ」

エンジンがとどろき、彼女の心臓と胃が一緒になる。家から逃げたときのことをすべて思い出す――父親から逃げたときのこと。マイダンから逃げて、教会へ行ったのを思い出す。

彼女はミーシャのことを思う。彼の電話番号は見つからず、教会で会った医師、カーチャに電話をした。彼女はターミナルから電話をして言った、「LAに、会いに来てね」

飛行機が傾く――

アレクシスが彼女に言う。「見て、スラヴァ――見て！」

スラヴァは見ることができる――彼女の祖国の全体、それは広大であり、小さい。

彼女は窓から土地や川や海、父親と母親とダーシャとミーシャとマイダンを見て、やがてそれらは白い霧の下に消える。

スラヴァは目を閉じて、高く上がるのを感じる。

ペトロ・ポロシェンコ、ウクライナの新大統領に選出される
二〇一四年五月二十五日

市民の暴動の結果、ウクライナの前大統領ヴィクトル・ヤヌコーヴィチは昨年の二月にキーウを離れ、モスクワに庇護を求めた。彼はクレムリンとウラジーミル・プーチン大統領に迎えられた。

ウクライナの選挙は二〇一五年三月の予定だったが、昨年十一月に始まった四カ月間の革命で混乱する国の新しい首脳部を設立するため、時期が早められた。ポロシェンコ氏が最初の投票で五十四・七パーセントを獲得し、次点の十二・八一パーセントを獲得したユリヤ・ティモシェンコを抑えて勝利した。

中央選挙委員会によると、有権者の六十パーセントが投票した——とはいえこれには、現在政府の管理下に入っていないウクライナの地域は含まれていない。違法にロシアに併合されたクリミアでは、選挙がおこなわれなかった。ウクライナ東部の紛争地域、特にドネツク州とルハンシク州では、投票者の出足が過激主義グループに抑えられ、投票率は有権者のわずか二十パーセントにとどまった。

分断され、戦争で疲弊したウクライナを引き継ぐポロシェンコ氏の前には、多くの困難が待っている。

アレクサンドル・イヴァノヴィチの復活

強制収容所のあと、アレクサンドル・イヴァノヴィチはとうとうモスクワに戻る。彼は両親の家に着く——子どものころの家だ。母親と父親はとうに亡く、そのことはしばらく前に知っていた。だが色褪せた壁紙、割れたガラス、傷ついた肖像画などを見て、彼はすすり泣く。

家の大半は破壊され、家財はなくなっている。古い黒いピアノが壁の隅にあり、彼は教師を懐かしく思う。

アレクサンドルは、子どものころにしたようにピアノの蓋を開き、壊れている場所を見る。音の出ない鍵盤を押し、どの鍵盤の調律が必要か確かめる。ピアノの屋根の下で、馴染みのある数字が木に刻まれているのを指先で感じる。少年時代に覚えようと努力したシリアル番号。内側の、まるで肋骨の中のようなところに、小さな封筒がテープで留めてあるのが見える。〝Aに〟という宛名がある。

その中には銀の指輪がある——父親の結婚指輪だ。

メモ書きにはこう書かれている。

〝母さんの指輪は取られた。わたしのものを、おまえに残す。アンナは去り、わたしたちもまもなくいなくなるだろう。怒りも恐怖もない。とてつもない喪失感があるだけだ。アンナを見つけろ。

彼女を守ってくれ。愛をこめて——パパ〟

それでは、父親はまだ息子の裏切り、強制収容所、息子が失った年月については知らなかったのだ。このメモを書いたときには、知らなかったかもしれない——だが父親は彼に許しを与えた。去っていいという許しを。

アレクサンドルは両親の寝室に父親の制服を見つける。彼は痩せすぎていてサイズが合わず、自分の服の上にこれを着る。上着には勲章がついている。埃やガラスや壊れた額縁、倒された鏡台や曲がったたんす、破れた布地や鼠のにおいがなければ——もっと長く、それを眺めていたかもしれない。

モスクワを去る前、アレクサンドルはトラックと数人の作業員を求める広告を新聞に載せる。彼はピアノを持っていこうと決める。ピアノをキーウに持っていこう。

飛行について

ヴィラは嫌がった——彼女は夫が鉱山で働くのを、一カ月に四日しか帰ってこないのを、指の爪の下に石炭をつけて戻るのを嫌った。

「必要なことなんだよ」ミーシャは言った。「当面はね」

「想像していたあなたとの生活とはちがう」彼女は母親の古いピアノの前に座って言った。

ミーシャは、〝ソロコフの仕事が終わったら子どもを持てるかもしれない〟と考えたのを覚えている。だがヴィラは、いずれにしても試したがった。子どもができることはなかった。

最初のうちは、試みは歓びであり、刺激的な解放だった。だが毎月、時期が来ては過ぎ、九カ月の試みのあと、彼女は心配し始めた。

「わたしの何がいけないの？」彼女は言った、両脚のあいだに血。

「きみのせいじゃない」ミーシャは言ったものだ。「きみじゃない。ぼくが病院に行こう」だが彼は怖かった。

医師はミーシャに、彼の精子数は問題ないと言い、さらに続けた。「奥さんに予約を取ってもらう必要があります」ペンで何か書きながら、「奥さんの健康状態も調べましょう。そうすれば、選択肢を話し合えます」

　その日ベッドから出ず、食欲もなかったヴィラは、弱々しく体を動かして彼を見た。ヴィラは天井を見た。その顔は痩せていて、真っ白だった。ミーシャは彼女を抱き寄せた。

「わたし、感覚がまったくなくなってしまったみたい」彼女は言った。「ものすごく奇妙なことだわ」

　一週間後、ヴィラは医師のところへ行った。医師は検査のために組織を取り、彼女の体内を見た。医師は彼女の体を、胸を、子宮を調べた。ヴィラの喉に触れたとき、そこに塊があった。

ミーシャは、緊急事態だと承知しながら家に帰った。画像がテーブルの上にあった。

「飛んでいるみたい」ヴィラは蛾の形の画像を見ながら言った。ロールシャッハ・テストだ。

「もしかしたら、飛んでいってしまうかもしれない」彼女は彼の手を握りしめて、耳元で囁いた。

サマショール
二〇一四年五月

彼女は庭にいて、彼を見る——軍の野戦服を着た男。彼は庭の縁に近づいてくる。果物や野菜がたわわに実っている。彼女はその日の缶詰や瓶詰めの作業を終えていた。今、彼女は枯れて乾いた茎を地面から引き抜く。陽光の中で目を細くして、大きな帽子のつばを上げて、訪問者に挨拶をする。

男性は礼儀正しく帽子を脱いで言う。「こんにちは、バブーシャ」

彼女がその感覚を覚えたのは何日も前だった——ダイニング・テーブルの近くに座っていた。開いた窓に、たまたま風が吹いて冷気をもたらし、家の中のぬくもりが揺らいだ。彼女は彼らの声を聞いた。夫の声と、勉強熱心な息子。脚のあいだで、犬が蹴るのを感じた。彼女は目を閉じて、息子が川にいるカエルのことを尋ねるのを聞いた——オタマジャクシが、どんなふうに脚を生やして育つのか。彼女の夫が挿絵のある本を持ち出し、変態の様子を説明している。

彼女は驚いて、目を開けた。また一人になっていた。窓の外。カエルの鳴き声。それで、気づいた。

今、年老いた女性は、柵の近くに兵士を見る。兵士は口を開いて何かを言おうとする、彼女は両手を振って、そっと彼を黙らせる。

「どうぞ」彼女は兵士に言う。「中に入って、さあ。やかんを火にかけるわね。そうしたら、息子について何をすべきか話し合いましょう」

オーディオ・カセットテープの録音
ミーシャへ、A・イヴァノヴィチより

［ヴィラ、笑っている］

準備はいいかな？――［アレクサンドル・イヴァノヴィチが笑う］何を話したい？

夫のミーシャへ――あなたのことを、何よりも愛してるわ。さあ、あなたの番よ。

いいや、いいや。

あら、いいじゃないの、サーシャ。

まずは、弾こう。

メッセンジャー
МЕСЕНДЖЕР

自分自身の父親を知っているのは賢い子どもだ。
——テレマコス、『オデュッセイア』

祖先たちの召還　パートⅡ

コブザ奏者による歌

ウクライナの優れた歴史家であるミハイロ・フルシェフスキーは、ロシアのキスロヴォックに追放されて亡くなった。

ウクライナの詩人、画家、活動家のタラス・シェフチェンコはサンクトペテルブルクに埋葬された。友人たちは彼の遺体を取り返し、その遺骸を馬と列車で山の上へ運び、ドニプロ川の上に埋葬しなおした。

天国の百人はキーウで死んだ。ドネツクの戦争によって一万三千人が。マレーシア航空の飛行機事故で二百九十八人が。労働収容所管理機関《グラーグ》によって百万人。飢餓によって一千万人。リヴィウで殺されたポーランド人とユダヤ人は十二万人。

石炭と小麦で豊かな土地は、血に満ちてもいる。

二〇一九年九月七日、映像作家のオレフ・センツォフは

ロシアとの捕虜交換で解放された三十五人のウクライナ国民の一人として、無事にウクライナのキーウに戻った。彼は娘に迎えられ、ウォロディミル・ゼレンスキー大統領に歓迎された。

この映像作家は最近の記者会見で、ロシアがウクライナとの和平を考慮しているかどうかについて発言した。

「羊の皮をかぶった狼《おおかみ》にも鋭い牙はある。信じるな。わたしは信じない」

ロサンゼルス、合衆国
二〇一四年七月

スラヴァは今や、四カ月近くロサンゼルスに住んでいることになる。太陽が昇る前にランニングするようになり、髪の毛は後ろで結べるほど伸びた。英語を正式に習い始め、それを楽しんでいる。スラヴァはアレクシスとその女友だちの住んでいるアパートメントの、使っていなかった一室を借りた。女友だちはリヴァーという。髪をドレッドロックにしていて、ウクライナ語もロシア語も話さないが、彼女の安定した存在感、香のにおい、ギターの音色をスラヴァは単純に楽しんでいる。

ウクライナでは戦争が起きているが、スラヴァは数週間でもいいから帰りたいと思う。アダムは、そのときは一緒に行くと約束した。

彼は、彼女の生存者としての経験について記事を書いた。母親の罪とマイダンについて、前USSRでバイセクシャルのフェミニストの女性であったことについて。スラヴァは十月にアメリカの大学での討論会に特別ゲストとして発言する依頼を受けた。英語力を高め、避難者を支援する非営利団体の仕事に就いた。ロシア語で父親に手紙を書く。心の中で、ウクライナ語でミーシャに語りかけ、彼に聞こえるように願う。

「Velykyy brat」彼女は言う。「ya skoro budu vdoma」
兄さん、まもなく家に帰るわね。

今日、アダムとアレクシスは彼らの母親の家にスラヴァを連れていった。二人の父親はゴルフに出かけている。スラヴァは緑の丘をじっと見る。彼女はまだ、それに驚く。大きな富。豊かな太陽。紫色の日焼け用ベッドと、鮮やかな青いプール。何もかもが明るく照らされている、ネオン。一人のとき、スラヴァは海に太陽が沈むのを見る。

彼らの母親の家の正面ドアはガラス製で、その女性は歩いてきて掛け金をはずす。実際よりも若く見える。後ろにまとめた髪は、年齢と美容室の両方によって白っぽい金髪になっている。大きな目。スラヴァには優雅としか表現のしようのない様子で動く。女性はドアを開けて、スラヴァの手を握りしめる。

「会えて嬉しいわ」彼女はロシア語で言う。「子どもたちから、あなたの話を聞いているのよ」

彼女はみんなを中に招き入れ、わざと破れたところのあるジーンズをはいているアレクシスは、スラヴァに、寝椅子に並んで座るように手招きをする。母親は何か飲むかと訊き、スラヴァがお茶を頼むと、冷たい緑茶をグラスで持ってくる。

「アダムから、あなたがオデーサ出身だと聞いたけど？」この女性はスラヴァの正面に、息子とならんで、二人とも二十世紀半ばの様式の近代的な椅子に、グラスを手にして座る。

「はい」スラヴァは言う。「でもキーウに住んでいました。抗議活動が終わって、出てきました」

母親は訊く。「マイダンにいたの？」

「はい」彼女は言う。あそこにいたとは、ありえないようにも思える。

「わたしの兄は」母親は言う。声が弱々しくなる。「抗議活動で死んだのよ」

アダムは母親に身を寄せ、その手を握る。女性は震えているが、泣きはしない。もういっぽうの手で、首に巻いた銀のチェーンについている銀の指輪に触れる。

「ママは、彼がとうに死んだものと思っていたの」アレクシスは説明する。「でも、ある女性から電話があった。ウクライナにいたアメリカ人医師よ。彼女は、彼の遺したものをどうするか訊いてきたの。なんと言っていいか、わからなかったわ。遺灰をどこへ持っていくべきかわからなかった――どんな手配をするべきなのか。最初、二人が子ども時代を過ごしたモスクワに持っていこうかと考えた。でもアダムと一緒にオデーサであなたと合流する前、わたしはキーウでその医師に会って、彼女からテープをもらった。それで、すべてが変わったわ」

スラヴァは部屋を見回す。壁には白黒の写真がある。子どものころのアレクシスやアダムの写真。二人の母親の結婚写真。〝ボリショイ・バレエ団ニューヨーク市で公演〟というロシアの新聞の切り抜きが額に入っていて、あどけない目をした若いアンナ・イヴァノヴァが、影の中で、顔を照明のほうに上向けて写っている。

ボストン、合衆国
二〇一四年六月

カーチャが白衣のポケットにアレクサンドル・イヴァノヴィチがつけていたソヴィエトのピンつきの記章を見つけるのは、母親の家でのことだ。

彼女は両親の家の地下室に所持品を移しておいた――すべて箱詰めにして。彼女の全人生が、箱の中にあった。梱包され、開梱された全人生。彼女はテープを切って、箱を開く。

彼女はベッドに横になる。疲れて、気分が悪い。動いたせいだと、自分に言い聞かせる――痛みのせいだ。吐きそうになったとき、エズラが最後の箱を荷下ろしするのを手伝った。

「大丈夫かい、カーチャ?」彼はドア越しに、彼女に訊く。彼女はドアを開く。さようならと、彼を抱きしめる。

彼が去ったとき、彼女は母親がキッチンにいるのを見つける。カーチャは、母親が歳を取ったのに気づく。母親がどれほど慎重にニンジンを切り、シチューを作るかに気づく。母親はカーチャにキスし、そっと歌う。

「Koshenya――子猫のカーチャ。愛してるわよ」

カーチャは頭を母親の肩にもたせかけ、たずねる。「自分の子どもを持ちたいと思ったことはあった?　自分自身の子どもが欲しかった?」

母親はかぶりを振って言う。「あなたがわたしの子よ。あなたが、祈りに対する答えなの」

ミーシャがカーチャを車でキーウへ送っていく前、ミーシャの母親は運転中に食べるようにとパンを焼いた。ジャムの小さな瓶を用意した。カーチャがさようならと言ったとき、ミーシャの母親は答えた。「これをあなたのお母さんに持っていきなさい。故郷を思い出すでしょう」

今、カーチャは母親の服のにおいに包まれている。

彼女は母親に言う。「家にいるのって、いいわね」

カーチャは浴室の鏡で、自分の姿を見る。髪を後ろに撫でつけ、顔を観察する。母親たちのことを考える――彼女を作った、二人の母親の両方を。彼女はミーシャの母親のことを考える。自分の生まれた国、そして成長することになった国のことを考える――どちらも夢のように思えて、一瞬、どこにいるのかわからなくなる。彼女は生まれてこのかた、ずっと迷っていた。

ミーシャのことを考える。彼のことを考え、躊躇《ためら》い、泣く。彼には決して言わないであろうことを知り、気持ちが波のように高まり、胃の下に手を当てる。アイザックのこと、あの子の損傷のあった心臓のことを考える。彼女は呼吸する。

ミーシャの母親から電話を受けたとき、彼女は礼を言い、受話器からすすり泣きを隠す。カーチャは唯一の秘密を彼女に打ち明ける。

「子どもには、あなたにあやかって名前をつけたいと思います」カーチャは彼女に言う。

電話の相手側から、年老いた女性が泣いているのが聞こえる。

カーチャは息子の墓へ行く。濡れた草にキスをし、墓石の上にトラックをおく。訪ねることのできないミーシャ・トカチェンコの墓の代わりに、花をたむける。彼の子どもが、彼女の中で育っている。まもなく、蹴るのが感じられるだろう。

「あいつらは、この土地が死んだと言った」

「見ればわかるわよ」彼女はカーチャに言った。「庭がどれほど美しいことか」

エピローグ
ЕПІЛОГ

ウクライナの民謡

愛する母よ、泣かないで——わたしは春に
鳥になって戻り、あなたの窓枠に飛んでいく。
朝露とともに庭に着き、
あるいは、雨のように、あなたの戸口前の階段に落ちるだろう。

大地の踊り

ミーシャは眠る、午後の熱気でシャツが胸や背中に貼りついている。何もかもが、日を浴びて白い。彼女は彼が呼吸しているのを見る。彼女は窓の外の海を見る。彼が起きるとき、彼は片目を開けて、彼女のほうに手を伸ばす。彼女の腹部を探り、お腹の下、熱い肌、張り詰めた皮膚にキスをする。彼女は命に満ちている。

わたしたちの娘は知るでしょう、彼女は彼と一緒に歩きながら言う。彼女を、わたしたちが初めて会ったところへ連れていきましょう。知っていい年齢になったときに。その重みを全部理解できるときに。

彼らは海岸をともに歩き、水は青くて温かい。高くにあった太陽が沈みつつあり、彼らは水に入り、さらに遠くへ行き、砂地が足元からなくなって、彼らは海に浮く。泡のように、軽く。

あとがき

二〇二二年現在、独立広場で抗議活動が始まってから九年近く、ドンバスでの開戦から八年が経つ。二〇二二年二月、ロシアはウクライナ全域に総攻撃をかけ、これまでに何万人もの、子どもも含めたウクライナ国民が殺された。この小説が、ウクライナの人々にとって価値ある証拠となりますように。

謝辞

エリック・オベナウフとエリザ・ウッド＝オベナウフがいなかったら、本書は存在していない――あなたがたの疲れ知らずの献身と、わたしと同じくらい熱心な原稿への気遣いに感謝する。これほど冴《さ》えた、熱心で熟練した専門家に出会えたなんて、これ以上の幸運はない。わたしの人生は、あなたがたのおかげですっかり変化した。ありがとう。あなたたち両方に愛を、そしてリオとマセオにも、ブレット、エミリーとローリー、ネイサンとＨＱのチームのみんなにも。エージェントのアレクサ・スターク、彼女の知恵と助言と支持に――今後何年もあなたとともに働いていく、その将来を楽しみにしている。ジェニーとブラッド――あなたたちの愛と友情がわたしにどれほどの意味があったか、わたしをどれほど救ってくれたか、何を言っても充分ではない。あなたたちがいなかったら、わたしはここにいない。わたしの人生にずっと関わり、わたしが自信を失ったときいつも励ましてくれることに感謝している。ありがとう、二〇一六年にこの小説を書き始めるチャンスを与え、興味と驚きをもって初期の原稿を推敲する場を提供してくれたマット・ベル。初期からこの原稿に注意を払ってくれたタラ・アイソン、ほかの何をおいても仕事に集中するように励ましてくれたマイク・マクナリーに感謝を。仲間のリア・ニューソン、ベス・チャールズ、アニー・ヴァイタルシー、チェルシー・リストン、ジョエル・サルシド、そしてマーコ・ピニャ、プログラムの最高の思い出に感謝を。この本が世の中に発表される初期の段階で同窓生を支援してくれたアレグラ・ハイド、エードリアン・ケルト、アイセ・パパティヤ・ブカクとケイトリン・ホロックス、ありがとう――あなたたちの時間と心ある言葉を忘れない、あなたたちを芸術家として、そして人間として賞賛する。マリア・クズネツォヴァ、カティア・アペキナ、ソーニャ・ビロチェルコヴィチ、ミツィ・ラプキン、アラム・ムリョイアン、スティーヴ・ゴールドスタイン、リディア・ウィルソン、クリス・ホームズ、ロン・チャールズ、ボリス・ドラリウク、ジェニファー・クロフト、ジェフ・マーティン、ハビアー・ラミレス、ピーター・マラヴェリス――この本について話し合いをし、その愛を世界と共有してくれたことに感謝する。ヴァージニア・Ｇ・パイパー・センターの、この原稿の初期段階でキーウとプラハに行くさいの経済的援助に。特にティトとアンジー、あなたたちの、ほんとうに必要だったときの情熱には、この場でどれほど感謝してもしたりない。メリキアン・センターとクリティカル・ランゲージズ・インスティチュートとその会員たち、特にキース・ブラウン、イリーナ・レヴィン、アナ・オルニナ、ハイディ・レニハンとパニ。ナルミナ・スティシェヘッツとドクター・マーク・ヴォン・ヘイゲンに深い感謝を、彼が安らかに休みますように。誰がこの本を支持してくれたのかわたしには知りえない匿名の読者たちも含めて、ニューヨーク《NY》公共図書館《PL》と〈若獅子《わかじし》賞〉で働くチーム。この本を選んでくれてありがとう、キャサリン・レイシー、ヴェニタ・ブラックバーン、ジョナス・ハッサン・ケミリ、そしてこの本の新しい読者層を開拓するのにＮＹＰＬとともに働いてくれたアパートメント３Ｃのチームであるジェニファー・モリソン、エリー・モリソン、デイヴィッド・モリソンとジェラード・セラスコ。シー・アルバートソンとＮＹＰＬのイベント・チームにも特別な感謝を。愛を、コリー、クリスティとモリーに――

あなたたちは、自分が仲間であり、安全で、耳を傾けてもらえ、成功を祝ってもらえると実感するという、信じられない贈り物をくれた。あなたたちを、限りなく愛してる。またメイデリンとジャッキー、ファイナー・シングズのすべて、あなたたちの優しさと温かさと笑い声に。あなたたち全員を友人と呼べることに感謝する。ニッキ・ジャコネリとロザリン・ヴォーデン、道を明らかにしてくれた人生の初期における教師たち。道を照らしてくれたローラ・ジェスマーとミカエル・ストダード。わたしの家族、ママ、パパ、ジェンナ、ジョン、ダン、グランパ、ナナ、ダニー。ステフとケイティ、姉妹でいてくれてありがとう。ベサニーとジューン、あなたはこの人生でなんでもできる。愛してる。親友のキースとヤズ。クリスティとシズ。あなたたちは永遠にわたしの家族だ。最高の応援団になってくれてありがとう。何よりも、この本が人生において意味があり、もっとも愛する者たちと共有するに足ると思ってくれた読者と書店の皆さんに。書籍販売業者、ブックスタグラマーズ、書店のオーナー、そして愛書家たち。作家の仕事の寂しさのかなりを軽減してくれてありがとう。

訳者あとがき

カラーニ・ピックハートのデビュー作である本作品『わたしは異国で死ぬ』は、革命に揺れ動くウクライナの首都キーウを舞台にした物語で、背景にあるマイダン革命は、実際にこの地で起きた出来事だ。

二〇一三年の秋、ウクライナ第四代大統領ヴィクトル・ヤヌコーヴィチは欧州連合との政治・貿易協定に調印せず、親ロシア的な政策を強めた。これに反対する人々が首都キーウで抗議の声を上げ、独立広場《マイダン・ネザレージュノスチ》に集まった。いわゆるユーロマイダン、尊厳の革命とも呼ばれるマイダン革命の始まりだ。

非武装の市民たちに対して特殊部隊ベルクトによる武力行使があり、それに応じて大規模なデモ行進がおこなわれた。約八百年も沈黙していた聖ムィハイール黄金ドーム修道院の鐘が打ち鳴らされて、危急の事態を告げた。

多くの者が傷つき、病院だけでなく、ホテルや商店、そして聖ムィハイール黄金ドーム修道院にも、数知れない負傷者が運びこまれた――

物語の主人公カーチャは、さながら野戦病院と化した聖ムィハイール黄金ドーム修道院で、ボランティアの医師として働いている。アメリカで病院勤務をしながら家庭を持っていたが、じつは生後まもなくウクライナで養父母に引き取られたという過去がある。キーウでの抗議活動のニュースを聞き、自らのルーツのあるこの地へ赴いた。負傷者の治療に奔走するなかで、彼女は二人の男性と出会う。

一人は軍服姿でストリート・ピアノを弾いていた〝司令官〟と呼ばれる年老いた男性。かなりの重傷を負っていて、身元はわからない。

もう一人は広場でのデモ行為に参加し、毎日のように修道院を訪れる男性、ミーシャ。負傷者のみならず医療従事者にも気遣いを見せ、カーチャとも自然と言葉を交わすようになる。

カーチャとこれら二人の男性、そしてミーシャの友人スラヴァをハブにして、彼らを取り巻く人々の物語が、動乱の町キーウを舞台にくりひろげられる。

政治的な抗議活動ばかりでなく、チョルノービリ原発事故の余波、性の多様性など、さまざまな問題に直面しながら真摯に生きていく人々の姿が、日常生活の視線の高さで語られる。遠く離れた国の話であっても、読み進めるうちに見えてくるのは、自分のすぐ隣にいてもおかしくない〝普通のひと〟の姿だ。

登場人物それぞれが背負っている過去が現在と交錯し、思いがけない形で未来へとつながっていく。人生の岐路に立ち、運命とでもいうべき大きな流れに身を任せるしかない状況におかれても、この物語のなかでは誰もが自分らしさを失わず、精一杯、自分の意志をもって動いているのが印象的。それは必ずしも楽で楽しい道を選ぶことではないのだが、その運命を受け入れたうえで、その先に進もうとする人々の逞《たくま》しさが心に残る。

誰かと出会って親しくなるとき、相手がどんな人物か、詳しくわかっているとは限らない。それでも仲良くなって、お喋《しゃべ》りしたり食事をしたり、場合によっては助け合ったりすることもあるだろう。だが誰にでも、思いも寄らない背景があるものだ。ふとしたときに意外な事情があるとわかったら、相手に対する態度は変わるだろうか？　変化があって当然だと思ういっぽう、基本的な繋《つな》がりは変わらないと思いたい気持ちもある。背景がわかって、関係がいっそう強化されることもあるだろう。

微妙に変化する人間関係のなかで、自分でもわかっていなかった、いちばんだいじな核の部分が見えてくるのかもしれない。ひととの関わりで何を大切にしたいのか、何を大切にしなければならないのか。

本作品では、登場人物に〝実は、それはこうなのよ〟と声を掛けたくなる場面がいくつもあるし、最後まで読んだあとで、あれはこういうことだったのかと驚くことも。

わからないなりに歩みを進めていくカーチャたちの物語は示唆に満ち、読むたびにちがった箇所が心に残り、さまざまな思いを喚起してくれる。

著者のカラーニ・ピックハートはアメリカの女性作家で、アリゾナ州立大学でクリエイティブ・ライティングの修士号を取得した。アリゾナ州フェニックス在住で、二〇二一年に発表されたデビュー作である本書『わたしは異国で死ぬ』は、その時宜を得た内容が好評を博し、二〇二二年度ニューヨーク公共図書館若獅子《わかじし》賞を受賞した。

BookBrowseという情報サイトにあるインタビューによると、ピックハートはユーロマイダンの抗議活動を報じるドキュメンタリーを見てこの作品を着想し、物語の背景となる事実の調査を始めたという。プロットをかためるよりも、登場人物の〝声〟を聞きながら物語を作っていくというのがピックハートのやり方で、この作品でもまずはカーチャとミーシャ、そしてスラヴァの声を見つけ、彼らの文化的な歴史を掘り下げていったとのこと。

原題 I Will Die in a Foreign Landは、ウクライナの民謡「Plyve Kacha po Tysyni」の一節から取られたものだ。この歌は、自らの国の特殊部隊によって殺されたウクライナ人抗議者、いわゆる〝天国の百人〟を悼む合同慰霊祭で歌われ、革命を象徴する楽曲として人々の心を打った。ピックハートは異国の地で埋葬される恐怖を描いたこの一節を、ウクライナの伝統を称え、天国の百人への敬意を表するために、タイトルに選んだという。こうしたウクライナの民謡と、ストラヴィンスキーの〈春の祭典〉とが物語に彩りを添え、本作品ならではの雰囲気を生み出している。

執筆という行為は静的なものではないと言うピックハート。厳しい現実を基に、登場人物の声に耳を澄ましてダイナミックに創作したフィクション作品が、この『わたしは異国で死ぬ』だ。

最後になったが、本作品の訳出には多くの方々に力を貸していただいた。この本に関わった皆さま、そして集英社クリエイティブ翻訳書編集部の仲新氏に、心からお礼を申し上げたい。ありがとうございました。

二〇二三年十一月

髙山祥子

装画＊ナカガワコウタ
装幀＊坂野公一＋吉田友美（welle design）
地図作成＊節丸朝子（welle design）

カラーニ・ピックハート
Kalani Pickhart

アリゾナ州立大学でクリエイティブ・ライティングの修士号を取得。同大学の生涯学習センター（ヴァージニア・G・パイパー・センター）およびアメリカ合衆国国務省東ヨーロッパ・ユーラシア研究局の特別研究員として奨学金の給付を受ける。長篇デビュー作となる本書で2022年度ニューヨーク公共図書館若獅子賞を受賞。現在、アリゾナ州フェニックスに在住。

髙山祥子
Shoko Takayama

1960年、東京都生まれ。成城大学文芸学部ヨーロッパ文化学科卒業。翻訳家。訳書にレスリー・M・M・ブルーム『ヒロシマを暴いた男』（集英社）、キャサリン・ライアン・ハワード『56日間』（新潮文庫）、ジャネット・スケスリン・チャールズ『あの図書館の彼女たち』（東京創元社）など多数。

I WILL DIE IN A FOREIGN LAND
by Kalani Pickhart

Japanese translation published by arrangement with Two Dollar Radio Movement LLC
through The English Agency (Japan) Ltd.

わたしは異《い》国《こく》で死《し》ぬ

2024年1月30日　第1刷発行

著　者　カラーニ・ピックハート
訳　者　髙山《たかやま》 祥子《しようこ》

編　集　株式会社 集英社クリエイティブ
〒101-0051 東京都千代田区神田神保町 2-23-1
電話 03-3239-3811

発行者　樋口尚也

発行所　株式会社 集英社
〒101-8050 東京都千代田区一ツ橋 2-5-10
電話 03-3230-6100（編集部）
03-3230-6080（読者係）
03-3230-6393（販売部）書店専用

印刷所　大日本印刷株式会社

製本所　株式会社ブックアート

ISBN 978-4-08-773526-0 C0097
定価はカバーに表示してあります。